NF文庫
ノンフィクション

波濤を越えて

連合艦隊海空戦物語

吉田俊雄

潮書房光人社

『波濤を越えて』目次

波濤を越えて

連合艦隊海空戦物語

第1部　第二水雷戦隊

1

　私が、第二水雷戦隊の駆逐艦「天津風《あまつかぜ》」に転勤を命ぜられて、第一戦隊の戦艦「長門」を退艦したのは、昭和十六年八月であった。

　ガンルームのみんなから、ひどくうらやましがられて、私は、内心大得意だった。

　こいつ、うまくやりゃあがって……といったのもいるし、ようし、久保中尉、今月分の俸給そっくりでビールを寄贈していけ、というのもいた。お前のような行儀の悪いやつを二水戦に出すのは、虎を野に放つようなもんだというやつもいた。こんな悪口雑言なら、いくらでも聞く。ビールですむのなら、いくらでも出す。とにかく、二水戦なんてものは悪口雑言やビールには替えられないすばらしいものだった。そのくらい――二水戦といえば、若い士官のあこがれの的であったわけだ。

　「長門」みたいな大戦艦は、なるほど、連合艦隊の主隊かもしれない。攻撃力といい、防御力といい、すべてのスケールが特大型である。しかし、なんといっても、鈍重だ。ヘヴィ・

ウェイトだ。軽快でない。スリルとスピードがない。その上に、艦長以下、中佐、少佐、大尉などというお歴々がザクザクいて、中尉なんか、目にもつかない。どこで何をしているのか、てんでわからぬ。その上、悪いことに、山本連合艦隊司令長官以下の連合艦隊司令部がいて、全海軍をヘイゲイしているのだから、いよいよもって目も当てられぬ。

「オイ。そこの中尉！」

などと兵隊のいる前でいわれて、しかも、ハッ、といわねばならぬツラさったらない。コンチキショウと思っても、事実、襟の桜は二つしかついていないのだから、しょうがない。駆逐艦では、クラスメートが、ちゃんと航海長や通信長などの要職についているというのに、戦艦、しかも連合艦隊旗艦なんていうマンモス戦艦に乗っているばかりに、こんなことになるのだ、と一日も早く駆逐艦に転勤でき、一寸の虫にある五分の魂を発揮できるようになりますようにと、幾度、祈ったことか。

だから、異動電報で、「天津風」転勤ということがわかると、まず、夢ではないかと、眼を疑った。それが、二水戦の「天津風」だと知ったとき、私は、思わず躍り上がった。同僚ドモが、プーッとふくれて見ているのを十分意識しながらも、これが躍らずにおられよか、という気持ちだった。

当時の二水戦は、「朝潮」型、「陽炎《かげろう》」型の新鋭駆逐艦ぞろい。一戦隊の直衛を引き受けている一水戦は、何しろ戦闘部隊である一戦隊の戦艦のお供をする関係か何かで、ノソノソしており、艦も「吹雪」型（いわゆる特型駆逐艦）、「初春」型なんてお古いもので、前進部隊として一万トン重巡群と共に駆け回る二水戦のスマートさと比較すると、気の毒ながら月とスッポン。その上、話を聞くと、ほんとに一流の駆逐艦乗りは二水戦に集まっているのだそうで、あそこにいけば、キタえられこそするが、ただいくだけで、もう、押しも押されもせぬ立派な船乗りになれるのだという。

私は、だから、豊後水道に半分乗り出しているような宿毛《すくも》の沖にかかった「長門」を降りて、白麻の軍服に、軍刀をブラ下げたまま、内火艇の上から、青空をなでまわしているような壮大な気分にひたりつつ、別離の帽子を大きく振った。

特徴のある巨大な一本煙突。巨大な前檣楼。巨大な四〇センチ砲塔。——何もかも巨大ずくめの大戦艦「長門」が、いや、その後甲板に並んで、いかにも残念そうに帽子を振るガンルームの悪童連が、内火艇のスクリューの一旋ごとに遠くなっていく間に、さすがにふっと別離らしい感傷もわいたが、それよりも、新しい生活への期待で胸はいっぱい、実のところ、感傷にひたる余地さえもない始末であった。

こうして、私は、ずっとそこの岸近くにいた「天津風」の舷梯を上がることになったのだが、まず驚いたのは、舷梯が、恐ろしく貧弱で、戦艦の内火艇が着くと、ヒシャゲてしまいそうに軽少だったことだ。

そいつに、せいいっぱいの戦艦製スマートさを見せて、ヒラリと乗り移ると、とたんに、グラグラと来た。中心を失いそうになって、あわててロープをつかむと、こんどはグニャリだ。しかも、船脚が入っているのか、舷梯が妙にハスカイで、段々が平らになっていず、鉄棒の上を土フマズで歩くようなことになっていたので、よけい面食らった。もちろん、「長門」の、ちょうど三越本店の中央階段を上がるような、あの安定感は、薬にしたくもないのである。

危うくこの難関を乗り越えて、「長門」みたいに、二〇段ちかくも駆け上がるつもりで勢いこんで上がってみると、五、六段でオシマイになった。舷門番兵が、ガチャリと厳めしく捧げ銃《つつ》をするところなど、むろんなくて、そのあたりには、士官らしい者は一人もいない。帽子をアミダにかぶった水兵が一人、赤と黄色のダンダラの腕章をつけているので、どうやら「当番」だとわかる程度の人間が、戦艦ならばいっぺんにひっぱたかれそうな、オビンズルみたいな敬礼をした。

「当直将校は？」

当直軍紀がナットランと、いささか中っ腹でキツ問すると、平気な顔で「士官室です」という。

「今日着任した久保中尉だ」

威儀を正していったら、ヘエー、というような表情で、

「すぐそこです」

と、艦橋の下の通路を指さした。

当直将校、副直将校、それに下士官の衛兵伍長、伝令、取次、取次プラス舷門番兵が舷門のあたりを、いつも徘徊《はいかい》警備している戦艦、ことに、長官旗艦で、儀礼がことのほかやかま

しい「長門」から来た私が、まず、これはエライとこに来ちまったぞ、と、少なからずヘキ易したのは、当然だったかもしれない。

じつは、金属性のベルを鳴らして、「長門」の内火艇が舷梯を離れようとしたとき、思わず、

「ちょっと待ってくれ」

といいかけて、言葉をのみ込んだが、これはなんとも致し方ないことだった。

戦艦と違い、駆逐艦は舷梯が前の方についているので、指されたところに五、六歩あると、気の毒なほど薄ッぺらな入り口があって、それを潜ってぐるッと回ると、もうそこが士官室だった。

だらりとブラ下がった緑色のカーテンを押して一歩踏み入れ、正確に上半身を一五度傾けて室内の敬礼をやった。戦艦では、いつものことなので、もう、習い性となっている。

「当直将校。久保中尉、ただ今着任しました」

ずッと部屋を見渡すと、部屋の大きさは、長い方が七、八メートルで、短い方が四、五メートル。その隅っこのソファーに、襟のホックを外し、顎を埋めたようにして、扇風機をブーブーかけながら雑誌を読んでいたタンクのような大尉が、

「イヨウ、来たか」

といいながら、雑誌を伏せて顔を上げた。上着もくしゃくしゃなら、ズボンの折り目など痕跡もとどめないノッペラボウだ。とにかくこんなダラシのない格好をしている大尉が、帝

国海軍にもいるのか、とあきれるような風態である。

「おれは、水雷長の大月大尉だ。願います」

そういって、真ッ白な歯をむいてニヤリとした。願います、というのが、ネヤスと聞こえる。そしてヨイショと立ち上がると、しわくちゃの帽子をヒョイと頭に乗せ、

「艦長ンとこ、いってこよう。万事はそれからだ」

といい、ひょうひょうと歩き出した。歩きながら、変にパシャパシャいうので、ついていきながら、ひょいと足許を見ると、なんとこれが草履《ぞうり》ばきなのだ。ピカピカに磨き上げた靴しかはかぬ「長門」から見ると、なんたることゾ。

艦長室といっても、士官室のすぐ上にある。急転直下の梯子を、白服を汚さないように歩くのには、やたらに気骨が折れた。艦橋の真下である。どうするのかと見ていると、さすがに、入り口をノックして、いかにもオヤジに物をいうような調子で、

「艦長。久保中尉が来ました」

中から太い声が聞こえた。

「オウ。来たか」

戦艦ならば、改まって「入れ」という。ところが、この「オウ。来たか」にはなんともいえない情がこもる。急に私は、親しみを覚えた。名にし負う二水戦の艦長中原中佐である。

「船乗り」を人間化したような人に違いないと、期待に胸をふくらませて、草履ばきの足を踏まぬようにしながらカーテンをくぐった。

と、そこにいたのは、ターザンそっくりの、背の高い、色の黒い、眼玉のギョロリとした、中佐だった。

不動の姿勢で挨拶する私を、グッとにらみつけた眼の色は、血走っていて、すさまじい気合いがこもっていた。が、こいつはどうも、とっておきのものらしく、次の瞬間には、そのすごさがすっと消え、

「どうだ、驚いたか」

そういうと、気持ちよさそうに、ソファーに反り返った。

なんと返事していいのかわからずに、マゴマゴしていると、ニヤリとしながら、

「長門御殿から来たんじゃ、潮気がまるでないじゃろ。先任。久保に航海やらせ。あとの者は順送りに番替えだ」

そして、私の方に向き直り、

「なんでもわからんところは先任将校に聞け。ま、心配するな。ノンキにやれ」

と、急に真面目な顔付きでいった。

艦長室を引き下がって、航海ッて何んですか、航海長はだれですか、と水雷長に聞いたら、笑われた。

「航海長はお前だよ。いったい、『長門』で何しとったんだ」

妙な聞き方もあるもんだと思ったが、何しろ、通信士という、通信長の補佐役で、それが航海の全責任を負う航海長なんか、とてもできそうにない、と尻ごみすると、

「だから心配するなというんだ。だれだって、最初からウマイ奴がおるもんか。出入港や、発射運動のときは、艦長に頼んじまうんだよ。当直将校に毛の生えたようなつもりでおればいいんだ。あとは、おれが手伝ってやる」

というようなことで、なんとなく、「天津風」航海長ができ上がり、艦の士官たちや下士官兵たちへの顔見世も無事に終わった。

無事に終わった——といったが、この無事が、また変わった「無事」だった。

まず先任将校が伝令を呼んで、ちょっとアゴをしゃくる。ヒゲを生やした伝令が、私の様子をジロッとみると、万事のみ込んだという格好で、号笛を吹きながら、ハッチを一つ一つ——といっても三つか四つしかないのだが——号令をかけていく。

「ピッ！　総員集合、後部」

という塩梅《あんばい》である。

「長門」ならば、当直将校の許可を受けた副直将校が、笛を鳴らして伝令を呼び、威儀を正して、

「総員集合五分前！」

と命ずる。

伝令はその号令を確実に復唱し、まず高声令達器と称する拡声機の前にいって、蓋を開き、真空管の熱するのを待って、号笛を吹き、

「総員集合五分前——」

と呼び、蓋をしめ、駆け足で、号令をかけながら、露天甲板を流して歩く。

ところが、「天津風」のやつは、まるで魚屋が一軒一軒、台所口から御用聞きに回ってるみたいだ。

ハッチから顔を出す兵隊も兵隊で、

「なんだい。今ごろ――」

「新着任の中尉だとよ」

「なアんだ。そうかア」

などと、とんでもない「懇談」をしながら、ゾロゾロと姿を現わす。

先任将校も悪いので、軍装を着換えるのが面倒臭いのだろう。ついでに、今、紹介をやっちゃおうというもので、彼らの夢を驚かす仕儀に相成ったわけだが、先任将校の紹介で台の上に上がってみると、七、八〇人くらいの顔が、記念撮影然と並んでいる。人の肩から、首の横から、すき間もなく顔で埋まる。ひどいやつは、人間の首の上に顔が乗るくらい背伸びをしている。珍しいものを見るのに、どうして遠慮がいるものか、といわんばかりの風情なのである。

こんなのは、ほんの一例。

とにかく、イヤにしゃっちょこ張って、そっくり返っていた「長門御殿」から、こんどは猫背の、ナリもフリも構わぬ、士官と兵隊との間がひどく近々としている「天津風」にかわってみると、することなすこと、ことごとに勝手が違っていた。

その翌日、二水戦の旗艦「神通《じんつう》」へ、田中司令官に伺候《しこう》するために出かけていったが、軽巡となると、さすがに「天津風」とは、差があった。「長門」を楷書で、「天津風」を草書とすれば、これは「行書」くらいのところだろうか。

人間魚雷みたいな内火艇に乗って、波の上を転がるようにして、「神通」に着く。

「オヤジだよ。いいオヤジなんだが、やり出すと勇猛果敢だ。オレたちでさえ振り回されるよ。——酒が強い。スゴく楽しそうになられるんだ。隠し芸はコガネムシだ。ええとこあるぞオ……」

みちみち先任将校がいうので、どんなオヤジかと思っていたら、鍬を持たせた方が似合いそうな、どことなくボソッとした人だった。違うところは、白眼のところが赤く濁った大きな眼と、太い眉と、いかにも意志の固そうな「へ」の字に結んだ口許だけだ。

着任の口上をのべて、上目づかいに注目すると、その眼玉を大きくギョロリとさせて、顎を引いて、「ウム」といって、それでおしまいだった。——位負け、とでもいうのだろうか。ともかく、この人には歯が立たないぞ、というような圧倒された気持ちを抱いて引き下がったのだが——。

2

それから三日目、低気圧が近づいて、風もそうだが、雨脚がひどくなった日、急に、二水戦に出港命令が下った。

「いや、これがオヤジのクセなんだ。絶好の訓練日和《びより》さ」

水雷長は雨衣をひっかぶり、ノドのところにタオルを巻いた奇妙ないでたちに、相変わらずの草履ばきのまま、艦橋で腕を組んで、前甲板の錨作業を眺める。まるで、猫の額みたいな前部で、四、五人が合羽を着込み、チョコチョコと錨を上げてしまう。

そのころには、もう「神通」は、特徴のある四本煙突を振り立てて、さっさと走り出していた。赤と白の三角旗（運動旗）が、マストに、はためいている。

「旗艦に続行せよ」だ。

艦橋には、艦長と先任将校（水雷長）と、砲術長と私だけが士官で、一五センチの大きな望遠鏡にとっついた下士官と兵たちが、信号兵と当番を交えて五、六人、めいめい、何か忙しそうにやっている。

駆逐艦がいくら小さいといっても、艦橋で艦を扱うための仕事は、戦艦とほとんど変わらない。いや、変わらないどころか、八万馬力の主機械を持つ「長門」に比べて、二〇分の一の大きさしかない「天津風」のくせに、主機械の馬力はナンと五万二〇〇〇馬力なのだ。そのエネルギーのカタマリみたいな機械にしたところで、両舷に一台ずつの機械が二本の推進機を回しているので、戦艦と同じように、速力通信器二基で号令をかける。が、戦艦では、片舷に一人ずつ当番が通信器のハンドルについているところを、駆逐艦では、一人が両方の手でハンドルを操る。——すべてが、この調子で、一人の負担が倍以上になりながら、みんな、おれは駆逐艦乗りだ、エネルギーのカタマリだぞ、といわぬばかりに、ファイトの権化みたいな面構えだ。

艦は、動き出したかと思うと、たちまちのうちにスピードがついて、ピューッと、飛び出す。飛び出して「神通」の右後ろに位置を占めると、操艦していた艦長が、急に私を振り向いて、

「航海。あと、やれ」

イケネエと思った。滅相もない。私は、兵学校以来、内火艇しか操縦したことがない。練習艦隊のとき、「八雲《やくも》」なんていう八ノットの古艦を操艦させられたが、そんなのでは話にならぬ。現に、水雷戦隊は一八ノットで突っ走りつつあるのだ。

「かまわん。最初からウマイ者はおらん。内火艇のつもりでやってみろ」

艦長はそういうし、水雷長もケシかける。絶体絶命みたいな気持ちで、操艦をはじめる。

艦長は、艦橋の両端、窓ギワに作りつけた、郊外電車の運転台にあるような腰掛け——直径一尺くらいのクッションのない木製椅子、あまり小さいので「お猿の腰掛け」と称しているやつに腰掛けて、いかにも自分の家に帰ったようにくつろいでいる。

(弱ったな)と思っている間にも、艦は、ウネリの中をぐいぐい突進しつつある。時々、ウネリにぶつかっては、ドーンという音と一緒に、艦橋まで飛沫を浴びる。

「オイ。『神通』の方位が落ちるぞ」

別に、羅針儀を見てるわけでもないのに、カンというのであろう。こちらにはちっともわからないので、泡を食って羅針儀で狙ってみると、なるほど、遅れている。

「黒五《くろご》」

つまり、あと五回転だけ推進機の回転数を増して、追いつこうというつもりなのだ。

と、間髪をいれずに、

「小さい。ウネリに叩かれるから、一〇だ」

「黒一〇」

「おい。『神通』、取舵とるぞ」

「取舵……」

「速力忘れるな」

「黒一五……」

「いや。もっと急げ。早く新しい位置につくんだ」

「黒三〇」

「旗艦の方位、見とれよ」

あわてて羅針儀で狙う。

「オイ。いつまで舵とっとるんだ」

「戻せ……」

「オイ。出すぎるぞ」

「赤黒《あかくろ》なし……」

とうとう艦長が笑い出した。

「オイ。も少しなんとかならんか」

「ハッ」

思わず、しゃっちょこ張って返事したが、実は内心泣きたくなっていた。

「……まあ、追々うまくなるがね――」

気の毒そうに、そういってくれた艦長の言葉が、いよいよ私を必死にさせた。けれども艦は、乗り手をナメ切った悍馬《かんば》のように、自分勝手に動いてしまう。いや、決して自分勝手に動いているのではないが、たとえば惰力や、舵を取ってほんとに艦が回りはじめるまでの時間と距離のズレや、ウネリや波の具合によって舵のきき方がいろいろ違うことや、艦が回っている途中、どこで舵を戻したら予定コースの上に乗るのか……などが、まるでのみ込めていないのだから、艦が自分で勝手に動いているように感じられるのもやむを得ない。

だが、そういうことも、やってみなければわからない。学理と経験とが、一つになって、艦が自分の手足を動かすように、自由自在に動くようになるわけだが、いまの私の場合、必死になればなるほど、勝手気ままに艦が動いて、出たり入ったりまた出たり、酔っ払いのようにフラフラする。

と、「神通」から、隊内電話でいってきた。

「当直将校だれなりや」

司令官のお叱りである。

すかさず艦長は、

「初級士官訓練中――」

折り返して、司令官から、

「船とは乗るものなり……」

艦長と水雷長が、ゲラゲラ笑い出す。脂汗をかいているのは、およそ私一人という、なんともいえない窮境に立ちながら、だれも代わってやろうといってくれないので、私は、依然として孤軍奮闘せざるを得ない。

しかし、不思議なもので、一時間もやっていると、だんだん艦の千鳥足が直ってきた。

「神通」からは、矢継ぎ早に、各艦がキリキリ舞いをするような命令が出され、ちょっとでも下手をすると、ピシピシと電話でやっつけられる。

いい加減走り回ったところで、こんどは襲撃運動である。

「先任やるか。航海にはまだちょっと無理だろ」

艦長が、そういってくれて、私はようやく有罪放免になった。昼だからこれでいいが、夜だったらどうしよう。航海長というと、襲撃のときは操艦させられる。――全く、日暮れて道遠しだ。ため息ばかりが出る。

襲撃運動の訓練は、「神通」が敵になる。今日のは、異方向同時攻撃というので、「神通」を追っかけて、ピタリとその後尾につくのが一隻。実戦の場合は、これが「神通」の役目だ。

速力を、ぐんぐん上げる。

駆逐艦は、めいめい、四方に散る。

雨風で、視界は、すこぶる悪い。速力を上げると、雨は、真横から降っているように見える。ウネリは、しだいに大きくなり、大きくなるが、雨にたたかれて、波頭は丸い。——日本アルプスを空から見たら、こんなにも見えるだろうか。

その雨の柱の向こう側、空と海の境目のあたり、「神通」のマストが、水面に妻楊枝を立てたように見えている。

発動——。

すぐ、第二戦闘速力に上げた。機関の唸りが、ぐっと力を増す。腹の底から、ゆすぶり上げるような響きだ。

艦長は、「お猿の腰掛け」に乗って、窓ガラス越しにその妻楊枝を眺めている。ウネリの大きいのが来ると、ドーンと艦首にぶつかって、艦橋に打ちかけ、窓ガラスは水族館に入っているようになる。

二番艦を振り返ると、「天津風」の後甲板よりも高く上がったウェーキが、白い帯をしいた上を、鋏のような鋭い艦首で刈り進んでくる。さっと白波が艦首を乗り越えて艦橋に殺到すると、ぶるぶるっと身ぶるいして、水の中から黒々とした逞しい姿を現わす。三番艦、四番艦と三〇〇メートルずつの間をとって、ガッチリとスクラムを組んだように突進する。

豪壮な絵巻——。

だが、私には、これをすばらしい、とか、勇壮だ、とかいっている余裕はない。結構、用事がある。

「後続艦、ついとるか」

「ついてきます——」

「『神通』は……」

「右一五度、一万五〇〇〇メートル——」

一番隊と三番隊は右から、二番隊と四番隊は左から「神通」に向かって逆落としだ。反航戦だから、みるみる距離がつまっていく。

魚雷戦の号令がかかり、雨風の中、黒い合羽を着込んだ連中が、あの着任紹介のときのノロクサ振りはどこへやら、舷から飛び込む波をリスのように避けながら、発射管のまわりをちょろちょろ動き回る。右に旋回した四連装の発射管が、一番煙突と二番煙突の後ろに一基ずつ、兵隊たちが丹精して磨き上げた鋼鉄の管の口から、赤く塗った六一センチの酸素魚雷の丸い頭部が、ズラリ八本のぞいている。

その不気味な丸さに、私は釘づけになる。そんなヒマはないのだぞと、自分で自分にいい聞かせても、駄目なのだ。「大和」「武蔵」の主砲のほんとうの大きさと同じように、この魚雷の性能も、軍機——最高度の機密である。

(こいつの、ほんものが撃ち込まれたら、アメリカは驚くだろう……)

いや、だろうどころではない。事実、ジャワ沖で、大遠距離の魚雷を食った連合軍艦隊は、ソレ潜水艦だとバカリ、爆雷をＤＤＴのように振り舞いてテンテコ舞いをした。遠くの方で、ニヤニヤしている日本艦隊から撃たれたものだとは、夢にも思わないで。そういうところに居合わせることが、軍人冥利というもので、どうせ生命を賭けて国事につくすのなら、ノソノソした戦艦あたりにいるよりも、こういうスバラシイところに飛び込みたい。これが若い士官の共通の心理だといい切っても、だれからも文句が出る筈はない。

羅針儀の後ろには、水雷長がピシッと立っていた。水虫のためでもないのに草履ばきでヨレヨレの軍服を着て、およそダラシのない格好をしているのは、いつもと少しも変わらないが、猫背が急に伸びて見えるのが不思議である。

「おい航海。方位見てくれ」

「天津風」を先頭に、三番隊は、まっしぐらに「神通」に向かいつつある。妻楊枝のようだったマストが、鉛筆くらいに太くなり、それより下の四本煙突まで見え出した。そして、その艦橋のすぐ後ろから、ピカッピカッと何かが光る。探照灯を点滅して、おれは今、お前のところを射撃してるんだぞ、というジェスチュアである。

ゾッとする、というと大袈裟だが、撃たれていると考えると、ムヤミと体が引きしまる。一五センチの望遠鏡についている下士官が、なんとなく左右のハンドルを握り直した。私は、「神通」の艦橋を狙って、方位を測る。

くしの歯を引くように、発射管から整備を報告してくる。この報告が、鉄砲屋や陸軍サンの四角四面さと、微妙に違う。

「一番連管、発射用意よオーシ」

というその語尾が、尻上がりに力がこもり、言葉がだんだん速くなる。

艦長が、すッと立ってきた。

「もうぞ」

眼がケイケイと光っている。水雷長は、身をひるがえして方位盤の望遠鏡についた。

「神通」は、ますますハッキリ見えてきた。

「発射はじめ――」

ビリビリするような声で号令をかけると、「天津風」は、左に大きく舵を取った。どこからか、金属のキシる音が、断続して聞こえる。艦は、ぐうッと右に傾く。

水雷長が叫ぶ。

「用意――」

全身に力がこもり、艦橋がピリピリする。下士官が、度数を刻む。

「神通」は艦首の方向から、回り灯籠のように艦橋の窓ガラスを右に右にと飛んでいく。

「テ――」

わあッというような、腹の中が裏返しになるような奇妙な声で、伝令がわめいた。

後部の方で、圧搾空気の走る音が、シューッ、シューッ、シューッと、規則正しく聞こえる。

軍機魚雷が、そのたびごとに海中に躍り込むのだが、今日は、襲撃運動の訓練で、発射の訓練ではない。もし、今日のような荒天で撃とうものなら、航跡の見えない酸素魚雷だ。魚雷全部を亡失しなければならない。

各隊の発射が終わる。反対側では、二番隊と四番隊がやっている。つまり、「神通」は、六一センチ魚雷六〇本ばかりで串刺しにされたわけだが、しかし、訓練は、これからなのだ。ウォーミング・アップが終わって、ほんものの夜間襲撃訓練がひかえている。

——天候は、依然悪いが、艦長も、水雷長も、兵隊たちも、至極あたりまえのような顔をしている。時化《しけ》る波の水しぶきを真正面に浴びながら、如露《じょうろ》の水をかけられているカエルみたいに楽しそうだ。二水戦は、訓練の一点張り。泰然自若として、どうやら巨体を持ち扱いかねているゲな戦艦戦隊とは、まるで雲泥の差である。

彼らの心棒には、司令官の、こんな考え方が貫いている。

「進もうかどうしようかと迷ったときには、前進せよ。やり損なった、シマッタ、と思ったら突撃せよ。先制も奇襲も、その間に得られる」

「速力を増せ。攻撃力も防御力も、速力が増すにしたがって増すのだ——」

グズグズして、突撃の時機でも失しようものなら、それこそ目の色を変えて司令官にやっつけられる。

夜間襲撃運動がはじまった。

もちろん、星も月もない時化《しけ》のツヅキだ。その中で、頼りにするのはこの眼ばかり。灯火も全部消し、その眼を皿のようにして突進する。――眼を開けられるだけ開けて、闇の暗さの中から艦の黒さを識別する。見開いた眼に、海水の飛沫が容赦なく飛び込み、眼は腫れて真っ赤になる。刺すような痛みも出る。

これを乗り越えなければ、深夜、海の真ん中で、遠い艦の存在を発見することはできない。――じいッと眼を据える。もみ込むように物を見る。水平線のあたりに、輪廓のハッキリしない、それでいて、海の黒さよりもやや黒い物体を探し出す。

雨こそ上がっていても、雲は依然として低く、ところどころに海とくっついている。「長門」製の私の眼には、まず水平線がどこにあるかを見つけるのがひと苦労。「神通」がどこにいるのか、ましてそれよりも小さい駆逐艦がどこにいるのか、ゼンゼンわからない。

昼の間でも静かだった艦橋は、夜になると、いっそう静かである。大望遠鏡についた見張員も、後ろの方にいるはずの当番や信号兵も、身動きもしない。

それよりも二番艦である。

灯一つ出さない「天津風」の後方三〇〇メートルにピタリとくっついている。ぴゅうぴゅう飛ばしながら勝手に舵を取る一番艦と、まるで一体になったみたいに見える。三番艦、四番艦は、私の眼では見えないが、恐らく二番艦と同じに相違ない。

駆逐隊全部が、眼と耳に、あらん限りの注意を集中している。一〇秒もウッカリしていたらすぐぶつける距離を保ちながら、縦横無尽に駆け回る。なんだか、もう人間の範囲をとうに逸脱して、猫か、フクロウにでもなってしまったような気がする。

水戦の夜襲――。これこそ、日本海軍の必殺の利剣である。昼間は、飛行機もいるし、測距儀も十分に性能を発揮する。大遠距離を飛ぶ主砲砲弾をぶッつけられれば、駆逐艦などは一発で轟沈するのが関の山だが、昼のあとには必ず夜が来る。

夜は、駆逐艦の天下である。思い切って肉迫し、酸素魚雷の速力をウンと上げる。速力を上げれば、撃ってから命中するまでの時間が短くなるので、命中率もウンと上がる。五〇〇〇メートルで約三分だから、一万メートルでも六分。この六分間の動きを計算して、どんな動き方をしても命中するよう、八本の魚雷を扇形に撃ち込む。駆逐隊一隊四隻で三二本。一個水雷戦隊で一二八本。「神通」が、オレも撃たせろというだろうから、一三二本の六一センチ酸素魚雷が、網の目のように敵戦艦戦隊を引き包む。

皮を切らせて肉を斬れ！

駆逐艦というものは、撃ったら次の何分かの間に沈められることを覚悟――いや、予定している。二水戦は、沈められてもいいのだ。その代わり、敵主力艦は全部沈める。もっとも全部沈めると、「長門」のヤツらが怒るだろうから、多少は残しておいてやる。その残りカスを戦艦戦隊に引き渡す。「大和」「武蔵」（当時はまだできていなかったが――）、「長門」「陸奥」「扶桑」「山城」「伊勢」「日向」「金剛」「榛名」「比叡」「霧島」――。多士済々だが、気の毒みたいなもんだ。まあ、おあまりをせいぜい撃つサ……。

こんな怪気焔を腹の中で上げたり下げたりしているうちに、夜襲も終わり、午前零時を過ぎるころ、二水戦は打ちそろって基地に御帰館である。

今日は、これで、昼の部、夜の部一回ずつの出演で終わったが、こんなのは珍しいのだそうで、たいてい、夜の部は二、三回やらされる。

「ウネリの性《たち》が悪かったからな。鼻でもモギとられると面倒だからだろう」

水雷長はこう観測する。性が悪いウネリとはなんだと聞くと、

「ちょっとヒネられたろう。三角波だよ」

いよいよ話はわからなくなる。まさか、これ以上聞いて、

「オイ。も少しなんとかならんか」

とまたやられるのが口惜しいので、

「なるほどネ」

などと、イカニモわかったような顔をしておく。その実、何もわかっちゃおらんのである。

「――軽快部隊は、魚雷発射の好機があれば、ほかにどんな任務があっても魚雷を撃て」

「――弾丸が落ちたら、落ちたところに向かって突っ込め。一度落ちたところには、二度とは落ちん」

というのが司令官の口癖だそうだ。

研究会に出てみると、批判も賞賛も、みなこれがモノサシになっている。肉迫突撃に勇敢無比を極めたもの、寝ても覚めても魚雷発射の好機をつかむことばかりしか念頭になく、目標艦を徹底的に串刺しにしたものが、たとえば、

「『天津風』の運動は見事なり」

といったふうに面目を施す。事実、旗艦「神通」そのものが、ものすごく勇敢で、二水戦一六パイの先頭に立って、どこまでも、どこまでも、突撃していく。それればかりではない。連合艦隊自体が、極力機会を作っては、水戦の夜襲を実地にやらせる。戦艦戦隊を繰り出して、それに向かって、水戦の襲撃訓練を無二無三に繰り返させる。

こうなると、兵隊たちの意気込みも違ってくる道理だ。あらゆる艦内生活が、ぜんぶ魚雷発射に集約され、魚雷の手入れも必死なら、発射管の調節にも夢中である。

食事どき、下士官が妙なことをしている。箸を立てて、右手を食卓の上に乗せ、頭を右に左に動かしている。ちょっと見られない光景だが、ナントこれが、用意、テーで、発射するときの練習なんだそうだ。望遠鏡の中の縦線に、舵を取りながら、ちょうど敵艦の艦橋が重なったときに、テーとボタンを押す。そのボタンで電流が通じ、縦舵機のジャイロをいっせいに発動させると同時に、最初の魚雷がシューッと飛び出すのだが、何しろ艦が舵を取っているので、マゴマゴしていると、扇形に走る魚雷の中心線が敵艦の尻尾を逸《そ》れるくらいワケはない。もっと具体的にいうならば、縦線が重なったッ、テー、トン（ボタンを押す音）、シューッ、ザブン（魚雷が水中に飛び込む音）が、最少の費消時で行なわれなければならない。それで、方位盤の射手は、確実に重なった瞬間にボタンを確実に押すことが何よりも大切になる。その瞬間の把握が、この下士官に、食事ごとに箸を立てて、右手をギュッ……になった次第である。

その後、だんだんとわかっていったことだが、教練で魚雷を撃つときも、彼らは艦内にある神社にお神酒《みき》を上げ、そのお神酒を自分で飲まず、魚雷のところまでウヤウヤしく持っていって、何をするかと思っていると、その六一センチの、真っ赤に塗った演習用頭部の上に流している。ちょうど、ゆでた巨大なタコの頭に酒をかけているようだが、彼らは真剣である。もったいないなどとは、絶対に考えないような真面目な面構えである。これをヒゲ面の、眼ばかりギョロギョロした連中がやるのだから、こっちが負ける。

「長門」では、四〇センチ砲が主兵器だが、砲弾に酒をかけていた図は見たことがない。砲塔の中に、お神酒を瓶ごと並べてはいた。砲弾は、自力で飛んでいくのではないし、砲弾を真っすぐに飛ばせるには、いろんな要素があるので、魚雷とは話が違うからだろう。あるいは一つ一つかけていては酒がいくらあっても足りないから、瓶ごと並べるだけで御免をこうむっているのか。

とにかく、魚雷にお神酒を注ぐ気持ちは、魚雷を生きものと見て、これにかける祈りである。発射管からシューッと撃ち出すのは、たんに魚雷を艦の上から水中に入れるだけの用をなすもので、そもそもの初めから、魚雷は自分の力で走り、自分のアタマで舵を取って目標に突撃していく。迷路のように混雑した細いパイプの一つでも詰まってしまえば、もう魚雷は走らなくなるし、自動操舵の系統の調整がちょっとでも間違うと、もう、思いもよらぬ方向にふっ飛んでいく。その上に酸素だ。パイプ系に油が少しでもついていると、遠慮会釈なく爆発して人間どもを殺してしまう。

兵学校で、魚雷発射をやったときのことを思い出す。実用頭部、つまりホンモノの火薬をつめた魚雷である。昔式の水雷艇――スカールくらいの長さの船の片舷に、四五センチ魚雷を吊って、標的に向かって走るハズだったが、どうせ生徒で下手《へた》だから、船を止め、魚雷を水に吊り下ろした。

私が、その発動挺と称するスイッチを起こす役だが、そのときの気味の悪かったこと、いまでも忘れられない。ちょうど船の長さの三分の二くらいの、ピカピカ光った魚雷が、背中に水がピチャピチャ浸るくらいのところに長々と寝そべっている。

確かに、教科書どおりに調整したはずだが、この発動挺を起こしたら、ドカンといくのではあるまいか。ドカンといったら、もうそれでオシマイだ。今死ぬのは、困る。困るといっても、身を鴻毛《こうもう》の軽きに比することに約束したんだから、今更イヤだとはいえない。

「ドカンといくなよ、頼むからナ」

口の中で念じながら、船のデッキに腹ばいになり、丁の字の格好をした金具を恐る恐る発動挺の孔に差し込み、手前の方に引き起こそうとする。動くものか。

「動かないかネ。もっとウン、とやって」

下士官の教員が、そばに寄ってくる。教官が後ろの方で腕組みをしてニヤニヤだ。クラスのヤツは、船のあっちこっちから、片唾《かたず》をのんでいる。

「ウン!」

魚雷は、平気な顔をしている。

「もっとウン、と力を入れる」

「ウン！」

とうとう、教員が手を伸ばして、私の手の上から手をかけた。その力の強いこと。私の手が完全につぶれたと思ったら、発動挺が倒れていた。

「前進！」

教官が叫ぶ。えらくあわてた声だったので、ドキッとした。

船は魚雷に離れるように舵を取らねばならないのに、舵を取っていた生徒が何を間違えたのか、しっかり舵輪を握りしめたまま、石みたいになっていた。

置いてきぼりにされた魚雷は、ヤニワに走り出した。船を追ってくる。ぐんぐん追ってくる。何しろこっちは、一〇ノットがせいぜいの中古品だ。魚雷は、同じ中古でも走り出すと四〇ノットは出る。みるみる近づく。アレヨアレヨ。おかしなもので、追っかけてくる魚雷に全部の眼が吸いつけられて、それ以上の知恵が浮かばないのだ。驚いたというもおろかだ。次はドカンだ。ドカンが次だ……。

すると、鉄砲玉のように教官が飛んでいって、舵輪を握っていた生徒をツキのけ、舵を水車のように取った。ぐいッと船が傾いて、回り出す。そのトモをかすめて、勢いづいた魚雷が、気泡を水面に一本つうッと引きながら、ものすごいスピードで突進すると、間違いもなく標的に吸いよせられるように消えて、やがて、天地をふるわせる大音響を上げ、後ろの山と背比べするほどの水柱が、空高く噴き上げた。

みんな、キョトンとした顔をしていた。

「助かった！」

冷静に考えると大仰だが、そのときは、シン底からこう思った。これで軍艦に乗ったらどんな青年士官ができるか——などと、教官はあとでしきりに慨嘆していたが、それから五年もすると、みんな結構やっている。図々しさを体得するというのか、甲羅を経るというのか、いつの間にか私も魚雷の何タルヤを心得たし、航海長として——ちょっと声を落として——自由自在に艦を扱うこともできるようになったし、一応、駆逐艦乗りとしての自信もついてきた。

そこで開戦である。

3

第二艦隊は海南島を根拠地として南方に出る。二水戦は、肝心の敵主力艦隊を真珠湾で全部沈めてしまったせいか、パラオを根拠地にして、ダバオ、ホロの攻略なんどに回され、陸海軍部隊を輸送船一四隻に乗せ、これの護衛だ。

そのころは、空母で敵戦艦をたたき伏せ、基地航空部隊で制空権を取って、作戦を順調に進めているのに、依然として海軍の思想は戦艦中心であった。敵主力艦がいないから、二水戦をお役御免で護衛に出すのなら、戦艦はもっといらなくなっているから、ドシドシ空母機動部隊の補強に使えばいいのに、御本尊は柱島に鎮座ましましている。

「天津風」の基準排水量二〇〇〇トン、水線長一一六メートル、最大幅一一メートル、五万二〇〇〇馬力、速力三五ノット、備砲一二・七センチ二連装三基、発射管六一センチ四連装二基――。

艦も人も、高速を出して、十二分に戦闘力を発揮できるように、昼戦、夜戦――とくに夜戦を鍛え上げ、響きの物に応ずるような豪快な戦いぶりを示しうる最も充実した実力を持っているのに、ダバオ、ホロ以来、二水戦を待っていたのは、ほとんどがこの輸送任務だった。八ノットから一〇ノットの船をゴソゴソ護衛していると、三五ノット全力の、あのスピードに対するカンが鈍くなる。この無念は、いままでに激しい、身を削る訓練をしていればいるだけ、腕に自信があればあるだけ、痛切である。そして、この無念さは「長門御殿」の連中にもわからないし、中央の机の上でコマを動かしている人たちにもわからない。

それだったら、二五、六ノットくらい出ればいい、という程度の護衛艦を、なぜ日本海軍は持たなかったのか。そういうのを使わずして、なぜ、酸素魚雷を懐にのんでいる、恐ろしい戦闘力を持った新鋭駆逐艦を、こんな仕事につけるのか。

これを知るためには――日本海軍が、空母の大切さをどこの国よりも承知していたくせに、なぜ戦艦を思い切れなかったのかを、それよりも先に考えた方が早いだろう。

——日本海軍は、ずっと前から、こんなことを考えつづけて来、また、そのように、すべての教育を集約してきた。——「艦隊決戦」である。

太平洋上で、彼我の主力艦隊（もちろん戦艦中心の）が、ぶつかり合い、その戦場に、海軍の持つあらゆる戦闘力を集中し、全海軍が一体となって敵主力（これも戦艦中心の）を粉砕する。敵主力さえ粉砕してしまえば、日露戦争の場合のバルチック艦隊のように、決戦の勝利イコール海軍の勝利、イコール「大東亜戦争」の勝利、となる。

これが、日本海軍の中心思想として厳然としていたのだから、限られた国力で、自信のある決戦をやるためには、そんな、敵艦隊撃滅に直接役に立たないような、中途半端な護衛艦などは、当然造ろうとすらしない。

ところが、戦争になって、あちこちに、ほとんど同時に陸海軍部隊を上陸させ、これが敵潜水艦や飛行機の攻撃を受けそうだとなれば、その敵をたたき伏せるだけの実力のある艦で守らせねばならなくなる。ところが、そんないい艦は、一隻も、といっていいくらい持っていないのだから、駆逐艦を駆り出すより手がなくなる。

もう一ついけないことは、第一戦隊の戦艦群は、真珠湾の一撃で敵戦艦を総なめにし、戦艦中心の「決戦」が起こるチャンスをつぶしておきながら、その幻の「決戦」に備えて、広島湾の奥深く入っている。この直衛駆逐艦である足の遅い二級品の水雷戦隊は、戦艦との共同作戦に慣れているので、手放せない。結局、護衛みたいな第一線の輸送に、「決戦」用——主力部隊の「決戦」に先立ち、敵主力艦隊に壮烈な夜襲をかけて、そいつの「漸減」をはかろうという――一級品の駆逐艦が、ダバオだ、メナドだ、チモールだ、ミッドウェーだ、ガダルカナルだと――陸海軍部隊の輸送と護衛に駆け回らねばならなくなったのである。情けないほど立派に筋道が通っている。「艦隊決戦」をやるんだという前提を肯定する限り……。

これは、必ずしも二水戦だけではなく、第一艦隊の三水戦、第二艦隊の四水戦についてもいえるのだが、二水戦と四水戦ほど、徹底的に「輸送屋」に使われたものはない。何しろ、敵主力が「全滅」されて、「漸減」用の第二艦隊がいらなくなったのだから、ますますこの傾向が強くなるのは理屈である。

その夜――昭和十七年十一月二十九日、また同じような輸送任務でブインを出たわれわれは、ガダルカナルに向かって急いでいた。

「オイ。耳を澄ませてみろ。魚雷が泣いとるぞ。世界一の魚雷が――」

その間、十六年十二月に大尉になった私は、十七年六月に、水雷長大月大尉と一緒に、新造艦の「長波」に転勤した。艦が変わったが、しかし「長波」はうまい具合に、二水戦に編入された。依然として、田中司令官がオヤジであることは変わりなかった。

水雷長が、私に、口癖のようになっているウッ憤を、言わなきゃ魚雷が、いや、かれの部下たちが可哀そうだとでも考えているのか、静かな、真っ暗な艦橋で、耳打ちした。

ほんのかすかなささやきでも、艦橋全部に聞こえるほどの静けさである。

私は、また水雷長がえらいことをいい出したぞ、と思いながら、「お猿の腰掛け」に、向こうむきに腰かけている司令官の大きな背中をすかし見た。

——旗艦「神通」が三ヵ月ほど前に、第二次ソロモン海戦で怪我をした。大怪我といった方がいいだろう。——急降下爆撃機が飛び込んできて、前部に二五〇キロ爆弾を落とし、そいつが命中して、一番砲と二番砲のあたりがめちゃめちゃになった。前部火薬庫まで水が入って、どうにもならなくなった。それで、司令官は将旗を駆逐艦「陽炎」に移し、「神通」はトラックに回航した。このときも、輸送船四隻を護衛していた。

さて、今度の出撃では、司令官は「長波」に乗ってきた。司令部といっても、二水戦の司令部は連合艦隊みたいな大世帯ではなく、小人数である。士官は、司令官と当山先任参謀、隊機関長、砲術参謀、通信参謀の五人だけ。臨機応変に、どんな小艦へでもヒョイヒョイ引っ越しができる仕組みになっていた。

「魚雷が泣く」といった水雷長の言葉に私がヒヤリとしたのは、実はこういうワケがあったのだ。

——三ヵ月あまり前の八月七日、アメリカはガダルカナルのツラギに反攻を加えてきた。当時、内地で訓練をしていた二水戦は、すぐさまトラックに急行した。そして、トラックから陸軍の一木支隊を護衛してガダルカナルに送りつけた。

そのころの二水戦は、十五駆逐隊の「黒潮」「親潮」「早潮」「夏潮」、二十四駆逐隊の「海風」「山風」「江風《かわかぜ》」「涼風《すずかぜ》」の二隊だけで、それも十五隊は開戦時からの古顔だが、二十四隊は七月に四水戦から引っ越してきたばかりなので、その訓練で大童《わらわ》だったのである。一方、「長波」は、完成が六月三十日、「巻波」は八月十八日、「高波」は八月三十一日という、いわばできたてのパリパリの駆逐艦で、三十一駆逐隊をこの三隻で編成したのが、八月三十一日、同日二水戦に編入というあわただしさ。しかし、この三十一隊の乗員は、私たちのようにうまい具合に前の二水戦からの横すべりがあり、新造艦だが、それだけストンと技倆が下がっている、ということでもなかった。

ブーゲンビルの南の端に、ショートランドという小さな島があるが、そこを基地にしてガダルカナルとの間の護衛や輸送がはじまった。こんどは川口支隊。そして、一木、川口の両支隊とも飛行場奪還に失敗したので、次は第二師団を高速船団で輸送する。飛行場を奪い返せば、敵はガダルカナルから逃げる、という判断である。第二師団輸送のときは、出せるだけの海軍艦艇、航空機を繰り出して支援したが、敵に制空権を握られているので、どうすることもできず、輸送は成功しない。水上部隊がいって飛行場を砲撃し、甚大な損害を与えはしたが、またすぐ補給ができ、驚くべき速さで補助基地が完成、敵機の数はたちまちに増大する。

敵の空母がガダルカナル付近にいるのに、日本軍の一番近い航空基地はラバウルとトラックである。日本艦船の行動は、綿密に偵知され、敵はいつでも妨害に出られる。また、日本は敵の空母をいくつも沈めたり損傷させたりしたが、その穴は、いつも驚くほどの速さで埋められてしまう。敵は、いくらやられても、すぐ代わりを繰り出して制空権を取ってしまう。

いや、日本の手に負えないくらいの兵力に、すぐなってしまう。

田中司令官は、

「こんなことをしとったのでは、日本は負けてしまう。ラバウルを強化しなきゃいかん。ブインのあたりに前進基地を作れ。まず足場を固めなきゃ、敵に勝てる力ができない。ヘロヘロ腰を突かれて引っくり返るだけだ。それまで、ガダルの輸送は目をつぶるんだ」

といっていた。

ところが、大本営では、この考えに耳もかさない。ただ輸送輸送の一点張り。そして、こちらのいうようにラバウル、ブインを固め出したのは、ガダルを撤退しなければならぬとわかってからだ。

「勝とうと思うなら、第一線で働いとる者に相談して作戦を決めろ。机の上で、勝手に決めて押しつけてきたって、各級指揮官の協同一致が得られるか。戦というものはいつでも危険はつきものだが、それだからといってムチャクチャにやっていいということではない」

二水戦が、艦隊と一緒に作戦行動をやっている間に、三水戦と四水戦が輸送任務に奮闘したが、沈没、損傷あまりに多く、ほとんど動ける艦がなくなってしまった。

それでも大本営は、ガダルの飛行場奪還の意図にへバりついている。三十八師団を増援して、どうしても飛行場を取ろうという。で、この三十八師団を高速輸送船に乗せて、二水戦が引っ張り出され、護衛を命ぜられた。

このときの二水戦旗艦は軽巡「神通」。駆逐隊は十五、二十四、三十一の三隊であった。

だいたい、ショートランドからガダルカナルまで、三〇〇浬ある。三〇ノットで突っ走れば一〇時間の航程だ。ところが、ガダルから敵の小型機が出てくる限度は、まず一五〇浬。ガダルから一五〇浬のところに近づくと、それからはいつでも戦闘機、急降下爆撃機、雷撃機などの空襲を受ける覚悟がいる。このあたりの制空権は、確実に敵の手に握られているので、敵につかまると、いつかはやられる。では、どうしたらいいか。――この一五〇浬圏内を夜間行動するようにし、揚搭をできるだけ速くやって、すぐ引き返すほかない。一五〇浬を三〇ノットでいけば五時間かかる。一五〇浬圏に入るところを日没時にして、月のない晩、三〇ノットで飛ばすと、午後十一時半前後にガダルに着き、揚搭に三十分、すぐ引き返すと、五時間で、ほぼ日の出時までには一五〇浬圏を出られる。

これが、基本公式である。アメリカから「東京急行」と渾名《あだ》をつけられた輸送部隊は、この公式に従って、頻繁に、しかも正確に、ショートランドとガダルとの間を往復した。

ところで、こういう作戦行動中には、司令官も、艦長も、航海長も、全然艦橋から降りられない。兵隊たちは、三直配置といって、四時間当直に立つと、あとの八時間は休める。しかし、私たちには、代わりがない。そして、入港すると、次の作戦打ち合わせと今やってきた作戦の後始末で、寝ているヒマはない。

猛烈な睡眠不足と過労――。妙な話だが、司令官も、艦長も、私も、血尿を出しはじめた。真っ赤な小便が出るのである。

目方を計る機会がなかったので、何キロ減ったのかわからないが、長い顔の水雷長と砲術長は、競馬の馬を真正面から見たような顔になり、司令官や艦長や私のように、中位から丸顔に近い者は、牛のような顔になった。牛や馬と違うところは、眼ばかりがキラキラしていて、日本語を話すくらいのもので、一度この観察を披露すると、

「なるほど、人を乗せたり船団を引っぱったりばかりしとると、顔まで変わってくるんかナ」

と、砲術長が、感心して自分の頬をなでたものだ。

だからといって、そういう車引きの作業それ自体に、不平があるとか、不満があるとかいうのではない。いくら不平を述べたところで、今飢えにひんしたガダルカナルに必要なのは食糧と弾薬を送ることであり、それがうまくいかなければ勝てないことも、十分にわかっている。

陸軍が、大発輸送を頑張ったとき、そんな甘い考えじゃ駄目なんだ、どうしても、陸軍を駆逐艦に乗せていかなければ、ガダルカナルに無事に送りつけることはできないのだと口を酢っぱくして説いたのも私たちである。つまりは、大本営の参謀なるものたちが、犬の子や猫の子でもやるように、二水戦の組織を手軽に動かす。オイ、ちょっとひとっ走り行ってこい、といった具合に、便利屋みたいに私たちを使う。生命を捨てて、お国のために責任をつくすことは、軍人の本分だとして当然のことと考えていながら、そのお国とわれわれとの間に、この凄烈な戦場にはたった一度、それもラバウルに顔を出しただけで、机の上で将棋の

駒でも動かすように、なま身のわれわれを、それがなま身であることも考えず、自分の思うとおりに戦場にほうり込む者――中央の参謀というやつに、もっていきどころのない不満を感じていたのだ。

先任参謀は、このために、各艦の艦長から、今の言葉でいえば、のべつに吊るし上げにあっていた。

――なぜわれわれの実情を中央に訴えて、まるで目の仇《かたき》のように二水戦ばかりを使おうとするのをやめさせせんのか。不眠不休で輸送から帰ってくれば、戦闘概報だ、戦闘詳報だと、こんどは書類を作らせる。その間には、敵機の「定期便」が、毎日毎日やってきて、一同そろって「盆踊り」だ。おかげで、ヘンなものがうまくはなったがね。

――敵機が爆撃進路に突っ込んでくる。それを、じっと見上げている。見つめていると、胴体の下から、チラリと黒いモノが離れる。間髪をいれずに、面舵一杯、急げ……だ。艦は、反対舷に傾きながら、ビューッと右に回り出す。もう大丈夫。敵サンしまったと思うだろうが、落ちている爆弾は、もうどうしようもない。左舷の、もし真っすぐに進んでいたら艦がいるはずのところへ、ダーンと水柱が上がる。どんなもんだ。――問題はハラさ。ハラを据えてかからんことには、早く舵を取りすぎてもいかんし、遅すぎてもいかん。早すぎれば、爆弾落とすのをやめるからナ。遅すぎれば、命中弾は食わなくても、至近弾は食う。至近弾でも、ペコンペコンの駆逐艦の外鈑は、孔だらけになってしまう。悪くすると、上甲板にいる兵隊が何人かやられる。こいつが、次から次へとやってくるので、まるで盆踊りさ。手こそつながないけどナ。

——オイ。脱線だ。要するに、こんな苦労をしているのを、中央の奴らは知っとるのか。しかもだ。二水戦で、戦前から訓練も何も一緒にしてきたものなら、お互い、気心も知れてるし、こんな場合、彼ならこうやるだろう、あれならこのくらいの腕前をもっているのだから、この程度のことは、どしどしやったって混乱は起こさない——とわかっているが、まるでコマ切れのように、あの隊から駆逐艦一パイ、こっちの隊から二ハイ、というように寄せ集めてきて、サアこれでガダルカナルにいってこい、だ。二水戦に比べてそれよりウマイのが、他にいるもんか。となれば、危なくて、何もできやせん。この前なんか、後ろの艦が、カンが鈍くて、真っ暗な中で突っ走っとるのに、ウチの尻をかみそうに近寄ってくる。トラックを出て長いこと帰っとらんので、気が立っとるのはわかるが、ナニもウチの尻まで突っつかんでも、よさそうなもんじゃないか。あきれた、というより、ゾーッとしたナ。これで本職もオダブツかと思ったが——。ウチのスクリューが、うまいことひじ鉄食わせたよ。とにかく、危なくてしょうがないんだ。あれだけは、やめてもらわんと生命がいくつあっても足りんぞ……。

こんな風に、息もつかずにまくしたてる艦長たちを、まァまァとなだめながら、先任参謀は、頭をかかえる。自分も、艦長だったら、同じことをいうだろう。だが、彼らのいうように、司令官の名で文句を中央につけたら、ウチの司令官は、戦場にあって泣き言を並べた。あいつ卑怯なやつだと、中央はいうだろう。アメリカには、ハルゼイという暴れ者の大将がいる。前進することしか知らぬような、ものすごいやつだ。勇猛果敢、闘争心の権化みたいな男で、かんしゃくを起こすと、自分の帽子をデッキにたたきつけるという。日本海軍には無敵だというくせに、奇妙なほど、この手の猛将がいない。みんな秀才ではあろうが、分別臭くて、決断も遅いし、スケールも小さくて、徹底できない。軍縮以来、軍服を着た官僚だけを残して、そんなスゴいのは全部やめさせてしまったのか。書類を書かせて上手だったり、人格者として尊敬できるのはたくさんいるが、猛将がいない。ただ、ウチの司令官だけは徹底的だ。どこの田舎のオヤジかと思うように、風采はあがらぬが、かれは猛将だ。こんな人に、十分働いてもらわぬと、この戦争は勝てん。その司令官を卑怯者と思わせるようなタネを作って――机の上の仕事しかしない、いわゆる秀才という奴は、えてして人の名声をうらやみ、何とかして足を引っ張ろうとする。そいつらが、事情を知りもしないで、こういう烙印をおしたら最後、やつら執念深いから、何をやり出すかわからん。悪いタネをまくのは、お国のためにならん――。

4

私たちは、第三次ソロモン海戦で、「比叡」がやられたあと、生き残りの「霧島」を中心に、ふたたびガダルカナル飛行場の砲撃を企てたときのことを、つい昨夜のことのように覚えていた。

二水戦は、すでに述べたように、三十八師団の船団護衛であった。最初、「比叡」「霧島」と一緒に基地を出たが、ガダルカナル飛行場の砲撃不成功というので、いったん引き返し、ふたたび十一月十四日の朝になって反転、重巡「鳥海」以下の飛行場攻撃を確かめて、ガダルカナルに突入を開始したところ、午前と午後、三回にわたって敵機が群がりよってきて、ありぞな丸、信濃川丸、那古丸、きゃんべら丸、長良丸、ぶりすべーん丸が沈没、佐渡丸中破後退、残ったのは、鬼怒川丸、宏川丸、山浦丸、山月丸のたった四隻になってしまった。

一一隻のうち、七隻がやられ、四隻だけとなった場合、指揮官として、どうすべきか。

――このまま進むか。それとも再挙を期して退くか。

「比叡」が沈んだ第三次ソロモン海戦の後半戦が、残った四隻の輸送船の目前で壮烈に戦われた。米戦艦二隻の四〇センチ砲弾と「霧島」の三六センチ砲弾が、暗闇をつんざいて飛び交う中に、田中司令官は冷静に考えをめぐらしていた。

ガダルカナルの陸軍は、じりじりと押されていて、少しでも早く援軍と食糧弾薬を送らねばならぬ。しかし、昼間の敵機の来襲ぶりを見ていると、「鳥海」以下がやった飛行場攻撃も、大して効果がなかったらしい。とすれば、夜が明けるとともに、飛行機は、ガダルカナルに入泊しても、引き返しても、とうてい船団の速力では魔の一五〇浬圏を脱出することはできないのだから、四隻が一隻もないようになるまで食い下がってくるだろう。

司令官は、

「このまま突入する！」

少しのちゅうちょもせずに、そう命じた。そして、全速力でガダルカナルに向かって突進し、海岸近くなると、

「擱座《かくざ》せよ」

といった。

ノシ上げて、陸の一部にしておけば、もうそれ以上沈む心配はない。人と物を揚げることが重要なんだ。船を捨てるのはいかにも残念極まるが、どうにもやむを得ない。

右するか左するか。撃つべきか、撃たざるべきか。突っ込むか、退くか——。こういう判断は、戦場では、とくべつ、せっぱ詰まった形で指揮官の肩にのしかかる。そのときの決は、理屈がどうであるから、というよりも、指揮官の性格そのものがパッと出る。あの時ああ命令したのは、こういう理由からである——などという筋立ては、あとからくっつけるのだ。

（この場合、たいていの指揮官だったら、引き返すだろう。こんなひどい被害を受けたら、日本海軍の指揮官の神経では、耐えられまい。進め、といえるのは、ウチの司令官とハルゼイくらいのものだ——）

先任参謀は、平べったいガダルカナルのシルエットを闇の中にすかし見て、「お猿の腰掛け」にひょうひょうと乗っている司令官の、ぼうッと光る海を背景に浮かび上がった上半身を、後ろから眺めて嘆息した。

（ミッドウェーでも、南太平洋海戦でも、珊瑚海海戦でも、もしウチの司令官がやっていたら、もっと立派な戦ができていたろうになあ……）

こういう感慨は、二水戦の艦長たちのだれもが持っていた。だから、先任参謀には食ってかかっても、司令官には、そんなことで余計な苦労をかけぬよう、細心の注意を払っていた。また先任参謀にしても、なんとかして自分のところで艦長たちを納得させようと、心を砕いた。

しかし、何といっても狭い駆逐艦の中である。大声を上げて論じ合っていれば、その一つ上の部屋にいる司令官に聞こえないわけはない。司令官は、先任参謀や艦長たちの気持ちを汲みながら、艦隊司令部に行くたびに、担当の参謀や長官に、実情を訴えた。いや、訴えるまでもなく、すっかりやせた司令官を見ては、「状況はよくわかります。が、今のところどうにもなりません。お気の毒だが、もうひと働きやっていただきたい」といわざるを得なくなり、司令官としても、たとえそういわれなくとも、船の少ない、代わりのきかない日本海軍の懐《ふところ》がわかっていればいるほど、部下たちの過労を知りつつ、また出港命令を出さなければならなくなるのであった。

ガダルカナルの戦況は、陸海軍の、いや日本全体の希望に背を向けて、一歩一歩、危機に追い込まれ、追い込まれるにしたがって、輸送は、ますますむずかしくなっていった。

もちろん、陸軍が大発輸送を考えるくらいだから、輸送船が使えないことは明白だった。輸送船には、二重のカセがある。一つは、日本に残る商船自体が足りないことで、もう一つは、敵機の絶好の餌食になることだ。速力が遅いために、駆逐艦が高速で突入するようなわけにはいかない。敵機の行動圏内に入るのを夜にしようとして割り出していくと、ガダルカナルに着いて、揚搭をすませ、全速力で引き返そうとしても、駆逐艦のように、夜のうちには逃げ出せない。けっきょく、どこかで、必ず敵の空襲にさらされる。一一隻いって七隻やられた第三次ソロモン海戦の場合が、いい例である。

窮余、潜水艦輸送もやってみた。

十月下旬から、伊号の大型潜水艦延べ一七隻を使って輸送した。しかし、これは、駆逐艦以上に無理な方法だった。

潜水艦は海の中にさえ潜っていれば、五三センチの酸素魚雷を武器に、どんな大きな艦でも撃沈し去ることができる威力を持っているのだが、物資を揚げようとして浮上すると、機銃弾一発でも致命傷を受ける。その上に、艦の中が狭くて、たくさんは積めない。物ならば三〇トン、人ならば三〇人くらいが関の山で、揚げ下ろしにも能率がすこぶる悪い。ことに、ガダルカナルのように、敵機や、敵魚雷艇が手ぐすね引いて待っている狭いところでは、自殺しにいくに等しかった。

そこで、考えたのが、ドラム缶輸送である。

ドラム缶に米や医薬品をつめ、それを強いロープでつなぎ、駆逐艦の甲板に、積めるだけ積む。ガダルカナルの岸にできるだけ近寄って、走りながら、いっせいに海中に押し落とす。落としたドラム缶は、波間にプカプカ浮いている。それを陸から兵隊が泳いできたり、小船に乗って出てきたりして、ロープの端を海岸に渡し、兵隊たちが引っ張り上げる。これで、揚搭が最小限度の時間に切りつめられる。いわゆる「樽運び」である。

そして、その第一回の「樽運び」が、今日の出撃となった。ドラム缶一〇〇個を、それぞれ予備魚雷八本を犠牲にして、第十五駆逐隊の「親潮」「黒潮」「陽炎」、第二十四駆逐隊の「江風」「涼風」の五隻に分けて積み込み、警戒隊が、三十一駆逐隊の「長波」「巻波」「高波」の三隻。隊形は、先頭が司令官旗艦の「長波」、それから「巻波」がつづき、輸送隊の五隻、前に記した順序に一本棒になる。「高波」は、内地からやってきて間もない新艦で、艦長がすごく張り切って、ぜひ私を一番敵に近くなるところ、暴れられるところに出して下さいと司令官に強訴《ごうそ》し、司令官もまた、新来の戦士に華を持たせてやろうと考えて、隊列の左前方に哨戒艦として飛び出させていた。

「長波」の艦橋は、シーンと静まり返っていた。

月は、まだ出ない。午前零時に、下弦の月が出るはずだが、それまでは、この墨汁を引っくり返したような暗さが、これよりよくなる見込みはない。

波もなく、風もない。海は、黒い鏡だ。

大きな山や森に入ったとき感ずるあの深沈とした精気が、この死んだように静まり返った海の暗さからも、そくそくと感じられる。

ふと、私は、妙なことを考えた。

私たちの出たニュージョージアのブインといい、これから向かおうとしているガダルカナルといい、このサボ島に近い海といい、いったい、戦争ででもなければ、日本人やアメリカ人の幾人が来ていたであろう。赤道下の雨と陽光に、伸びるだけ伸びきった山々の原始林。もう、こんなに伸びると、木だ、草だともいえない化け物のような植物である。おれたちの楽園に、何の用があって人間などが入ってくるのか——とでもいいたそうな表情で枝を広げ、根を張って、われわれの立ち入るのを拒みつづける植物の精。そして、そこに、ツルハシと小銃を持って入りこんでいる日本兵。身を鴻毛《こうもう》の軽きに比して努力しても、ブルドーザーや圧倒的な生産力のためにジリジリと押され、道をふさがれていく苦悩に、知らず知らずのうちに、人間の力の限界といったものを思い知らされている。私は、ガダルカナルに近づくにしたがい、ふしぎな寒気を背筋に感じて、身ぶるいがしたくなるのだった。

するると、司令官が口を開いた。

「けさ、敵に見つけられたナ。十時ごろだったかナ、あれは……」

確かに、そのころ、敵機が頭の上に、しばらくウロウロしていた。敵機に発見、触接されれば、間もなく空襲があるのは、常識である。ところが、その後、一向に敵は出て来ない。薄気味悪いほど静かな熱帯の一日が暮れ、夜となり、スコールに閉じ込められ、もうそれから、たっぷり一二時間はたっていた。

「おかしいナ。敵は出て来ないつもりなのかナ……」

全く、奇妙な気持ちだった。昼の部、つまり敵機は出て来ず、夜の部、つまり敵水上艦艇の方は、まだ影も形も現わさない。

もちろん、敵が恐いわけではない。軍人とは、戦死をするはずのものであり、ここを自分の死に場所と考え据えれば、別にあわてる必要もない。——ただ、今度の出撃は、ドラム缶輸送の店開きである。いっそ今まで出てこないのだったら、今日の任務は、一発も撃たずに達せられるはずなので、そいつを全部海に落としてしまうまでは出てほしくない。——まず、魚雷艇程度だったら、「高波」が、ねじり鉢巻きでハリキッている。もし手にあまったとしても、少なくとも、警戒隊の三隻で料理ができるが、それ以上の部隊だと、あとの五隻も狩り出さねばならぬ。そのとき、ドラム缶で通路もふさがれ、発射管の旋回すらできない輸送隊が、トッサの間にその一一〇〇個を捨てられるか。

私は、司令官がいつもいっていた「魚雷発射の好機があったら、他にどんな任務があっても突っ込め、撃て」という言葉を思い出した。

事実、夕方、「今夜会敵の算多し。会敵せば揚搭に拘泥《こうでい》することなく敵撃滅に努めよ」と命令が出されている。

たとえ命令が出されていなくとも、そんなときには、二水戦ならば、何はともあれ突っ込むに相違ない。同じ司令官の下で長いこと激しい訓練をつづけてきたおかげで、司令や艦長がイザというとき、何をするだろうかは、たいていわかるのである。

(一体、敵は、どうしているのだろう……)

私は、目を据えて、前方をすかす。

少し前に、私たちはサボ島を左、真東に見て、駆逐隊は、陸海軍部隊のいるタサファロンガの海岸に平行なコースを、ずっと海岸寄り、約四〇〇〇メートルに進んでいる。速力は、一二ノットに落とした。ドラム缶をつないだロープが切れず、広く散らばらないで海に浮いてくれるための配慮である。

ところが、われわれの前方約二万メートルのところでは、われわれの全く知らないものが、われわれの行動をレーダーでじっと見つめつつ、ぐんぐんと距離を縮めて向かってきていたのだ。

偶然の符合といおうか、米部隊は、二水戦がちょうどブインを出たのと同じ時刻に、彼らの前進基地エスピリッツ・サントを出ていた。アメリカのライト少将の率いる重巡ミネアポリス、重巡ニューオーリンズ、重巡ペンサコラ、軽巡ホノルル、重巡ノーザンプトン、および駆逐艦六隻の有力部隊——わずか駆逐艦八隻の日本艦隊に比べると、それは天地の差ほどの違いがある強襲部隊であった。

砲力の差——のほかに、彼らは、前からの失敗にこりて、事前に水も漏らさぬ計画を立てていた。先頭には、新式のレーダーをつけた駆逐艦をおき、次に駆逐艦三隻がつづく。そのあとに巡洋艦群が一列になり、最後尾に駆逐艦をさらに二隻。こういう隊形で進んで、敵にぶつかったら、まず駆逐艦が魚雷を撃ち、次の巡洋艦の砲撃を邪魔しないように、さッと横に開く。そこで巡洋艦が、二〇センチ砲をツルベ撃ちに撃ちかける。探照灯をつけると、それを狙われるので、飛行機を飛ばせて、吊光弾を落とし、敵を暗闇の中から嫌応なく浮き出させ、一隻も残らず撃沈してしまおう、という大がかりの作戦である。

当時の私たちが、そんな敵の計画など、夢にも知ろうはずはない。

また、敵が、私たちの持っていないレーダーをきかせて、ブラウン管の上に私たちの行動をすっかり捉えていることすら知らない。

あるいは、米艦隊の隊内無線電話でも聞いておれば、私たちも、もっと早く準備ができたのかもしれなかったが、小人数の駆逐艦の電信兵では、味方の電信系をカバーするだけで手いっぱいなのだ。

こうして、敵味方を比べてみると、私たちの運命は、まるで風前の灯である。いつ、彼らが魚雷を撃つか。それを私たちが、どう受けて立つことができるか——。

時は、容赦なくたっていった。

もう、目の前に、ガダルカナルの稜線が、黒々と星空をかぎって見える。あの中にいる陸軍や海軍陸戦隊は、今、何をしているであろう。飢えに迫る空腹をかかえ、木の根を食い、マラリヤに冒され、戦いたくとも戦えないのだ。

どうしても、このドラム缶全部を送り届けてやらねばならない。全部で、中味は数トン——陸兵一万の、ほんの一、二日分にすぎないが、米の白さを見ただけでも、元気が回復するだろう。

——さすがに戦場に出ると、不平も不満も跡かたもなく消えて、ただ、頭の中は、任務遂行でいっぱいである。

ちょうどこのころ、私たちの前に邪魔者が現われた。

敵の飛行機三機。赤と青との標識灯をつけて、艦首方向で、ぐるぐる旋回している。しかも高度はバカに低い。

「やつら、何をしとるんだろう」

「苦手だぞ、こいつア……」

私は、水雷長と、闇の中でこんなやりとりをした。

しかし、田中部隊は、依然として、黙々と突進している。

「やつらは、まだ気がついていない。気づいたら、すぐ吊光投弾を落とすはずだ。吊光投弾が見えんじゃないか」

先任参謀の声だった。なるほど、と私は思った。ぼんやりしているやつに遠慮をする必要は少しもない。あとでどうなられるのは、敵の搭乗員であって、それはこっちの知ったことじゃないのだ。

「ドラム缶投入用意」の号令がかかる。兵隊たちが甲板をかけ回り、いつでもそいつを押し落とせる準備が、輸送隊の方では完了しつつある。

「この分では成功ですな……」

コンパスにかがみこんで、ガダルカナルの山を目標に、艦の位置を出した私は、もう大丈夫と思って、投下したあとの手筈を、心づもりにつもっていた。

あと少しである。

そのときである——。

左前方を走っていた「高波」のすぐ近くでは、容易ならぬ事態が起こりつつあったのである。

一〇分前、先頭の米駆逐艦のレーダーに映し出された異様な映像は、ぐんぐんその明瞭さと、数を増していた。

「高波」は、その暗黒の中を、まだ何も気づかず、真っすぐ敵艦列の先頭に向かって近づいていく。

当然、米先頭駆逐艦は、レーダーに艦影を認める。距離約六四〇〇メートル。アメリカの魚雷としては、精いっぱいの距離である。同時に、その艦の艦長は、指揮官のライト少将に魚雷発射の許可を求めた——。

ここまでは、順調であった。その許可を求めたのに対して、すぐ許可を与えれば、威力が小さいとはいいながら、相手は駆逐艦である。命中すれば、いっぺんにふっ飛ぶはずだ。

が、ここで、非常に皮肉なことが、アメリカ艦隊に起こった。ライト少将が、旗艦では測れていないその六四〇〇メートルという距離に、ふッと疑念をもったのだ。

——一〇分前に二万一〇〇〇メートルであったものが、どうして急に六四〇〇メートルに近づいてきたのか。これは何かの間違いではないか。

——間違いではないか、と考えると、その間違いを起こしそうな原因は、いろいろあった。まず戦場が狭く、島にとり囲まれているので、島と艦との区別が、つきにくい。またそのレーダー自身、まだ進歩の途中にあったので、一〇〇パーセント信頼することはできない。その夜の視界七〇〇〇メートル。肉眼では見えない。だから、その測定値が、常識――合理性からあまりカケ離れると、だれでも疑問を持ちたくなる。

そこで、先頭駆逐艦との間に、

「確かか？」

「確かです」

「六四〇〇メートルは近すぎる。目標を間違えたんじゃないか」

「いや。目標は間違えていません」

「おかしいナ。機械は異状ないか」

「異状ありません。本艦のはSGレーダーという一番新しいヤツです」

「機械に確信を持つのはいいが、六四〇〇というのは近すぎる。もう一回測り直してみろ」

というような、ほんの四分間にすぎない時間ではあったが、撃てとも撃つなとも決まらない時間が、あわただしく、空に走った。

運命の時間――ミッドウェーの場合「赤城」「加賀」「飛龍」「蒼龍」の生命を、あっという間に奪い去った五分間の遅れ――敵機動部隊見ゆの飛電を受け、陸上攻撃に備えた攻撃機隊を、大急ぎで艦船攻撃に切り換え、いざ飛び出そうとする進撃命令との間の遅れを運命の時間とするならば、このとき、米先頭駆逐艦艦長がレーダーで田中部隊の先頭に飛び出していた警戒艦「高波」を測り、魚雷発射の許可を求め、指揮官が発射を命ずるまでの四分間は、田中部隊にとっては、知らないうちに危うく死地を脱したことになり、ライト部隊にとっては、絶対優勢から、一挙に敗北にまで追い込まれた痛恨の時間になるのだった。

事実、その間「高波」は、一歩誤れば千仞《せんじん》の谷底という一番危ないところを、すうッと通りすぎてしまっていた。

距離、「高波」へ六七〇〇メートル、「長波」へ八七〇〇メートル——。

午後十一時二十一分、米先頭艦から、一〇本の魚雷が、ひそかに、次々に、鏡のような水面に吸い込まれていった。二番艦は八本。三番艦はレーダーが旧式であるため、ガダルカナルの島と田中部隊との区別ができず、やりすごし、四番艦は、これも旧式なレーダーだったが、腰だめで二本、ほうり込んだ。

二〇本の魚雷が、まだ何も気づかない田中部隊に向かって、生きもののようにするすると伸びていった。

危ない——。

これがもし日本の六一センチ酸素魚雷であったら、私たちは、みすみす敵の術中に陥ったはずであったが、こういうところに、技倆と、兵器の性能が、致命的な勝敗の境を決定するのだ。

高速の四八ノットを出させれば四〇〇〇メートルしか届かないアメリカの魚雷なので、敵としては雷速を低い方の三二ノット、八〇〇〇メートルに調定せざるを得なかったろう。日本の駆逐艦は、三〇ノットで突進する。いや、この場合のように、敵味方がすれ違いつつあるときには、両方の速力の和に近いスピードで刻々態勢が変わる――その変化に、三二ノットくらいのノロノロした雷速で、しかも夜戦などほとんどやったことのない、私たちからいえば素人みたいな彼らが、どうしてうまくさばくことができるだろうか。

　突如、電信室からの押しつぶされた声が、ひどくせきこんで伝声管に上がってきた。

「『高波』より。敵らしきもの見ゆ。方位一〇〇度」

すわ！　艦橋にピリッと何か電光が走ったようだった。それをすぐ追っかけて、

「『高波』より。敵駆逐艦七隻見ゆ」

　来たなッ――。

　私は、忙しく、さっきの味方偵察機の報告と思い合わせた。「敵駆逐艦一二隻、輸送船九隻あり」という電報が、サボ島をかわすころ、来ていたのだ。

「まだいるぞ。見張れ！」

　私の言葉が終わらぬうちに、司令官の大きな声がした。

「投入やめ。戦闘用意！」

　号令がすぐ電波に乗って全軍に伝えられる。速力を上げる。

　そのとき、

「左艦首、雷跡、二本――」

　けたたましい見張員の声に、私はあざやかに燐光を曳いて近づきつつある魚雷をにらんで、即座に右にいっぱい舵を切った。

艦橋は、一瞬間に緊張した。

眼を皿のようにして、何が魚雷を撃ちかけてきたのか、どこから魚雷が撃たれたのかを知ろうとして、左舷の暗闇の中を捜し求めた。

とたんに、

「あれだ！」

艦長の声が闇に飛んだ。

その闇のはるか向こうに、長大な幅にわたってピカピカピカッと、強烈な白熱の閃光が、海が爆発を起こしたのではないかと思われるほどの激しさできらめいた。

「敵発砲！」

大きな望遠鏡についていた見張員が叫んだ。

「――敵は、戦艦一隻……。巡洋艦――四隻……。駆逐艦――六隻……」

艦はぐんぐん右に回る。閃光が、左真横のあたりから、回り灯籠のように、後ろへ、後ろへ、と飛んでいく。

ぱあッと吊光投弾が燃え上がった。白い、冷たい、何万の螢光灯をいっせいにつけたような、死のような光が、暗黒の空を引き裂いた。あらゆるものが光った。窓枠が光り、砲が光り、煙突が光り、発射管が光った。いや、海も、なまあたたかい空気も、光った。私たちは、完全に光の中に捕らえられた。

間髪をいれずに、司令官の断々乎とした声が響いた。

「全軍突撃せよ！」

ト連送……。

無線電話も、無線電信も、いっせいに空に向かって電波を打ち込んだ。

それ！　二水戦の真価の示しどころだ――。

一二ノットに落とし、ドラム缶を投げ入れようと、ロープをほどきかけていた輸送隊は、そのドラム缶を、タサファロンガの友軍に送り届けるよりも、一刻も早く身軽になるために、振り棄てた。デッキに置いてあったものは、魚雷発射管が回せないので、即座に海にほうり込んだ。もう、投入場所のよしあしは、いっていられない。戦艦一隻、巡洋艦四隻、それから、駆逐艦約一二隻という、有力な敵部隊と一戦を交えるのだ。

いうならば、ねじり鉢巻きの運送屋から、白鉢巻きの突撃隊に一転するのだ。

「魚雷戦用意――」

相変わらず草履ばきの水雷長ではあるが、この号令をかけるときは、ガ然すばらしい。いつもロレツの回らぬような、ダラシのない声でものをいうのが、澄み切った、それでいて、五尺の身体これ熱のかたまり、というほどの、湧き立つような声音に変わる。

水の流れるような、という形容が、この場合、一番ピッタリしよう。文字で書いては、その呼吸のうまさが表わせない「号令」と「報告」とが、発射管についている兵隊たちと、艦橋で敵をにらんでいる水雷長との間に急速調でやりとりされる。

その間をぬって、ときどき、ぽつん、ぽつんと、司令官と艦長の声が聞こえる。

「出たなア」

「おりますナ、敵は」

「ドラム缶は、もったいないことをしたナ」

「案外、届くかもしれません。場所は、あまり違っていないんですから」

「もうちょっとだったナ。あと五分か一〇分遅けりゃ両方うまくいったが……」

「そううまいこと、いきゃあしませんよ」

「しかし、なかなかやるねえ、敵も……。おッ」

司令官の話し声が、急に緊張した。

ズズーンと腹にこたえる不気味な、遠雷のような音が、波をはってきたのだ。

「長波」は、ほとんどいままでの針路と反対に一回りした。回りながら、速力を、一二ノットから三〇ノットに上げる。大角度変針中に速力を上げるので、艦尾の白波が、だんだん大きく、高く奔騰しはじめる。

「突っ込んでください」

水雷長は、敵に食いつくことばかり考えている。

問題は、敵の隊形がよく見えないことであった。さっきから、ノベツに吊光投弾が落とされ、その上に、艦からは星弾までも打ち上げられるので、ただもう眩しくて、その向こう側の暗いところにいる敵の様子など、まるでわからないのであった。

艦長が拳を振った。

「突っ込め！」

私は、「長波」が完全に一回りしたところで、舵を戻しながら、こんどは真っすぐ敵に頭を向けて突撃した。近よれば、見えるはずだ。――艦橋の黒い影が、いっせいに拳を握ったような気がした。恐らく、下の方にいる二〇〇人の乗員たちも、血をわき立たせているであろう。日本海軍の、水雷戦隊の突撃ぶりを見たか！　である。

だが、「高波」は、この間にも、えらいことをやってくれていた。初弾が、敵艦に命中、五斉射を撃ったときには、敵の一、二、三番艦が火災を起こしたのだ。

「しめた！」

水雷長が雀躍《こおど》りした。敵が提灯《ちょうちん》をつけた。暗い夜道にポツンと見える提灯くらい、測距しやすいものはない。さっそく、ハリ切った測距員の声が聞こえはじめた。

しかし、「高波」が全弾を敵に命中させた距離の近さが、こんどは、「高波」の悲劇になった。

「高波」はガダルカナルの岸に沿って、三〇〇〇メートルくらいの距離を保ちながら東南に進んでいた私たちの前方五〇〇〇メートルくらいを駛《はし》っていた。そして、「高波」の向こう側、五五〇〇メートルを、一一隻の敵の隊列が、こちらに向かって火を噴きながら、長蛇のような長い列をつくって、しだいに距離を縮めつつ、白波を蹴って突進してくる。

私たち七隻は、ほぼ九五〇〇メートルに離れていたが、「高波」一隻だけは、五五〇〇メートルの近さに敵に接近していた。撃ちやすい位置に、たった一隻が離れていた。

好餌――。敵は、果然、「高波」に砲火を集中した。白い、赤い、青い、黄色い、着色弾で染められた水柱が、敵の吊光投弾の光芒の下にポカッと浮き出した「高波」のまわりに、文字どおり林立する。ひっきりなしの水柱で、「高波」は、しばしば見えなくなる。

「『高波』発射――」

「『高波』面舵――」

叫び上げる見張員の声も、なにか上ずる。

戦場で、僚艦の危急を見るときほど、血を吐く思いをすることはない。そういう場合でも、冷静沈着、どうしたら敵を倒せるか、そればかりを考えるのが軍人なのだろうが、なかなかそうは、いくものではない。いつも静かな艦橋が、なんとなくザワめく。敵を倒すより先に、「高波」をなんとかして救い出すことはできないかと、そのことで、まず頭がいっぱいになる。

どうすればいいのだ――。

「高波」の健闘に応援するとか、武運の長久を祈るとか、そんなナマぬるいことでなく、もっと積極的な、もっと直接的な方法はないものか。

「長波」は、敵の雷跡に気づいて、すぐ面舵一杯をとった。三〇ノットに上げ、黒い海にまっ白なウェーキの円を描いて、ほぼ三六〇度を回り切り、そのまま敵に向かって突進しつつある。

その右舷すぐそばを、二番艦の「巻波」を先頭に、「親潮」「黒潮」「陽炎」の三隻が、ぐんぐんスピードを上げながら直進する。が、何もせずに直進しているように見えるのは外見だけで、双眼鏡を当てると、上甲板は引っくり返るような騒ぎである。——ドラム缶をなんとかしなければ、発射管が回らないのだ。うず高く積み上げた、各艦二〇〇個を上回るドラム缶を、白っぽい作業服姿の兵隊たちが、一分一秒を争って海中にほうり込んでいる。

ほうり込まなければ、戦闘ができない。手も足も出ない。恐らく、激烈な切迫感が、彼らの一人一人に乗り移っているのだろう。コマネズミのようにというたとえでも、とてもいい足りない。機関車のピストンのような速さで、右に左に、しぶきを上げてドラム缶が落とされていく。

が、指揮官は、もっとジリジリしているに違いない。ペロペロのブリキ缶のような小さな駆逐艦が、恐ろしい威力を発揮できる理由は、その魚雷と速力と運動性にある。また、その弱体な艦を防御できるのも、速力と軽快さのためである。

戦艦（と思っていた）、巡洋艦、駆逐艦よりなる強力な敵は、いま、目の前、わずか八〇〇〇メートルにあって、「高波」を、猛烈に撃ちつつある。その砲弾は、いつ、彼らの頭上に降り注ぐかもしれない。一刻も早く、戦闘準備をしなければならない。だが、ドラム缶を落としてしまわない限り、魚雷が撃てない。魚雷が撃てなければ、圧倒的な敵の砲力の前に、自滅するだけが運命である……。

そのとき、目の前に、真っ黒な敵の巡洋艦が、ぬッと姿を現わした。発砲のたびに、その巡洋艦が、閃光のかげに隠れる。閃光が消えると、また姿が見える。火災は見えない。測距員は、その発砲の閃光を測るという放れ業をやってのける。刻々に、距離が縮まる。ひどく近く見える。四〇〇〇メートルくらいか。いや、もっとあるな……。

艦長が、すごい勢いで号令した。

「敵の巡洋艦。発射はじめ！」

七五〇〇メートルという測距員の声に、私は、舵を左に切って、針路をほぼ敵艦列と平行にした。

「ようそろう――。水雷長。定針――」

艦の頭がグラグラしていると、照準がしにくい。ピタリと針路がきまったことを、私は水雷長に知らせた。

そのころだった。耳がガーンと鳴るのと一緒に、艦尾のウェーキのあたりに、ものすごい水柱が立った。真っ白な巨大な毛氈《もうせん》の中に、真っ白な巨大な椰子の樹が、忽然として立ち上がったように見えた。

（近いぞ――）

黒い人影が、すっと背を丸くしたようだった。

水柱が消えると、またすぐ水柱が上がる。さっきの敵巡洋艦が、いや、そのあたりに並んだ何隻もの敵巡洋艦が、全部こちらを向いて、口からカッと火を噴いた。背を低くして立ち向かっていく「長波」に、敵は長い槍を、いっせいに振り回して防いでいるように思った。

「くそッ！」

だれかが、いった。

私は、魚雷を撃つまで、弾丸が当たらずにいてくれと祈った。南無八幡……といいたい瞬間であった。が、その切迫した瞬間、水雷長は、猫背にして、方位盤の望遠鏡に組みついたまま、テコでも動かぬ闘志の化身になっていた。ちょうど、これから発射管を飛び出していく巨大な九三式の酸素魚雷にまたがって、このドロリとした黒い海の中を、敵艦の横腹めがけて突入しようと構えてでもいるようだ。

「用意！」

用意、用意と、尻上がりの声が、伝令によって、発射管に伝えられる。敵弾は、依然として、艦尾スレスレに落ち、至近弾の弾片が、真っ赤な彗星のように、ぱあッと虚空に飛びちがう。

（も少しだ。も少しだ……）

思わず、拳をしっかり握りしめる。私は、ジャイロ・コンパスの目盛りと、暗闇の海とに眼をこらす。敵や、砲弾や、魚雷に気をとられていたら、肝心の「長波」を、突然現われた味方駆逐艦にぶっつけないとも限らない。この闇の中を、お互い、三〇ノットで、一〇秒に一五〇メートルをふっ飛ばす速力で駆け回っている。そして、みんなバラバラで、めいめい勝手に、敵を狙い撃ちしようとしているのだ。

しかし、そうはいうけれども、駆逐艦の生命である魚雷が、いま撃たれようとしているのだという意識が、私を、どうしてもコンパスと前の闇から放して、右側の手の届くところにいる水雷長と、水雷科の先任下士官とのやりとりに耳をそば立たせる。

「三度前――」

「二度前――」

「一度前――」

先任下士官が読む敵艦と発射管の照準線との開きの角度は、刻々に狭くなっていく。「高波」の孤軍奮闘で、一時ざわめいた艦橋も、水を打ったようだ。みな、息をつめている。艦橋にある艦長も、私も、兵隊たちも、いや発射管員も、砲員も、機関科員も、いっせいに息をのむ。そのためにこそある駆逐艦――。その主兵器である魚雷が、いま出ようとしている。直接関係のない兵隊は、当たってくれ、と祈る。発射管員たちは、うまく走ってくれ、と祈る。心血を注いだ調整が、そのまま生きてさえくれれば、この魚雷は、かならず敵を倒しうるという自信があるのだ。

シーンとした中に、ふと見ると、時計は、無心に十一時三十三分を指していた。そのときだった。

「テーッ!」

と水雷長が、肺腑をえぐるように叫んだ。

カタッと金属のふれ合う音がすぐつづくと、発射管の口から、赤く塗られた巨大な頭部、五〇〇キロ（アメリカは三〇〇キロ）の炸薬をつめた恐るべき破壊力の権化が、ぬうっと姿を現わし、たちまち白銀色に鈍く光る胴体が、圧縮酸素をいっぱいにはらんで伸びていき、伸びきると、ちょうど、水泳選手のスタートのように、ふわりと闇に浮かび、舷にそって滝のように飛ぶ白波の中に、頭から、ザンブと姿を消す。と、それを追うように、次々と魚雷が水中に躍り込み、躍り込むあとから、魚雷を押し出した圧搾空気の音が、短い、それでいて腹にしみるような強さで、シャーッ、シャーッと耳を打った。

そのあとは、艦橋は、ふたたび発射終わりを報告する伝令の声で埋まる。

ほっとした安堵感が、総員の心を包む。

何しろ、七〇〇〇〜八〇〇〇の短い距離である。魚雷は、最高雷速で、もう、猛然と水中を突進しているはずだ。一秒間に二五メートルちかく進むのだから、敵に達するまでは、五分もあれば、それでいい。

あと五分――。

5

だが、私は、あまりにも「長波」のことだけを述べすぎた。

その五分間がすぎる前に、「長波」が反転して魚雷を撃つまでの間に起こった敵味方の様子を、もう一度、時計を十一時二十七分に、六分ほど逆戻りさせて描いてみよう。

「長波」が転舵している間に、ドラム缶を落としながら、すぐそばを通り越していった「巻波」「親潮」「黒潮」「陽炎」の四隻は、落とし終わるのを待ちかねて三〇ノットに増速すると、さア来い、といわぬばかりに、猛然と魚雷の発射準備に取り掛かった。

ドラム缶のような、運送屋のお荷物を投げ棄ててしまうと、あとは本来の二水戦のヴェテランらしさが、止めようとしても止まらぬほどの勢いで躍動する。

三〇ノットでは、彼らとして、いかにもスピード感を満足させるまでにはいたらないが、この暗さでは、速いばかりが能ではない。

ところが、勢い込んで走っていると、敵艦列は、もう、だいぶ後ろの方を反航している。遠くなれば、距離がふえるだけ、魚雷は当たりにくくなる。で、先頭の「巻波」は、左に大きく舵をとって、ちょうど敵の列と平行になるようにリードする。距離は約一万二〇〇〇メートル。アメリカの魚雷ならば、とても届かないが、日本のものならば、最高雷速四九ノットにしても、まだ二倍ちかく、二万メートルは走るのだ。それと、もう一つは、あまりにもガダルカナルの近くを走っていたため、そのまま、定石どおり、敵に離れるように舵を取ると、下手をすればノシ上げる恐れさえある。

こうして、「巻波」以下四隻が、左に回り込んでいるとき、悲壮な奮戦をつづけていた「高波」は、もう全身火だるまとなっていた。

「高波」が、どうしてこんなに、めちゃめちゃにやられたのか。

中には、司令官が禁止していた砲撃を、「高波」がやったものだから、その発砲の閃光を狙われて、集中砲火を浴びたのだと、いかにも「高波」の艦長が悪かったようにいう人もある。

しかし、それは、おかしい。アメリカのレーダーには、わずか五〇〇〇メートルそこそこにいる「高波」は、「セント・エルモの灯」のようにあかあかと見えていたという。このレーダーで撃つのだから、命中しない方がおかしいので、「高波」の射撃の閃光で、狙い撃ちされたというのでは、レーダーが笑い出そう。

司令官が撃つなと厳命したというのも、二水戦司令官ともあろうものが、そんな小学生のような「訓示」を、艦長に対してするはずはない。身体を隠して自由に雷撃をし、すぐ全速力で避退するのが、水戦の常道である。あとで司令官にこれをいったら、そんなバカなことをオレがいうものかと、一笑にふされた。それが当たり前である。しかも、吊光投弾と星弾が、あたりを昼間のように明るくしている。少なくとも二水戦では、撃っても撃たなくても、完全に敵から見られてしまっていたではないか。

けっきょく、「高波」の生命を奪ったのは、敵との距離だ。あまりにも、敵に近すぎたのだ。だから、雷撃を終わったあと、「高波」は、反撃のために撃っている。いや、「長波」でさえ撃ったのだ。撃っても撃たなくても、撃たれるならば、撃った方がいい。だが、艦は撃たれれば、火を発する。火は、暗夜の絶好の目標である。つまりは、撃たれれば撃たれるほど撃たれ、撃てば撃つほど撃たれるのだ。少なくとも、一隻対一隻の絶対数は、どうすることもできない。

このとき、「高波」艦長は、乗員に向かって、

「本艦は、敵の全砲火を一身に吸収しておる。おれたちの死は、犬死にではないぞ。味方は、

その間に絶好の射点に進出して、必殺の魚雷を敵に見舞えるんだ。カタキは、僚艦がとってくれる。安心して、最後まで頑張れ」

と叫んだという。

この「高波」が、十一時二十分に撃った魚雷か、「長波」とほとんど同時に反転した「涼風」が撃ったものか、適確にはわからないが、十一時二十七分、大騒動が敵艦隊の間に勃発した。

前衛でいた四隻の米駆逐艦が、目標を見失って射撃をやめ、サボ島を回って避退しようしはじめたときである。

爆発と火災で、艦いっぱいの火になっている「高波」の苦戦を、米兵たちが大喜びで見ていたときである。

ライト少将の旗艦ミネアポリスが、「高波」を輸送船と思い込み、一隻片づいたからと、こんどは艦首方向に見える「長波」に砲火を移して、二〇センチ砲九斉射を撃ち終わったときである。

そのあとにつづいた重巡ニューオーリンズが、四分間に九斉射の、恐ろしく速いピッチで砲弾と照明弾を撃ち込んできていたときである。

三番艦の重巡ペンサコラは、二〇センチ砲一二〇発を、無二無三に撃っていたし、四番艦のホノルルと、五番艦のノーザンプトンが、さかんに「高波」を撃っていたとき――。

——旗艦ミネアポリスに、突如、魚雷二発が命中したのだ。

私たちのところから見ると、ちょうど「長波」の右正横のあたり、距離にして八〇〇〇メートルもないところにいた一万トンが、ガクッとゆらいだように見えると、みるみる、艦の半分ほどもありそうな水柱が、白々と、マストの頂上を越えて、二本、ぐうッとのび上がり、そのまましばらく宙に浮かんだ。

目まぐるしい時計の動きが、このときばかりは、ハタと止まったようであった。

私たちの目も、瞬きを忘れて、この水柱に吸いよせられる。——「高波」の敵討《かたき》ちとか、吹き飛ばされた人の生命とか、そんな人間的な感情は、不思議なほどに浮かばない。あるいは、いんいんととどろく砲声の中、暗黒の海に、敵艦が、私たちの姿を肉眼でとらえるため、つづけざまに打ち上げる照明弾の炸裂の、どことなく暗さを含んだ目を射るような明るさが、彼ら自身までも裏切って、彼ら自身の姿を、私たちにもありありと見うるように、闇の中に浮かび上がらせた白銀色が、人であることすら忘れさせるほどに強烈であったのか。あるいはまた、背景の黒と、発砲の閃光の橙色じみた白熱と、血のような「高波」の燃え上がる火焔とが、時に明るく、時に暗く、狂ったように交錯するその大規模な色彩の乱舞に魅入られて、私たち自身、人間であることさえ忘れてしまうのか。

その水柱は、そのまましばらく凍ったように動かなかったが、やがて、ヤレヤレと腰を伸ばすと、そろそろとしゃがみ込み、その後ろからドンデン返しのように、敵艦の姿がせり上がってきた。

せり上がった敵艦の姿は、あっと息をのむほどに、すさまじい変わりようだった。前檣楼の破片と、飛行機用ガソリンの炎が、気が狂ったように空高く躍り上がる。その上に、おおいかぶさる水柱が散って、火焔と水蒸気が、綿のような濃い雲となって、艦の長さ全部に広がる。

ガクッと、それは、のめったようだった。速力が急に落ちた。それよりも、艦首が、いや一番砲塔の根元までが、ポッキリと折れて沈んだように見えた。

このとき初めて、ドッと「長波」の艦橋がわいた。この先頭の巡洋艦を戦艦だと思い込んでいただけに、「高波」の連中、戦艦との刺し違えで死ぬのなら、駆逐艦乗りとしては、いっぺんで極楽浄土に飛び込んだみたいなものだと、むしろ賛嘆の溜息が、どよめきの大部分を占領した。

「む。敵もやるぞ」

ほとんど水に突っ込みかけている前部砲塔から、パッパッと発砲の閃光が見えたとき、司令官が、口を挟んだ。両腕を組んで、大きな眼をむいているに相違ない様子である。

「照明弾の打ち方も下手クソだが、攻撃精神は旺盛だ」

司令官は、私たちが、ほとんど夢中でこの戦闘の渦に巻き込まれているときも、超然として敵の品定めをしている。戦場度胸というか、ふだんのひょうひょうたる田舎オヤジが、こんな危急存亡のときになっても、肩を張るでもなし、目を吊り上げるでもなし、相変わらずの調子でノンキなことをいっている。

ただ一言、「全軍突撃せよ」といっただけで、彼の部下たちは、致命的なハンディキャップを一つ、二つと見事に振り捨て、やがてたちまちに攻守ところを変えると、白刃の下をくぐり抜けて、精魂込めた魚雷をたたき込んでいったのだ。「高波」が撃ち、「涼風」が撃ち、「黒潮」が撃ち、「江風」が撃ち、「長波」が撃ち、「親潮」が撃った。もちろん襲撃訓練のときのように教範通りに撃つわけにはいかなかったが、したがって、各艦全射線を撃ち終わったわけではなかったが、とくに輸送隊の五隻は、ドラム缶との格闘が少しでも効果を上げ、発射管が回るようになったところから次々に撃ち込んでいったので、中には、「親潮」のように、八本の魚雷を、二〇分もかかって撃った苦心もあった。そして、その魚雷は、「高波」「涼風」のように、もう敵の列線で暴れ回っているのもあり、「長波」やその他の駆逐艦のもののように、まだその恐るべき破壊力を秘めて、水中を、真一文字に、敵へ、敵へ、と突撃しつつあるものもあった。

「長波」の左前方、ほぼ一五〇〇メートルには、「涼風」と「江風」が、並んで、黙々と引き返していた。二隻とも発射を終わり、それぞれの分身である魚雷が突撃しているのにあとを任せて、いたずらをした子供が、知らん顔で口をぬぐっているように、私には見えた。くすッと笑いたくなるような、彼らのとり澄まし方であった。

航海長としての私の関心は、もう、今にも沈みそうになっている敵艦にあるというよりも、「涼風」「江風」の方に集中していた。「長波」が二水戦の旗艦であるからには、三隻は当然合流しなければならないが、どんなふうに、うまい具合に、最短時間で彼らの中に入ろうかと、方位や距離を測って、真っ暗な中で目算を立てた。

その間にも、敵弾は、驚くべき正確さで「長波」を追ってきた。三〇ノットで艦尾から曳く大きな白いウェーキのちょうど真ん中あたりに、ズボッ、ズボッと、固まった水柱が、艦と一定の距離、ときにはヒヤッとするほど近くなることもあるが、――一度、ガシッと嫌な音を立てて、破片で二番煙突に孔をあけられたほか、きわどいところで外れながら、ウンザリするほど近く、追い迫ってきた。

「ほ、敵は機銃を撃ってるぞ」

藪から棒に、とんでもないことを司令官がいった。なんでもないときならば、みんなゲラゲラ笑い出すところだろうが、さすがに今は、だれも笑うものはいなかった。

発射前、敵に向かって突っ込むときは、どんなに弾丸が来ても、恐ろしいとかなんとか、そんなことは思いもしないが、発射を終わっていただけに、妙に後ろが気になる。逃げなきゃと、必死になる。昼間ならば、恐らく顔色も変わって見えよう。

そこへまた、司令官の声である。

「うまいね。照準はいい。だが、左右がダメだ。修正がまずい……」

私は、呆気にとられた。この人は、どこまで大胆なのだろう。――ハルゼイという頑固オヤジがアメリカ海軍にいて、いま、ここに邪魔しに来た敵艦隊に号令している。並外れた豪胆と、攻撃精神で、猛将の名をほしいままにしているというが、ハルゼイも、ウチの司令官に会うと、なんとなく肩を並べてみたくなるだろう。バカに秀才で、秀才だけに線が細くて、至誠奉公の中に、自分の安住の地をこしらえているような人が多い海軍の上級幹部の中で、ウチのオヤジはとにかく際立った存在である。

「敵二番艦命中！」

見張員の声に、私は、思わず現実に引き戻された。八〇〇メートルばかり向こうの方、もうだいぶ右正横から後ろの方に寄っていたが、その「戦艦」――すでに頭を水中に突っ込んで、沈もうかどうしようか迷っているような「戦艦」の向こう側に、巡洋艦が、艦橋の下くらいから前をソックリもぎ取られ、大砲を空に向けた砲塔がついたままの艦首全体が、プカプカと後ろの方に流れ去るのが双眼鏡の視野に入った。恐らく、「戦艦」が急に二六ノットからほとんど停止にちかく速力が落ちたので、すんでのところで二番艦が衝突しそうになり、あわてて右にいっぱい舵を取って避けたところを、その「戦艦」を餌食にしたグループの魚雷幕が、そのあたりに八つ手のように伸びてきており、酸素魚雷であるために航跡に気づかず、みごとにその中に頭を突っ込んで、ちょうど火薬庫のそばにでもその一本を食ったのに違いない。

火薬庫に魚雷を受ければ、事は重大である。艦のアタマをもぎ取るくらいワケはない。

そこへ、爆音をとどろかせて、飛行機が飛んできた。ギョッとしたのは、私だけではなかった。だが、考えてみると、こんな暗い海で、第一、敵味方の区別さえつきかねるだろう。

「戦艦」やられ、重巡やられ、何を血迷ったのか、私たちの方に近く舵を取って出てきた一隻の重巡は、猛烈な白波を立てて、私たちを追ってくる。四番目の軽巡一隻は、ゴチャゴチャにかたまってノビている二隻の向こう側を、ジグザグに走り回る。そして、最後尾の重巡は、そのジグザグ艦よりも、もっと向こうに逃げて、必死に戦場から逃げ出そうとしているようにみえる。

ようやく、敵弾が、来なくなった。敵は、自分のことでもう精いっぱいになっているのだ。

——混乱だ。大混乱が敵の隊列ではじまっている。

「勝ったぞ」

艦長が、初めて白い歯を見せた。しかし、「長波」の撃った魚雷は、まだ届かない。時計員が、予定到達時刻を、大声で読んでいる。あと三〇秒！

私は、その間に、速力を全速に上げ、砲弾を逃げ切りながら、左に舵を取って、「涼風」と「江風」の間に入った。あとは避退だけだ。が、気になるのは、頭上の爆音であった。

（少し間抜けだナ。今ごろ飛行機を持ってきて、どうするんだ）

劈頭《へきとう》に吊光投弾を落としていった敵機は、もう、どこへいったか、姿も見えない。吊光投弾と星弾とは、よく似ているので、あるいは私の見間違いであったかもしれないが、とにかく、敵機の行動には、おかしいところばかりあった。駆逐艦が魚雷を撃とうとしていることを味方の巡洋艦に知らせ、その駆逐艦の上で吊光投弾を落とせば、二〇センチ砲のツルベ撃ちを食わせて駆逐艦を撃沈してしまうことができるのだし、沈めないまでも、魚雷が近くに来ない前に、十分逃げきることもできるのだ。

この敵機は、眼の下に絶好のチャンスを捕らえていた。「高波」を通り越して、とッとと先の方まで駆けていった「巻波」と、輸送隊の「親潮」「黒潮」「陽炎」の四隻が、左の方にぐうっと突入し、魚雷をどしどし撃ち込んでいるところを、敵機の搭乗員は肉眼で認めた。

もともと、この飛行機は、強力な吊光投弾を積み、それを敵——つまり田中部隊の頭上に落とすのが任務であった。けれども、先発してツラギの水上基地に行き、予定時間に離水しようとしたところが、あいにくのことに風がなくなり、どうしても飛び上がれない。もちろん、何度も何度もやり直したに違いないが、ダメなものはダメだった。結局、苦心惨憺の末、どうにか飛び上がることは飛び上がれたのだが、もう一時間一五分もたっていて、ようやく戦場にたどりついたときは、戦闘も峠を越そうとしていたのだ。

が、この四隻が突入しつつあるのを認めたならば、当然その真上に吊光投弾を落とし、少なくともこんな奴が、こんなところで、大それたことをやろうとしているぞと、味方に知らせるのが常識なのに、この搭乗員は、よほど律義者だったらしく、「吊光弾落とせ」という旗艦の命令を待った。しかし、待っていて、どうして答えがあろう。

十一時二十七分、二本の魚雷が轟発したとき、旗艦である重巡ミネアポリスの旗艦としての機能は失われた。二番艦ニューオーリンズの艦首がもぎ取られるに及んで、混乱がはじまった。とても、飛行機に「吊光投弾を投下せよ」と命令を出すどころの騒ぎではなかった。

三番艦のペンサコラは、二番艦が右に出たので、左に避けた。避けたまではよかったが、一番艦、つづいて二番艦がやられ、その真っ赤な炎が天を焦がしているこちら側に入ってきたため、その火を背景に、影絵のように艦の全貌を私たちに見せてしまった。これを黙って見ている私たちであろうはずはない。

――「長波」が、狙ったのは、この影絵の艦であった。

「用意――」

時計係が、若い、金属性の声を、いっそう高くして、八本の「長波」の魚雷が、敵の列線に到達する時刻を報告した。十一時三十八分だった。

「時間ッ」

ほとんどその語尾が消えないうちに、

「命中！」

躍り上がる水雷長の言葉が爆発した。

その「重巡」の後ろのマスト一帯が、水柱で見えなくなった。

「当たった！　当たった！」

彼は、望遠鏡にとりついたまま大声で、「重巡」の状況を奔流のような勢いでしゃべり出した。

「燃えてる、燃えてる。上甲板が燃えてる。マストが、たいまつのように燃えてる。当たったのは、どこかな。機械室らしいぞ。消防ポンプが一つも出てこん。水をかけとらん。やあ、傾いてきたぞ。左に傾く。艦が真っ赤になった。燃えてるぞ。一五度は傾いている。や、停止したぞ。ウェーキがなくなったぞ。赤いなあ。真っ赤だぞ。鉄が燃えてる……」

恐ろしい光景だった。

その恐ろしさをジグザグで逃げ回っている軽巡ホノルルは、三〇ノットにも上げていたので、とうとう、無事に逃げきった。

問題は、五番艦のノーザンプトンであった。一番遠くを、大回りに逃げていたノーザンプトンが、サボ島に突っかけそうになって、左に、つまり田中部隊の方に近づくように舵を取った。その舵を取ったところを狙って、とてもアメリカの駆逐艦では思いもよらない一万六〇〇〇メートルの遠距離から、「巻波」と一緒に走っていた「親潮」が、ようやくドラム缶の始末をつけて八本の魚雷を次々に撃った。

それから九分。真っすぐ走っていたノーザンプトンの後ろのマストの直下のあたりに二本、かたまって、ドカドカと命中した。ペンサコラと同じような場所であったが、魚雷は二本である。損害は、とてもペンサコラの比ではない。

艦は、私たちの右後方、相当遠くになっていたが、その火災は、いままでに一度も見たことがないくらい激しく燃えさかった。マストは、山火事のように燃え、艦全体が火の塊である。あの中に、人間が生きているとはとうてい考えられないほどの火勢であった。

三〇分ちかくにわたるこの猛烈な夜戦は、こうして終わりに近づいた。

司令官は、

「『高波』を呼べ」

と電信室に命じた。

「『高波』はどうしたか。『高波』を捜せ」

と見張員にも命じた。

味方の各艦の位置が、司令部の参謀たちの手で、すばやくチェックされた。

「『親潮』と『黒潮』が近いです。これに救助させます」

先任参謀の声がした。

「うむ」

司令官は、立ち上がって、艦尾の方を双眼鏡で見る。

あとに残っているのは、「巻波」以下の四隻である。こうして、「親潮」と「黒潮」が、「高波」救助を命ぜられ、両艦は、引き返して、燃えつづけ、航行不能になった「高波」を、エスペランス岬の南東で発見した。

「親潮」は、すぐボートを下ろした。「黒潮」は、その「高波」の舷側に横づけしようと、速力を落として、近づいた。

そこへ、不意に、敵の巡洋艦二隻と駆逐艦三隻が、鼻先に浮かび出てきた。双方とも、息をのんで見つめるだけ。一発の砲弾も撃たない。「親潮」と「黒潮」は、この圧倒的な敵に、こんな近くに出られては、逃げるより方法はないと思った。彼らは、「高波」の生存者を残したまま、全速力で脱出し、二万メートル以上離れてしまった「長波」などのあとを追った。

「高波」の生存者は、そのあと、カッターと筏《いかだ》を下ろして、ガダルカナルの友軍陣地にたどりついた。

――この戦闘は、こうして、日本に有利な結果に終わった。

当時の私たちは、戦艦一隻、巡洋艦一隻、駆逐艦一隻撃沈、駆逐艦三隻火災と考えたが、事実は重巡ノーザンプトン撃沈、ミネアポリス、ニューオーリンズ、ペンサコラの三重巡大破だった。しかし、この勝利のかげには、僚艦「高波」がついに沈み、第一回のドラム缶輸送は不成功に終わった。不成功というのは、三〇ノットの高速で落とされ、ロープが切れたドラム缶が、バラバラになったまま、いったい何個ガダルカナルに流れついたのか、全然わからないからである。

もう一つ、この戦闘には、おまけがあった。「陽炎」と「黒潮」は、燃えている敵艦を狙って、もう一度雷撃したが、こんどは当たらなかった。最初に雷撃してやりそこなった米駆逐隊もその一隻が、サボ島のそばを避退する間に、「長波」「涼風」「江風」を狙って雷撃してきたが、もちろんこれも当たらなかった。

けっきょく、米駆逐艦の魚雷は、一隻の日本駆逐艦も仕止めることができず、最初の雷撃が終わり、射撃目標を見失うと、味方巡洋艦の窮状を尻目に、ゆうゆうとサボ島を回って脱出した。

司令官はその帰途、「巻波」以下を収容したあとで、思い出したように、私のアシスタントの航海士に質問した。

「あの場合アメリカの指揮官として、君ならば駆逐隊をどう使うか」

言下に、その少尉は答えた。

「もっと積極的に使います。日本の隊の中に突入させ、主隊と協同して殲滅します」

司令官は、夜明け前の、まだ薄暗い艦橋の「お猿の腰掛け」の上で、ギョロリとした大きな目を細めた。

「よし。君も、だいぶ駆逐艦乗りらしくなった――」

うれしそうな声だった。私は、自分が褒められた以上にうれしかった。そして、すっかりやせた司令官の、ダブダブになった白服と、潮風にすっかり錆びて黒くなった少将の肩章とを見つめた。

いつものように静かな、しかし、なんとなく温かい艦橋であった。

ルンガ沖夜戦に関するメモ

この夜戦の特徴は、日本にとってはトッサの会敵であったが、米軍はすっかり準備し、万全の作戦計画を立てた夜戦であったことだ。その上に、米軍は、巡洋艦五隻、駆逐艦六隻であったのに対し、田中部隊は、駆逐艦八隻、それも、うち五隻はドラム缶を二〇〇ないし二四〇個、上甲板いっぱいに並べ、予備魚雷も下ろさなければならなかったひどい悪いコンディションにあったことだ。そして、「高波」一隻の犠牲によって、敵重巡ノーザンプトン撃沈、重巡ミネアポリス、ニューオーリンズ、ペンサコラの三隻を大破させた、圧倒的な勝利に終わった。

田中司令官は、「運がよかったんだよ」と自分ではいう。しかし、これは運がよかっただけではない、と、当時の米国太平洋艦隊司令長官ニミッツ元帥はいう。

ニミッツ元帥は、日本軍の砲撃、雷撃とその「精力、持続力、勇気」を賞賛した。有名な米海軍戦史家のモリソン少将は、「味方が負けたとき、その敵が卓越していたといえば、いささか慰めになるというものだが、田中少将は、卓越以上であった。完璧な武将だった。旗艦『神通』を奪われながら、部下駆逐艦の上甲板を輸送物資でいっぱいにしながら、田中司令官は、重巡一隻を撃沈し、三隻を大破させ、ほとんど一年の間戦列に加わることを得なくした。たった一隻の駆逐艦の犠牲において——。太平洋戦争の間にあって、米側の失策は、敵の失策でキャンセルされた。ところが、駆逐艦の間で多少の混乱は起こったにせよ、田中少将は、このルンガ沖夜戦では、何一つ失策をしなかったのだ」といっている。

しかし、ルンガ沖夜戦は勝ったが、ガダルカナルへの緊急輸送の問題は、そのまま残った。十二月一日正午ごろショートランド基地に帰投した田中部隊は、すぐドラム缶の第二次輸送に取り掛かった。三隻の駆逐艦を加えて、休む間もなく、翌々三日、ふたたびガダルカナルにとって返すのであるが、こんどは、魚雷艇が邪魔立てしに来ただけで、水上艦艇は、まったく姿を現わさず、一五〇〇個のドラム缶は、ガダルカナル一万名の兵たちの歓呼のうちに、海中に次々と投下されたのである。

それから一ヵ月——。

昭和十七年十二月二十九日、田中少将は、突然内地に呼び戻され、翌十八年二月、舞鶴警備隊司令兼海兵団長に補せられた。

赫々たる田中少将の武勲を思うと、これはだれが見ても左遷である。

理由は、陸軍が舟艇機動によって大発輸送を主張したのに対して、田中司令官がこれに賛成したという、明らかに虚偽な報告に基づき、田中少将を「卑怯」と判断したことによるといわれている。あるいはまた、彼が敵艦攻撃に魂を奪われて、あの場合もっとも重要な任務だったはずのドラム缶輸送の任を放棄したというのである。

「比叡」の場合（後述）といい、二水戦の場合といい、一つ一つの作戦の成否、現地よりの一方的な報知や根もないうわさにもとづき、実情も捕らえず、真実も追求せずして、遠隔の机上より一方的に断を下して、それで果たして誤りなかっただろうか。

どちらがよかったとか悪かったとかいうのでなく、私は、こういう雰囲気の中で、祖国のため、不満を忘れて、身を投げうって戦った人々の心を訴えたいのである。

勇戦奮闘した「高波」の艦長は小倉正身中佐、「長波」の艦長は隈部伝中佐である。

第2部

戦艦「比叡」

1

奇怪な沈没。――というと、いかにも怪談めくが、これは決して作り話ではない。

「比叡」は、私が乗った艦《ふね》のうちで、一番好きな軍艦だった。艦が立派だ、ということも、もちろん、その理由である。

――僚艦の「榛名」「霧島」「金剛」を次々に大改装して、その経験を全部注ぎ込んで近代化された高速戦艦であるし、当時建造中だった超戦艦「大和」「武蔵」への準備として、それに載せようとしていたあのズボッとした前檣楼と同じようなものを、実験のために載せた艦でもある。艦の歴史からいうと、陛下のお召し艦を二度、三度と務め、満州国皇帝のお召し艦にもなった誉れ高い艦でもあり、日本で造った最初の超弩級戦艦でもある。――そのほかにも、数え上げると自慢話になりそうなよさは、たくさんある。

しかし、私がとくに挙げたいのは、人の気持ち――上は艦長から分隊長、下は私（鏑木《かぶらぎ》次郎二等兵曹）からもっと下の、まだ頰の赤い少年電信兵にいたるまでが、なんとなくノビノビとしていて、和やかだった。気分がそろっていた。

そのとき、一緒にいた仲間で、戦争が終わってもまだ生きている――いわゆる「死にそこない」が、戦後一〇年をとっくに過ぎた今日でも、何だかだとよく手紙をよこす。よく集まる。

それぞれみんな、「比叡」に乗る前にも、「比叡」のあとにも、いろんな艦に乗っているはずなのに――、「比叡」のときの思い出ばかり、集まっては、寄り合っては、夜が更けるまで語り合う。

中には、レッキとした会社の重役もおり、悠然とハンコをおしているお役人もいる。――かと思えば、プラカードを立て、盛り場を在ったり来たりするサンドイッチマンや、しがない商売に、どうやら口に糊している私みたいな者もいるが、集まると、即座にみんな同じ顔つきになり、同じ言葉を使い、同じように眼を輝かし、頰を紅潮させる。私がこれから述べようとすることは、こういう仲間の話を集めたものである。

開戦から半年、珊瑚海海戦のころまでは、なんとなくワッサワッサで、ちょうど祭礼のお神輿《みこし》を担いでいるような気分だった。浮わついていた――というのは、ちょっと無茶だが、勝ちいくさというものは、不思議なほど疲れない。太平洋を、東へ西へ南へと駆け回っていたのだが、体のすみずみまで力が満ちあふれているようで、はたけばカンカン音がしそうにハリ切っていた。

しかし、そういう、向こうところ敵なしの状態も、昭和十七年十一月ころになると、だいぶ様子が変わってきた。

なんだか大きな壁が向こう側にできたようで、進んでも、それ以上はどうしても進めないのだ。疲れるばかりは結構疲れて、そのくせ、一向前に足が出ない——ちょうど強い向かい風の中を歩いている気持ちである。

といっても、私たちに、転轍器がガタンと変わったほどの重大な戦争の変化がわかっていたわけでは、少しもない。

たとえば、六月のミッドウェーの話である。

このときでも、私たちは日本が勝ったのだとばかり思っていたし、ただ、「赤城」「加賀」「飛龍」「蒼龍」などのマンモス空母がその後一向に姿を見せないので、近ごろ、あいつらは何してるんだろうと、時々、妙な気がしただけだ。

どこからそんなネタを仕入れてくるのか、例の早耳筋ッてやつが、

「オイ。お前知ってるか。『赤城』『加賀』なんで、もう沈んじゃってるッてじゃないか」

とささやいても、まさかあのいくさの王様みたいなのが、沈んだりするとは想像もつかず、恐らく、次の大作戦に備えて、姿をかくしているに違いないと、あまり自信はないながら、そんなふうに解釈していた始末だった。

それでも、時がたつにつれて、だんだんと本当のことがわかってくる。

「『赤城』の搭乗員の生き残りから聞いた話だ。間違いはない」

ウソなんかいったことのない男までが、そういい出す。

「やっぱり、ほんとに沈んだのか――」

一度は、シンからびっくりする。しかし、「空母四隻の喪失が今後の日本海軍の戦力に及ぼす影響」なんて、そんなことを考えたとしても、いったい、どこから、どう論理を立てたらいいか、私たちにわかるわけもない。まあいいさ、高等の教育を受けた士官たちがいっぱいいるんだ、オレたちは、ガタンピシャンと砲弾を込めて、引き金を引いて撃ってりゃいいんだ――と考え、いくらかの不安を覚えるにしても、その不安の正体をつかめないままに忘れてしまう。もともと私たち志願兵というやつは、総体に屈託のない者ばかりで、知識程度も中学出が一番のインテリだったから、まアまア、そんなことを心配してみたところで、腹の足しになるわけでもなし、そのうちなんとかなるさ、と考えるのである。

また、その不安であるが、公試排水量三万七〇〇〇トン、速力三〇ノット、軸馬力一三万六〇〇〇馬力、主砲三六センチ八門、副砲一五センチ一四門、一二・七センチ高角砲八門、二五ミリ対空機銃二〇、搭載飛行機三機、乗員約一四〇〇名、二万ないし二万五〇〇〇メートルから撃たれた三六センチ砲弾が命中しても、主要部はビクともしないという、世界最速最大の高速戦艦に乗っていて感ずる不安なのだから、若い私たちの頭からはそんなものはいつのまにか雲散霧消してしまうのが常だった。

まして、負ける――などとは、滅相もない。恐らく、私たちの知る限りで、だれ一人として想像もし得なかった――というよりは、負けるという概念そのものが、私たちの頭の中に全く存在しなかった。

いってみれば、私たちの気持ちは、まず眼前に姿を現わす敵をやっつけて、少しでも早く、日本を安泰にしよう。それには、敵も必死に頑張っているのだから、それ以上の頑張りで戦おう、ということだけで、その結果がどうなる、などとは、考えもしなかったわけである。

いささか月並みな決心で、お恥ずかしいほどのものだが、私たちとしては、別に孫子やマハンやクラウゼヴィッツのようなエライ本を読んだわけでもなく、葉隠《はがくれ》や碧巌録《へきがんろく》、菜根譚《さいこんたん》などの「修身書」も同様で、「新品同様」のそういう本が艦内文庫にも備え付けてはあったが、だれもさわらず、もっぱらキングや講談倶楽部を愛読していたありさまで、その私たちから高邁《こうまい》な名論卓説が出るわけもない。だから、葉隠にいう「武士道とは死ぬことと見つけたり――」などという「金言」は知らないのが当然で、大は軍艦、商船から、小はポンポン蒸汽にいたる船の船員が持つ船乗り特有の死生観と、船が進むにつれて死に近づいているのだという諦め――いや、他の者はどうか知らんが、自分だけは死にはしないだろうという希望が入り交じった、複雑な、つかみどころのない気分の中に、いつとはなく朝になり、夜になりしていたのだった。

こうしているうちにも、御用船便のあるたびに、内地から慰問袋が着く。山のように積み上げられた布袋《ぬのぶくろ》は、私たちにとって、クリスマスプレゼントよりももっと切実で、もっと魂を揺り動かす。

兵隊たちは、その中に入っているちょっとした思いつきの贈り物を、むやみと大事がった。小さな縫いぐるみの熊や、兎や、人形などが、もらった彼らのマスコットに、そのままなる。

手紙は、——ことに子供からのが、胸を打った。大人から、あんまり悲壮な、感傷的な字句をつづられてくると、かえって困った。そんな立派なことは、少しもしとらん、というので、重荷になる。それよりもただまともに、ありのままを書いてくる子供の方が、どのくらい親しみが持てたことか。

何の屈託もなく、肩肘を張らず、至極当たりまえのことのようにして、私たちは、戦争という運命を受け入れていた。ただ、自分たちのやっていることが、一つ一つ国を守り、親を守り、妻子を守り、弟妹を守っているのだということを、慰問袋を送ってくれる人たちの面影から、手紙から、聞かされるだけで満足していた。

その慰問袋のついた夜、伊藤上水（上等水兵）がこんな話をした。

彼が、かつて砲術学校の普通科練習生で野外演習にいったとき、野づらを渡る風に心の奥まで洗い流されるような気持ちで、友達二、三人と連れ立って歩いていた。

不意に後ろから、可愛い声で呼びかけられた。

「兵隊さん……」

立ち止まって振り返ると、そこには、いわゆる村童、粗末ななりではあるが、そろってクリクリした眼の五つ六つから十くらいまでの子供が、七、八人、あぜ路から彼らに向かってペコンとお辞儀をした。

彼は、胸を打たれた。

彼は戻っていって、緑色の不細工な雑嚢から、行軍の合間に食べるつもりだったキャラメルを出し、帯封を切って、二つずつ掌《てのひら》にのせてやった。

「大きくなったら立派な人になるんだね」

一人一人にそういって、頭をなでた。なでたその手の感触が、自分でもびっくりするほどの強い決心を植えつけた。

（よし。この子供たちのために、オレは死のう――）

オレが、この子たちのために働き、この子たちを守るために死ぬ。それでいいじゃないか。この子たちは、その間に大きくなって、またその子たちのために命を捨てるだろう。

（そうだ。これはすばらしいことに気がついたぞ。これで、オレの生きている甲斐があり、死ぬ甲斐がある）

彼のこの感慨は、彼一人のものではなかった。一緒にいた友だちも、そっくり同じの感慨を大切にしていた。

「オレは海軍に入って、初めて張り合いが出てきた」

一人が、しみじみ、そういった。これは、けっして付け焼き刃ではなかった――。

こんな気持ちは、みな、多かれ少なかれ、持っていた。

ボヤッとしているので定評のある白根萬年二水（二等水兵）までが、

「おら、おッかあに苦労かけたくねえから働くんだ。眼の色の変わったやつに、おッかあがイジめられねえように、おら、やるだ。死なねえなら、おら、死ぬだ……」

と、力んだときのクセで、お国なまりを丸出しにして、これぱかりは譲れねえ、といわんばかりにいうのである。

2

昭和十七年八月六日、ガダルカナルとツラギに、敵が上陸した——。

ムンムンする瀬戸内海柱島の錨地。汗たらたらの居住区でこの話を聞いて、私たちは、かえって喜んだ——くらいだった。逃げてばかりいて、なかなかつかまらなかった敵が、こんどは爪先みたいな先の方にではあるけれども、食いついてきた。これはシメた。戦争ができる。勇戦奮闘して、祖国の運命はオレたちだけの肩に担ってるという顔をする母艦部隊の連中に、これで顔向けができそうだと思った。

（なあに、ひと押しだ。ダンケルクでイギリスが、ほうほうの体で逃げた。こんどはガダルカナルでアメリカと豪州〈オーストラリア〉が逃げるんだ——）

士官の中でもやはり同じようなことをいっていると聞いて、オレたちの頭も、スゴいもんじゃないかと、むしろ大得意だった。

じつは、士官の話は筒抜けだった——。というのは司令部だけでなく、士官室にも、ガンルームにも、分隊から従兵が出ているからだ。

従兵というのは、士官の食事や、公私室の整備から身の回りの世話までするのだが、食事の給仕をしたり、話し声に食器室から聞き耳を立てたりしているうちに、戦況にせよ、士官たちの考え方にせよ、案外私たちには知られていたし、士官の性格などにしても、朝夕の生活の中を通して、一応はつかまれていた。何しろ、いつも顔をつき合わせている狭い艦内、士官の生活の中に兵隊が割り込んでいるのが艦内生活の特徴なのだから、結局はみんながガラス箱の中で暮らしているのと大差ないのだ。

たとえば、何分隊長はガミガミいうけど、内ポケットには奥さんと子供の写真を大事そうに持ってるとか、何分隊士は、あれで奥さんから、日記のように番号を打った手紙が来ていて、こんどの御用船便では一九通来たとか——。兵隊ドモにはなんにもわかっとらんと口をぬぐったつもりでいるのがおかしいので、いくら威張ってみたところで、それだけでは兵隊ドモの尊敬と心服は絶対にカチ得られるものではないのである。

私たちの分隊長は、飛永少佐。副砲分隊なので、副砲長という射撃指揮官と、分隊長という人事管理の長とを、両方兼務している。

背の高い、人なつっこい目をした士官で、やるときはガンガンやるが、休むときは徹底的に休むという——まだ三十を幾つも越していない、オヤジというには少々気の毒なオヤジだった。内ポケットに写真を入れてるというのが、この分隊長で、一度「何とか祝賀会」の酒

の座で、だれかがこのことをいい出すと、

「女房持ちは、みんなやれ。奇妙に勇気がわくぞ。ウソだと思ったら、やってみろ」

笑いながら、手箱から、写真をもっている者に出させ、

「だいたい、写真をそんなに体から離しとく奴があるか。女房持たんものは、親御さんや兄弟のがあるだろう。家族のものと一緒にお国のために働くんだ。弾丸《たま》なんか、恐れをなして近寄ってこん――」

そして、この写真は、愛情のこまやかな奥さんか、世界中にあなたのほかに男はいないと考えているような女性のが一番御利益《りやく》があること、しかし、陸上でハメを外すとき、うっかりポケットに入れっぱなしにしておくと、即座にそのあらたかな霊験を失うことなどを、冗談とも本当ともつかぬような口ぶりで話した。

私など、疑り深いタチなので、それだけでは納得がいかない。

「分隊長。じゃ、女の写真をポケットに入れておけ。入れておく限り死なない。そう信じろ。それがウソだとわかるときは、本人はもう生きていないのだから、死んだあとまでクヨクヨするなってことになるんですか」

すると、分隊長は、私の顔をシゲシゲと眺めて、

「まア飲め。お前は小説家になれるぞ」

セト引きのコップになみなみと酒を注いで、

「死んだら飲めなくなるからナ」

といい、相好を崩して乾杯してくれた。

この「比叡」が、内地の柱島錨地を出たのが、昭和十七年の八月十六日。ガダルカナルの北方まで一気に下って、二十四日、二十五日の第二次ソロモン海戦に参加した。そして別に敵機と交戦するでもなく、トラックに入港したのが八月二十八日。

トラックというところは、ちょうどアメリカの真珠湾に相当する大根拠地で、要塞化した太平洋諸島嶼の、いわば扇の要《かなめ》に当たっている。

内地へ、内地へ、と往き来する艦艇、輸送船、飛行機が、ひっきりなしに出入りして、この島にいると、いながらにして天下の大勢を知ることができる。

まず、ひといくさ終わると、怪我した人や艦が、どっと入ってきて、「比叡」の前を通りすぎる。

トラックも、結局は御多分に漏れず敵の空襲にさらされるのだが、それはずっとあとのことで、そのころはまだ「準内地」である。ノンキなもので、こんどの病院船に乗せられて、同年兵のだれそれが入港した、病院にだれそれが入っている――などと聞くと、私たちはヒマを作って見舞いに出かける。

――日を忘れたがこんなことがあった。

駆逐艦乗りの男で、右腕をなくしたのを、窪田という信号の同年兵と一緒に見舞ったときのことである。どんなに蒼い顔をしているかと思っていくと、これが案外に元気で――しゃべるのは武勇談ばかり。

「……おれは二機オトした。火の玉が、真っ黒なスジを引いて空から落ちてくるんだ。すごいぞ。そいつが、あッという間に、デーンと海にぶつかる。水煙が上がる。そこんとこだけ海が煮えくり返ってるようなんだ……」

片手の兵隊が、残った片手を勢いよく突き出してしゃべる。目をキラキラさせる。

そのうち、彼のなくなった方の手を指して、どうしたんだ、と聞くと、

「ああこれか……」と、まるで事もなげにいって「……撃ってるときに、ピカッと目の前が真っ赤になった。トタンにデッキにハタきつけられた。背負い投げがきまって、見事にノビちゃったような感じだったな。右腕が、なんかひどくなぐられたようで、シビれちゃって、さっぱりわからん。ヒョイとみると、おれの戦闘帽が、二、三尺さきに転がっとるんだな。なくすとコトだと思って、取ろうとすると右手がブランブランなんだよ。やられたッ、と、初めて驚いたね。でも、痛くもなんともないんだ。ただ、血がドクドク出てたな。その血の勢いを見たら、こりゃあ、おれもこれでオシマイか、と思った。体が、だんだん冷たくなるんだ。一番先に、オフクロのこと、考えたよ。絹布団を買って、いっぺんそいつに寝かして、と思ってたが、ダメか――。淋しかったね。悲しいなんて思わなかったが、淋しいことは、やたら淋しかった。そのうち、耳のそばで、何やら大声が聞こえる。何いってるかわからんのだな。ワーッというように聞こえた。体が持ち上げられたように感じたら、気を失ったらしい。――気がついたときは、病院さ。右の手がなくなっていたよ」

そう一気にいって、それから声を潜め、

「おい、鏑木。死ぬ、死ぬと大げさにいうけど、大したこたァないぜ。ラクなもんだよ」

そして、一息入れると、急に夢を見るような目の色になり、

「――だが、生き返ってみると、やっぱりうれしいな。片手の人間なんて、惨めかもしれんが死ぬよりマシだあ。体がここにあるんだもん――。もうおれ一人じゃない。――お前にも会えたし、オフクロにも会える。手が一本ないより、やっぱり生きてた方がいいよ……」

いい終わると、くたびれたのか、ベッドに仰向けに引っくり返った。

急に、この男、年を取ったように思えた。

「差ァつけたな」

同情とも羨望ともつかぬ感慨をこめて、そういうと、片手の「死にそこない」は、声を上げて笑い出したが、

「やっぱり、笑うとまだ痛いよ」

といって、左手で、腕の付け根からなくなっている右手のあたりを押さえた。

――突然、私は、全身が引き緊まるのを感じた。

いま、笑っただけでも痛いといっているこの兵隊は、右手がブラブラになっても、痛みはおろか、気もつかずにいたのだ……。

腹部を貫通され、大腸を引きずるほどに露出させながら、銃剣を振り上げ、猛然と敵に向かって突っ込んでいったという陸戦隊員の話も、私は思い出した。

ミッドウェーの海戦で、真っ赤に焼けた長さ四寸、直径一寸あまりのボルトが太モモに飛び込み、軍医官が外から手で触れて、熱ッ！　とあわてて手を引っ込めたほどでありながら、平気で猛火の渦巻く下甲板から、まだ火が回っていない前部まで歩いてきて、「ちょっと歩きにくかった」といったという「赤城」の士官の話もあった。

――戦場とは、いったいなんだろう。私でもそんなすさまじい渦巻きの中で耐えられ、まともに戦えるものだろうか。私はひどくそれが心配になってきた。

ところが、現実に、自分自身がそういう場所におかれる時機が、案外に早くやってきた。

「いよいよ、われわれの待ちに待った日が来た。本艦は、挺身攻撃隊として、十一月九日当地出港、ガダルカナル水域に向かう。ガダルの敵飛行場を徹底的に砲撃し、これを火の海にし、敵機をして再び立つあたわざるドン底に追い落とし、後続の陸軍部隊を無事ガダルに揚陸せしめ、飛行場を占領、戦いの主導権を再びわが手に収めるのだ。何度もいうことであるが、戦闘配置は諸子の墓場である。死すとも守所を離れず、あくまで攻撃を反覆、もって聖旨に応え奉らんことを期せねばならない……」

副長の訓示は、戦いに向かうときにきまって述べられるものの繰り返しであり、ことさら耳新しいものは何もなかった。聞いている私たちも、相かわらずの表情でポカンとしていた。トラックの島々のたたずまいが、どことなく瀬戸内海に似ているナ、などと比較していた。戦場のことなど、夢にも考えずに――。

とぎすまされた新月は、つい先ほど、暗い水平線の向こうに消え、空には、星だけが、異様に輝いていた。

平穏な赤道直下の戦闘航海が三日つづき、今日は十二日の夜。いわゆる晴天の暗夜である。目を凝《こ》らすと、空と海とを限る水平線がようやく見える。

二〇〇〇メートル――と思われる前方を駛《はし》る十戦隊旗艦「長良《ながら》」が、白いウェーキ（波の尾）だけのためにようやくそれと知られ、横の方、斜め前の方には、一〇〇〇メートルばかりの距離で、「比叡」と二番艦の「霧島」を囲んで駛る駆逐艦が、海面よりももう少し黒ずんでいて、艦と同じくらいの長さのウェーキを曳いているのが眺められる。

その前さらに八キロには、四水戦の駆逐艦五隻「夕立《ゆうだち》」「春雨《はるさめ》」「朝雲《あさぐも》」「村雨《むらさめ》」「五月雨《さみだれ》」が駛っているのだが、この暗闇、いくら見ようとしても見ることさえできなかった。

――そのうちに、ふッとその水平線が消え去った。思いもよらぬ冷たい空気が頬をなでる。と、ほとんど同時に、激しいスコールが、艦隊全部に襲いかかった。

それは、激しい――というくらいではとてもいいつくせなかった。車軸を流すような雨というが、そんなナマ易しいものではなかった。もはや、想像を絶する雨だった。雨が降るのではなくて、海が降るのだ。言語に絶した、ベタ一面の水である。深夜の海に潜ったように、鼻をつままれてもわからない闇である。

「こりゃアひどい……。こんなのはオレも初めてだ……」

射撃指揮所から外をのぞいた飛永分隊長が、あわてて顔を引っ込めた。

「だれかトラックで悪いことしたな……」

この冗談にも、みんな押し黙っていた。まるで雨にのまれでもしたように——。

「顔見るとすぐだれだかわかるんだがナ。畜生め、どこにだれがおるんか。こう暗くちゃぁ——」

私たちは、分隊長、今日はバカにハリ切りだナと思った。ふだんでも、彼は、勢い込むと、言葉つきが悪くなる。「畜生め」が出たら、今日の射撃は当たるぞ、とみんなそう思うのに慣れている。

射手の浜田一曹（一等兵曹）の声がした。

「メガネでも、何も見えません」

「——よし。休め。スコールを出るまで、処置ナシだ……」

休んで、望遠鏡から目を離してみると、ひっそりとした指揮所の空気と、あたりを埋める雨の音のすさまじさとが、異様な対照をなして、私たちのキモをつぶした。何かが、頭の上から押さえつけているようで、妙にテンポの速い焦立たしさが体中に浸みわたった。

敵と取っ組み合っておれば、こんな奇妙な気持ちにはならないだろう。無我夢中で、撃って撃って撃ちまくればいい。敵を求めて進んでいる間でも、これを発見することができれば、そんな焦立ちは感じまい。撃たれても、撃ち返すことができるし、撃たれる前に、撃つことができる。しかし、今のように、雨の幕にすっかり遮られ、隔てられ、孤立させられると、自分一人がムキ出しに、自分自身をすら防ぐ手段もなく投げ出されたようで、ひどく不安になる。

——不安である。

いままで気づかなかった不安がムクムクと頭をもたげる。

突然、敵の攻撃を受けて、「比叡」が沈むんじゃないだろうか。

味方同士、ブツかるんじゃなかろうか。

オレは死ぬんじゃなかろうか。

…………。

本物でないあさましさで、張っていた気持ちが、ちょっとしたことにでも、すぐ音を立てて崩れそうになる。

これが、「命が惜しい」ということだろうか。

「命が惜しいのはオレだってそうだ。敵に会うまでは、イヤなものだよ。不安でね。でも敵に会えば、あとは全力をあげてやるだけだ。間髪の心のひるみも、すぐ勝敗を決する。一心に敵に向かって突進する。そして自分に与えられた任務を果たす。それだけを考える。自分のことなど、全く念頭にない——。飛行機では、これが激しいぞ。艦には、まだゆとりがある。だが、そんなゆとりがある方がいいか、ない方がいいか、わからんナ。ゆとりがあるだけ、余計なことを考えるヒマもあるんだからナ……」

分隊長が、生死の問題で、あるとき、こんなことをいったのを思い出した。士官の態度を見ていると、さすがに立派だ、高等の教育を受けた者は違ったものだと感心もしていたのだが、こういう本心を聞いて、オカしいどころか、ひどく嬉しかったことを覚えている。

(——分隊長は、何を考えておられるだろう)

私は、ノビ上がって、彼の椅子のある方をすかしてみた。

ぼうッと、それらしい黒いものがみえる。その動かない、大きな黒い姿を見つめていると、ぐらぐらしていた私の気持ちが、少しずつ落ち着いていくのを感じた。そうなると若い血が、勢いよく流れはじめ、妙なもので、体までが温かくなる。

雨の音が、まるで溜飲が下がるように聞こえてくる。

(今日は、何かすばらしいことがありそうだぞ……)

そんな予感さえする。

と、いままで黙っていた分隊長が、ふいに口を切った。この雨の間に、戦況を説明してやろうかというのだ。私たちは、いっせいに体をのり出した。

「いいか。ガダルカナルの陸軍は苦戦しとる。総攻撃を二回やったが、二回ともダメだ。鼻っ柱だけで戦争しようったって、そりゃあ無理な話だ。それで、今、敵味方とも補給戦に入っておる——。三十八師団と食糧、もちろん弾薬や重砲も入れるんだが、そいつを一一隻の輸送船で運ぶ。だが、そのまま運んだって、敵の飛行機につぶされるにきまっている。十一戦隊の高速戦艦『比叡』『霧島』が出張《でば》ってきたのは、輸送船団がガダルに着く前に、飛行場を坊主にしようというわけだ——。一ヵ月前に『金剛』『榛名』が、本艦と同じようにして砲撃したが、こいつは大成功だった。飛行場を火の海にした。夜の十一時半から撃ちはじめて一時間半、九一八発撃ち込んだ。敵が、ひどい砲撃を受けたと電報を打ったのは、午前三時半だ。四時間というもの、ウンもスンもいえなかったんだな。ところが、それでも翌朝になると、敵は飛行機を飛び上がらせている。なかなか頑張るぞ、敵も。だから今度は、もっと徹底的にたたこうというわけだ。主砲は撃つぞ。とにかく、これに成功しなければ、三十八師団がつぶされてしまう。敵に制空権を取られていちゃ、上陸もヘッタクレもない。

——日本の飛行機は、何しろ一〇〇〇キロを飛ばなきゃならん。ラバウルからガダルまで、途中に使える飛行場が一つもないんだから、どうにもならん。五時間飛んで、それから空戦するんだ。五時間飛べば相当くたびれる。くたびれた零戦と、飛行場からヒョイと飛び上がったばかりのグラマンと渡り合うのだ。神様ならいざ知らずだ。人間の体力には限度がある。互角でやり合うなら当然勝てる搭乗員が、疲れるためにやられるんだナ。気の毒なことだよ。

——そうなれば、問題は『金剛』『比叡』のあとで、奇襲効果はないかも知れんが、戦艦の砲撃で飛行機を地上において撃滅するほかなくなる。日露戦争の『初瀬』『八島』が爆沈したように、大変な運命が待ち伏せしておるかもしれんが、どうしてもやらなきゃならん。えらい重大な任務を負わされているんだ。われわれは……」

私たちは、耳をそばだてて聴き入った。私は、いつのまにか、右手に握り拳《こぶし》をつくっていた。

「……では、どうしてこんな、今までだれも知らなかったガダルなんてェ島が、そんなに生命を捨ててまで奪い返さねばならないところかということだが——。実は、このガダルというやつは、敵の手に渡ってしまうと、始末に困るんだ。問題は、飛行機だ。戦略戦術なんか持ち出すまでもなく、豪州に貯めてきた敵の戦力を、日本に向かって進めるには、踏み台がいる。梯子の最初の段だ。それがガダルに当たるんだ——。日本が、開戦当時やったろう。飛行場を取って、制空権を取り、その庇護を受けながら次の飛行場を取る。尺取り虫のような行き方——あれの裏返しだ。敵はこれからそれをやろうとしている。やりはじめる足がかりが、敵の手に確保されたら、万事休すだ。あとは時間だけになる。——それなら、なぜもっと司令部は強力な部隊で守らせなかったか、なぜ、もっと早く今度のような大兵力を増援しなかったか——ということになるんだが、やっぱり限界があるんだナ。——これは体力ではなくて、知力の方だが。まあ、おれたちは、司令部の失敗の尻ぬぐいをするようなものさ。お互い、一〇〇パーセントのことなんか、だれだってできやしない。おれもそうだが、お前たちもそうだ。戦争に勝つこと、——これが国から託されたわれわれの任務である以上、そのためには、甘んじて人の尻ぬぐいもせにゃならんし、また、そうすることが、お国につくす道にもなる」

話が、急にシンミリとしてくると、プツリと終わった。みんな、相変わらず黙っている。

(尻ぬぐいはイヤだナ……)

そう思っているのだろう。

兵隊は士官の尻ぬぐいをする。士官は司令部の尻ぬぐいをする。司令部は大本営の尻ぬぐいをする。すると、けっきょく、兵隊は海軍全部の尻ぬぐいをしなきゃならんじゃないか。

――田舎道を、馬が歩いている。みる間に尻尾を持ち上げて、ポタポタと馬ふんを落とし、落としながら、馬は眉毛一つ動かさずに歩いていく。とたんに、どこからか、わらわらと現われた女と子供が、その馬ふんを、キレイに拾って歩く。

――これは一体、どう考えればいいのだろう。

私たちの尻ぬぐいを、こんどは銃後の国民がやっている、というのか。それとも、貧乏な国では、尻ぬぐいにも、何かしら価値が出てくると考えるべきなのか。

――と、ふいに私は、「比叡」が母港にいたころの一件を思い出した。

いまこの射撃装置の、一番大きな望遠鏡についている射手の浜田一曹（一等兵曹）が、軍港の、ある果物屋の娘さんと結婚する話で、田舎の両親との間に、お定まりのゴタゴタを起こしたことがあった。

確か、開戦の半年ほど前だったか。

考課表に、「性温順、着実、寡黙《かもく》にして」と、当時の軍人の美徳を一人占めに書かれそうな人なので、こんなトラブルに合うと、進退に窮してしまう。両方をうまく丸め込んでなどという図々しさは、ない。全身でぶつかって、全身で弱り込む。

その様子を、彼よりもやや図々しい私が見つけ出し、よくあるアレだなと感づいた。先任下士官をタキつけて聞かしても、恥ずかしがっていわないので、私たちは私立探偵の真似事をやらねばならぬことになった。

しかし、確証は握っても、私たちの限られた上陸日を使い、軍服を脱いじゃいかんという規則などにしばられていては、それ以上、どう処置をすることもできないのだ。

私たちは、思い切って、この話を分隊長に持ち込んだ。仲間の意見も申し添えた。

「すると、お前たちは、結婚させた方がいいというのだね」

分隊長は、私室の机を背にして、私たちを見回した。

「ハイ！」

異口同音だ。

「よし。――引き受けた」

みんな、ニコニコしはじめる。やっぱり頼んでよかったと、顔を見合わせたところへ、

「だが、結婚は一生の大事だ。分隊長は分隊長として納得がいくまで調べるぞ。幸い、お前たちと同じ意見になればいいが、悪いと思ったら待てをかけるが、いいか」

しまった、と思ったが、もうあとの祭である。その狼狽ぶりを眺めて、例の人なつっこい微笑を浮かべ、

「心配するな。お前たちの眼を信頼しとるが、分隊長としても、浜田一曹には、いい嫁を持たせたいからナ。まァ、しばらくオレに預けろ」

私たちは、ひどい中途半端な気持ちで、分隊長の私室を出た。みんな、蒼い顔をしているのに、お互いに気づいて苦笑した。しかたがない。こうなった以上は、分隊長に頼むほかな

いのだと、めいめい自分にいいきかせながら、力の少しも入らぬ足を、居住区まで引きずった。

それからは、異常な熱心さで、分隊長の一挙一動を見まもった。例の従兵を通じる情報ルートも、一〇〇パーセント活用した。

「本人よりお前の方が熱を上げてるじゃないか」

先任下士が、そっと私の耳にささやくくらいだった。

一ヵ月が、何事もなく流れた。情報に、一喜一憂しながら、食卓の向こう側で黙って麦飯をカッ込んでいる浜田一曹の顔を見るのが、一日一日と辛くなった。

それから二、三日して、先任下士官と私と、それにあのとき分隊長の私室に一緒に出向いた仲間の二人が、分隊長の自宅に呼ばれた。上陸日を差し繰って、全員来いという。

みんな、半ばヤケクソで行ってみた。すると、なんと浜田一曹が、果物娘と一緒にかしこまって座敷に並んでいるではないか。そして、その隣に、知らないおやじさん夫婦が二組、黒紋付きでしゃっちょこばっているではないか。

もちろん、その日の酒ほどうまい酒を飲んだことは一度もなかったし、これからもないだろうと思ったのだが、私がいまだに忘れられないのは、その浜田一曹の両親という人が、

「海軍てェところァ、ありがてえとこだニ。家にまでハア、分隊長さまァ、何度も来られてニ、倅のしあわせのためにィていわれてニ、ほんにまァ、もってえねえこんだ……」

というような感謝の言葉を、くりかえし、くりかえし、いっていたことだった……。

「浜田め。分隊長に尻ぬぐわせよったぜ」

陶然として下宿に帰る道すがら、先任下士官が、私にいった。いかにも実感のあふれた調子で、いつまでも余韻を曳いて、この上もない快い言葉であった。

あるいは、私たちの尻ぬぐいを分隊長がしてくれ、分隊長のを艦長がし、艦長のを司令官がし、司令官のを司令長官が、困った奴だといいながら、尻ぬぐいに駆け回って、それで生き甲斐を感じているのかもしれない、とも思われた。

——スコールは、まだはれない。

視界は依然として真っくら闇だが、時々、驚くほど近くに、白波が見えてくる。黒いラシャ紙に、クレヨンで、横に勢いよく一すじ刷いたような白さである。

直衛の駆逐艦だ。向こうもこちらのウェーキを見つけるのだろう。あわてて舵を取ったのか、すうッとその白いのが曲がると、すぐに闇の中に溶けてしまって、またあたりは黒一色になる。

「分隊長。こりゃスコールと道連れになってるんじゃありませんか」

浜田一曹が一大事を発見した、というように叫んだ。

「うむ……。それより、本艦の位置だ。二六ノットでドンドン南下してれば、もう前衛のアタマはガダルに突ッかけるころじゃないか……」

ベラボウなことになったもんだ、と私は思った。挺身攻撃隊なんて、すごい名前のついた部隊が、ゾロゾロとガダルに乗り上げたのじゃ、みっともなくて、顔向けがならない。こういうときに、アメリカが持ってるというレーダーがあれば、雨なんかに苦労することは一つもなく、射撃でもなんでもできるはずなのに——。

案の定、先頭に出ていた四水戦は、鼻っ先にガダルカナルの島影を見つけて仰天した。見えない艦の悲しさ、頭をぶつけてみなければわからないのだ。否応もなく、彼らはあわてて取舵一杯を取り、もときた道を引き返しはじめた。

真ッ暗な中である。しかもウンともスンともいわずに——である。二六ノットの高速で進んでいる「比叡」「霧島」などの主隊と、同じ道を二六ノットで引き返してくる前衛駆逐艦とが、闇の中で、目が回りそうな速さで接近していたのである。

幸いだったことに、前衛の駆逐艦は主隊の左右の外側に出ていた。——それで味方同士の衝突は起こらなかった。が、この危なっかしい艦隊運動が、あとで、「比叡」の生命とりにまで発展するとは、私たちは、夢にも知らなかった。

ところが、司令部では、まるで別のことを考えていた。

スコールが、あまりにも激しく、あまりにもいつまでもはれないので、これではとても砲撃できないと思った。——予定は午前一時（現地時間）に砲撃針路に入り、飛行場の沖合を一往復して、距離一万八〇〇〇ないし二万三〇〇〇メートルで、四三八発を撃ちこみ、五時になって北上、避退しようというのである。

司令部は、艦隊あてに「斉動《せいどう》Z」——つまり、各艦一斉に一八〇度回頭せよと命令した。——この命令は、いっせいに舵を取らないと衝突するので、各艦が了解を返信し、全部そろったところで、用意ドンで発動し、転舵するものである。

ところが、四水戦の駆逐隊が、なかなか了解しない。四水戦は、今までショートランド＝ガダルカナル間の輸送作業をやっていた「運送屋」だ。その上、「比叡」「霧島」とは、ショートランド沖で一緒になったとき初めて顔を合わせたほどの、寄せ集めだ。ツーといえばカーという異体同心が夜戦の真髄であるのに、即席で、どうしてそんな境地に達し得られよう。たとえ、四水戦としてはどんなに優れた「夜戦屋」であっても、ポカッと一緒になったばかりで、そんな微妙な意志の疎通が得られるはずはなかったのだ。

司令部はジリジリしながら待っている。そのうちに、こんどは主隊の先頭がガダルカナルにノシ上げそうな気がして、ノンキに待っていられなくなった。とうとう待ちきれなくなった。

全部の了解を待たずに「斉動Z」を発動した。主隊が反転する。前衛は、そのうちに了解して、反転してくるだろう……。

が、アニはからんや、前衛はとっくの昔反転して、もう主隊の横を駆けぬけていたのである——。

全く妙なことになったもんだ。

隊形もナニもない。ガダルカナルに背を向けて、スタートラインからダッシュをはじめた格好である。

こんな状態でしばらくいくと、さあッとスコールがはれ上がった。いままで同じ速力で道連れになっていたのだから、反転すれば、倍の速力で離れていくのが理屈である。

風当たりが、急に強くなった。

どこの隙間を駆け抜けるのか、ヒューッと金属性の音を立てる。水線から五〇メートルちかい高さなのに、鋼鉄から鋼鉄へと伝わってくるエンジンの唸りが、するどい艦首で裁ち切られ、白い泡を立てて艦の左右に流れる波の音と一緒になって、遠雷のようにとどろく。

「星だ——星が見えた」

だれかがうれしそうにいった。

「はれたナ」

分隊長の声だ。しかし、星を見つけた兵隊の声に比べると、ひどく浮かぬ様子であった。

「反転するか、このまま帰るかだナ。司令部は、さかんに議論しとるだろう……」

スコールのために、予定の砲撃の発動が遅れた。それだけ射撃時間が短くなった。——短くなれば、四三八発は撃てない。効果がそれだけ上がらない。——それでもやるか。

しかし、再挙を計ることにしてこのまま引き返せば、今朝、敵機に発見されているのだから、先へ伸ばせば伸ばすほど、敵は兵力をカキ集めるだろうし、肝心の奇襲が全然成り立たなくなる。——奇襲が成り立ったからこそ、「金剛」「榛名」の砲撃は成功した。敵の飛行機がわが物顔に跳梁するところで、敵機が飛べる昼間、艦隊が行動するのは、仰山ないい方をするなら自殺するに等しい。

けっきょく、制空権が日本の手にないところでの戦闘には、無理はつきものだ。射撃時間が減ろうと、あるいは半分しか効果が上がるまいと、奇襲がここまで成功し、途中で被害も受けず、全力を砲撃に傾けられる今日の「利」をムザムザ引っ込めてしまう手はないではないか——。

そのとき突然、艦がぐッと強く傾いて、私たちは、海にほうり出されそうになった。

「オッ、反転だ」

「反転だ。やるぞッ」

てんでに、しゃべり出した。

ピリピリと、耳の後ろが、二の腕が、ふるえた。

「反転。ガダルに突入する」

伝令が、艦橋からの指示を伝えてくる。

「やっぱりやるか！　畜生め——」

ハリ切った調子で、分隊長がいった。

ドウドウと一面を音に埋めたスコールがなくなっただけで、どのくらいサッパリしたかしれなかった。砲撃にいくのか、引き返すのか、中途半端でいらいらしていたのが、溜飲が一度に下がったようである。敵情は、駆逐艦が一、二隻ばかりマゴマゴしていたといい、巡洋艦がガダルに向かっていたという話もあるが、いつものように、敵は輸送船の物資を揚げてしまうと、空船を護衛して引き揚げるだろう。司令部の情況判断では、大きな敵兵力はいないという。

いても、巡洋艦以下ならば、前衛駆逐艦で十分だ。「比叡」はそんなものに構わず、飛行場砲撃をやればいい。

「こんど、われわれを挺身攻撃隊というだろう。つまり、肉を切らせて骨を斬る――アレだ。敵がおったら、多少の怪我はしてもだ、砲撃一点張りで、遮二無二突入するんだ」

すると、分隊長の話を聞いていた浜田一曹が、残念そうに口を挟んだ。

「敵がおっても、本艦は撃たんのですか――」

「撃たん。いや、撃たんのが立て前だ」

「大きいのが出てきてもですか」

「――まあ、撃たずにすませられれば、万歳だ。撃たなきゃならないようだったら、あとから来てる船団は立ち往生する。今日は、我慢するんだな」

「ハア……」

「新婚早々、浮気するんじゃない――」

プッとだれかがフキ出した。妙に実感のこもった分隊長の言葉だった。

「おい、鏑木」

と、急に分隊長は私を呼んだ。

「――どうだ、死ねるか」

いきなり雷が落ちたようで、トッサに返事ができずにいると、

「伊藤はどうだ」

私の横にいる俯仰手の伊藤上水にホコ先が向かった。

「ハッ。死ねます」

この答えは早かった。椅子をギッといわせたから、きっと座ったまま不動の姿勢をとったのだろう。

「平賀はどうだ」

「ハッ。同じであります」

電話が並んだ壁のところにいる伝令の平賀上水だから、すぐに答えられた。

「よし。なかなかいいぞ。戦争だから、軍人が死ぬのは、当然だ。――だが、死ぬのが目的じゃないぞ。大事なのは、任務を果たすことで、死ぬことではない。努力をすれば生きられる、というときには、生きる方を選ぶんだぞ。お前たちは若いんだから、できるだけ生きて御奉公しなきゃいけない……」

聞きながら、私は副長の「戦闘配置を墓場と思え」という強引さと、比べていた。

「――人間は、死ぬまでは死なんのだ。最後まで、おれは死なんぞ、という希望と信念とを捨てちゃいかん。戦争というものは、残酷だ。無惨なものだ。これにうちかつのは、意志だけだ。もういかんと思ったときが、おしまいになる。お前たちは戦艦に乗っている。これが

幸せなんだ。駆逐艦や掃海艇なんかじゃ治療の手がない。戦艦には、設備もそろってるし、人手もある。治療すれば助かる負傷者なら、助けることができる。あとは、おれは生きる、という意志の力だ。駆逐艦では死んでしまう負傷者でも、戦艦では助かるんだ。心配は何もいらん。思い切って任務を果たせ」

かんで含めるようにいい聞かされた。

――みんな、初陣である。

訓練こそ、海軍に入って以来それこそ連日、休みなしにやってはきたが、もし撃ち合うとすれば、ほんとうの敵との撃ち合いは、今夜が初めてであった。もちろん、開戦当時から、機動部隊と一緒にハワイにもいき、ジャワ攻略にも出、ミッドウェーにも攻略部隊主隊として参加した。しかし、艦同士の海戦は、まだ一度もやったことがない。

海戦ってどんなものだろう。訓練より辛いだろうか。そこで自分は思う存分働けるだろうか……。そういう心配が、何度繰り返してみても、心の中に気味悪く残った。結局これは一度やってみなければ、納まりのつかぬものだった。

そういう私たちを、全部ひっくるめて、「比叡」は推進機の一旋ごとに、確実に、ぐいぐい、敵のいる方に進みつつあった。

3

そのころ私など知るわけもなかったが、敵は、私たちに向かって、重巡五隻、駆逐艦八隻の部隊を、ちょうど「比叡」が砲撃針路に入ると真正面にぶつかるような一本棒の単縦陣で、差し向けていた。

彼らは、レーダーで、もうとっくに、日本艦隊を突きとめていた。が、そのレーダーなるもののない私たちに、どうしてこの敵を発見できよう。

——司令部は一時三十分、敵情が不明だというので、「比叡」「霧島」の両艦に対し、「砲撃目標敵飛行場」を下令した。この命令で、両艦の主砲は、艦船用の徹甲弾をやめて、飛行場砲撃用の三式弾という、花火みたいな砲弾と換えた。

レーダーを持った敵艦が、つい目と鼻の先に現われているのを、夢にも知らずに——。

ここで当時の実情と違ってはくるが、敵味方のほんとうの様子をちょっと説明しておこう。まず、アメリカの方である。

彼らは、いまも述べたように、レーダーをふりかざして、一本棒で進んでいる。先頭が、駆逐艦のカッシン。それから順に、ラフェイ、ステレット、オバノン。そのあとから巡洋艦群、アトランタ（防空巡洋艦）、サンフランシスコ（旗艦）、ポートランド、ヘレナ、ジュノー（防空巡洋艦）。次が、駆逐艦アーロンワード、バートン、モンセン、フレッチャー。これが、速力を二〇ノットに上げて、同時に、いままで北西進していたコースを、真北に変える。

時間は、ちょうど、午前一時四十分。

一方、日本の方は、「比叡」「霧島」の高速戦艦を中心に、スッポリ護衛駆逐艦の傘をかぶる。「比叡」の真っすぐ前に「長良《ながら》」。あと駆逐艦は「長良」を頂点とし、その頂点から、ちょうどクリスマスツリーのように、右前から、「暁《あかつき》」「電《いなづま》」「雷《いかづち》」。左前から「雪風」「天津風」「照月」。そして「長良」の前方には、「夕立」と「春雨」が、前衛で飛び出している。同じ前衛の「朝雲」「村雨」「五月雨《さみだれ》」の三隻は、さっきいったん反転して、また反転したときに、すっかり遅れてしまって、今は左側、「照月」の後尾にようやく近づいている。

この中で、日本の駆逐艦は、だいたい一九〇〇トンから二〇〇〇トン、速力は、ほぼ三五ノット。ただ、「照月」一隻だけは、いわゆる防空直衛艦で、普通の艦が一二・七センチ六門、六一センチ魚雷発射管八ないし九門のところ、長砲身一〇センチ高角砲八門、六一センチ魚雷発射管四門、排水量二七〇〇トンもある、一種の化け物駆逐艦であった。

さて、話を戻そう。午前一時四十分という時間は——あたりまえのことだが——日本にもアメリカにもやってきた。

分隊長の話し声もと絶えて、指揮所は、何となく、静けさの中に沈んでいるとき、私は、不意に、何か冷たい風がさあっと吹きぬけるのを感じた。

「スコールかな？」

と、空を見上げる。だが、星はすぐ手の届きそうな低さに輝いている。見つめていると、星は声を潜めて、私の耳もとに、何かをささやきかけてくる。細い、涼しい、金属性の声だ。

幸せを祈ってくれるようでもある――そんな蒼い星だ。その星くずの中を、つうっと大きな流れ星が弧を描いて飛んだ。

(どうしたんだろう)

フト、錯覚から覚めて、妙に不安な気持ちに駆られた。夜光時計を見上げる。

一時四十一分――。

ちょうど、先頭に飛び出していた「夕立」「春雨」の二隻が、ほぼ三〇〇〇メートルのところに、米隊列の先頭艦カッシンを認めたときであった。

三〇〇〇メートルという距離は二〇ノットで進むと、五分とかからずに届いてしまう。双方とも二〇ノットならば、二分半で衝突する。カッシンは、暗闇の中で、いきなり日本駆逐艦の横っ腹にぶつかりそうになり、あわてて左に一杯、舵を取った。「夕立」「春雨」は、そのまま、これも暗闇の中を、すうっと行ってしまう。

残されたのは、これも真っ暗な中で、押せ押せでつながってきている一本棒の米艦隊――その一番前の艦が、きゅうっと左に舵を取ったために、ハタと速力が落ちた。

泡を食ったのは二番艦のラフェイ、大あわてで舵を取って辛うじて衝突を避ける。つづいて三番艦のステレットも四番艦のオバノンもという具合に、次々にあわてて取舵をとる。この波が、巡洋艦列の先頭艦のアトランタにまで及んできて、これがまたあわてて取舵一杯。

レーダーで、日本より一七分も早く敵を見つけていながら、指揮官が判断を間違えたのか、何か手違いがあったのか、一番大切な時機に、こんな失策が、ガチャガチャと米艦隊に起こってしまった。

それだけではない。

アメリカ側は、艦隊内の命令や連絡に、隊内無線電話の一本線だけを使っていたが、旗艦サンフランシスコの前にいるアトランタが、急に取舵をとったので、

「何をしてるんだ」

「味方駆逐艦を避けている」

などという、ガミガミ声の中に、「夕立」と「春雨」を見つけたカッシンから、

「魚雷撃ってもよろしいか」

という、何よりも急がねばならぬ上申が割り込んだが、しかしこれは回路がようやくあくのを待ってから、司令官の耳に入ったというありさま。

いい換えれば、レーダーを持っていたアメリカが、そのレーダーの利点――つまり先に敵に命中弾を与えたり、魚雷を撃てるという有利な立場を、うやむやのうちに捨ててしまったのだ。

ちょっと、常識では考えられないことである。が、現実の戦場では、こんなことが、いくらでも大手を振ってマカリ通る。

戦争は、相手より失策の少ない方が勝つ、という言葉があるが、それは、こういう人間の知力と体力との限界が、戦争という、生死、必死の場合でも、運命を支配することをいったのだろう。

先ほども述べたように、私たちの方にも大きな失策があった。ずっと前方に出ているはずの前衛駆逐艦が、「比叡」「霧島」とほとんど同じところに頭を並べていたり、ことに「朝雲」「村雨」「五月雨」などは、逆に後方に落ちて、頭を並べるところまでにも来ていなかった。

ハダカの「比叡」。

主砲は、艦船を射撃する目的ではなく、陸上砲撃のため、砲弾も、射撃指揮装置もすっかり調定し換えてしまっている「比叡」――。

そこへ、「夕立」からの敵発見の第一報が飛び込んだ。

「比叡」自身も、敵を見つけた。

「出たぞ……」

分隊長がいった。

わあっと歓声が上がった。

(これからほんものの戦闘だ!)

私は、体中に力を入れた。力を入れたつもりでも、少しも力が入らないようだった。どこかが、ブルブルふるえていた。しかし、それがどこだか、見当もつかなかった。体中がふるえているようでもあった。

はじめて相まみえる敵艦――。

ぐるぐる、私の腰掛けている指揮装置が土台ごと回っている。

飛び上がりそうになった。目の前の指揮装置が生きもののように思われた。生きものが、勝手に動き出した――。

「目標捕捉――。巡洋艦の一番艦。九〇〇〇メートル！」

浜田一曹の声が、すばらしい艶をもって響いた。

私は、夢中でハンドルにしがみつき、十字線の入った眼鏡に目を押し当てた。――それからあとは時間の観念が全くなくなった。ただ、敵艦と十字線と、それだけに全神経を集中した。目標となる敵艦の艦橋をメガネの十字線に合わせ、いつでも、どんなに舵を取っても、敵艦を追って、十字線をその艦橋に食い込ませる――そういうことを「記憶」させられたオートメーションの装置の一部が私だった。敵と味方との間の千変万化の相対位置と速度に即応できる「記憶」の広さと正確さが、私たちに対する訓練の深さの函数であった。人間が消滅して、機械を駆動するものとしての機能だけが生かされ、軍艦というものすごい攻撃力をもった無生物を駆使して、戦場を疾走する……。

その目標は、背の高い二本煙突を中心にして、ちょうど富士山のようなシルエットを、暗黒の中にそびえ立たせていた。

（戦艦じゃないだろうか――）

辛うじて残っていたいささかの判断力を呼び起こして、新戦艦というワシントン型のシルエットを頭に描き、それと引き比べてみた。

が、たちまち、そんなことを考えている余裕がなくなった。

「比叡」が、また右に傾き、左へ転舵しはじめたのだ。

「右砲戦。右四〇度、敵の巡洋艦――」

ガスのバーナーに火をつけたように、立てつづけに、聞きなれた号令が流れ出した。

「一六〇〇メートル――」

零距離射撃だ。砲口はほとんど水平。

と、

「照射はじめ。撃ち方はじめ――」

伝令が、艦長の号令を伝える。

「あっ。照射したら撃たれるだけだぞっ」

あわてた言葉が、分隊長の口をついた。その言葉が終わるまもなく、いっせいに「比叡」の探照灯がつけられ、青い、強烈な光が闇を貫き、躍りかかるように飛んでいって、ピタリと目標をとらえた。とたんに、その「戦艦」がギラギラと闇に浮き出す。すごく近い。

(近いぞ)

と思ったのが先か、ギラギラしたその敵艦の水ぎわの少し上で、仕掛け花火のように、パッパッパッと、その全長にわたって、橙色とも赤ともつかぬ閃光が、いくつもいくつも光ったのが先か、わからなかった。

とたんに、目の前がカッと明るくなった。主砲だ。主砲の第一弾だ? 何もかもビリビリとふるえ、耳をつんざく轟音――。

「急げッ」

分隊長が叫ぶ。彼もまた、別人のような声をはり上げる。

一斉射――。その「戦艦」の艦橋に、真っ赤な灼熱した閃光が、パッと上がった。

「命中――」

このときの砲弾が、主砲のか、副砲のか、私は知らない。それと同時に、ガンと激しいショックを感じたが、それが「比叡」のどこに当たったのか、私は知らない。私の目の前には、依然として、今は明らかにユガんだ敵艦の艦橋と、メガネの中の十字線があるだけである。

転舵しているので、ともすると十字線が艦橋の前に逃げようとする。つまり、敵艦が後ろへ後ろへと下がっていく。それを追って、私は、夢中でハンドルを回していた。

二斉射。つるべ撃ちだ。

こちらがつるべ撃ちなら、敵もつるべ撃ちだ。そして、こちらの砲弾が敵艦に大孔をあけると同時に、敵弾もまた、「比叡」のどこかに命中していた。

三斉射――。轟然と弾丸が出たが、そのあとすぐ、すごい音とショックが、指揮所全体を揺り動かした。

(やったな!)

とたんに、浜田一曹が引き金を立てつづけに引いた。狼狽している。

「発砲電路故障――」

間髪をいれず、分隊長が叫んだ。

「砲側照準《ほうそく》――」（注・指揮所で引き金を引いて撃たず、各砲ごとに照準して、各砲ごとに撃つこと）

伝令が電話にどなる。

私は、目をメガネから離した。砲側照準ならば、射撃装置は役に立たない。

すると、伝令が悲痛な声を上げた。

「電話故障――」

「全部ダメか」

「全部ダメです」

「伝声管は」

「途中で切られてます。声が届きません」

「よし。平賀。とんでいけ」

「ハイッ」

平賀上水は、すぐにラッタルを駆け降りた。その足音は、聞こえなかった。メガネから目を離してみると、あたりは、恐ろしい音の地獄だった。

しかし、「比叡」の撃った砲弾は、すごい威力を発揮していた。

二万メートルから二万五〇〇〇メートルの大遠距離で、艦橋を狙って見事これを粉砕するという高い精度を誇った三六センチ砲である。

その一トンに近い三六センチ砲弾のつるべ撃ちで、たちまちその「戦艦」――ほんとうは防空巡洋艦アトランタ――の艦橋は吹ッ飛び（米側資料によって、あとで知ったところでは艦橋にいた司令部の幕僚で助かったのはたった一人というありさま）、大砲ははたき折られ、艦は打ち据えられ、一瞬間に動かなくなっていた。

アトランタを血祭りに上げた「比叡」は、その間に、実は大変な窮地に落ち込んでいたのだ。

前衛が、まるでどこかへ行ってしまって、ハダカになっていたことは前に述べた。

だからこそ、敵の本隊と、わずか一六〇〇メートルくらいでハチ合わせしたのだが、その真ん中で、探照灯をつけたことが、バラバラの味方に「比叡」の位置をハッキリさせる上で非常なプラスはあったにせよ、同時に巡洋艦五隻、駆逐艦八隻からなる敵艦隊に、「日本の戦艦がいる」ことを、その位置を、これ以上明瞭にしようがないほどの明瞭さで示すことにもなった。

当然、計一三隻の敵艦は、ありとあらゆる兵器を「比叡」に向けて、めちゃくちゃに撃ち込んできた。

射撃指揮装置のメガネから離した私の目に、真っ先に見えたのは、四方八方から私たちの足許をめがけて、流れるように飛んでくる光の帯であった。

（「比叡」の艦橋が火災を起こしたのか――）

うかつにも、私は、敵艦がポンプをかけて、その火を消してくれているような錯覚にとらわれた。

絶えまなくガンガン轟音がつづくと、耳がバカになるのか、頭がヘンになるのか、砲弾の炸裂する音は、少しも私の注意を引かなくなっていた。

それよりも、妙にイヤな匂いが、気になった。キナ臭い、吸い込むとムセ返るイヤな匂いである。

敵の「戦艦」が、真っ赤に燃えていた。それを追いぬいて、ぞろぞろと闇の中から巡洋艦が近づいてくる。「比叡」は——いかにも、ノソッと動いていた。

そのころであった。砲側へ走ったはずの平賀上水が、ラッタルのところから駆け出してきた。

「分隊長。下の方は火災で通れません」

ギクッとして、私たちは椅子から立ち上がった。

「火災？」

窓のところに走って、首を出してみると、下の方から火焰が噴き出していた。航海用の羅針艦橋である。いつも司令部がいるところだ。

(司令部全滅——)

キュッと胸をしめつけられる感じが、走った。司令官、参謀長、幕僚の一人一人の顔が目の前の闇を横切った。事実、このときはもう阿部(弘毅)司令官は負傷し、鈴木(正金)参謀長は戦死していた。

「——それじゃ、もう弾丸《たま》は撃てんな」

　分隊長が低くつぶやいた。

　副砲だけではない。主砲も、さッきから沈黙しているのに思いいたった。確かに、私の頭は混乱しはじめていた。現象だけが花火のように点滅して、なかなかそれがつながらないのだ。

「畜生！　撃たれッぱなしか――」

　あきらめ切れぬようにそういうと、分隊長は、

「よし。伊藤と白根は何とかして砲側に行け。撃つんだ。独立撃ち方で引き金で撃て。黙って撃たれとるという法があるか……」

　怒髪天を衝《つ》く、といった声で、尻上がりに命ずると、

「分隊士も一緒に行け。たどりついた者は、すぐ砲側を回って伝えろ。手当たり次第、撃て。味方撃ちにだけ気をつけろといえ……」

　このとき、パアッと空が明るくなった。いっせいに外を見る。

「霧島」である。橙色の尾を曳いた砲弾が、敵重巡の頭上に飛んで、無数の真っ赤な火がイルミネーションをつけた三角帽子のように、かぶさった。

　みんな、度胆を抜かれた。

「なんだ、アレは――」

「なんだろう」

　私も知らなかった。

「三式弾だ。畜生。まだあんなもの撃ってやがる――」

分隊長は、

ガダルの飛行場砲撃のために、「比叡」も、「霧島」も、小出しの弾丸を並べる給弾室には、三式弾と称する特殊弾――命中したら、その瞬間に無数の焼夷《しょうい》弾をハネ出し、それが一帯に散らばって、飛行機やガソリンを燃やす弾丸――を並べていた。スワとばかり、対艦船用の、鋼鈑を突き抜けて艦内で炸裂する徹甲弾と取り換えたのだが、その間に、どうしても時間のズレが出た。

「比叡」が、何発目で徹甲弾に変わったか、私は見ていない。しかし、「霧島」は、まだマゴマゴしているのを私は見た。あんな弾丸では、艦は沈まぬ。「比叡」が沈黙しているのに、「霧島」がこれでは、敵は暴れ放題ではないか。

私たちはあわてて、ガスマスクをつけ、脱出を考え出した。窓から首を出すと、下の方は大変である。探照灯台から、高角砲台、つまり、煙突の真ん中ぐらいから前の方、艦橋の下の方にかけて、敵弾が、ゾッとするほど炸裂しつづける。

距離がバカバカしく近いので、敵の大砲もほとんど水平、零距離射撃だ。弾丸は、そのあたりから上へは、おかしいほど飛んでこない。私たちの足の下の方が、やたらに撃たれ、そのためにペンキなどの可燃物が燃え出して、めらめらと火焔を上げる。その火焔を狙って、敵はなおも撃ってくる。悪循環である。

「こいつア、困ったぞ――」

「どこから逃げ出そうか」
「分隊長は？」
「戦闘艦橋に連絡にいかれました」
「弱ったな――」

砲弾に狙われていないことがハッキリすると、私たちにも、こんな話をしゃべっている余裕が出る。

いったい、どうしてこんなことになったのだろう。

4

「戦争が、どんなふうに進んだか、といったって、こんなめちゃくちゃな戦争はない。――なにしろ、真っ暗な、いわゆる晴天の暗夜で、肉眼だったら、衝突してみて、初めて艦がいたか、とわかる程度なのだから……」

――以下は見張員迫水二曹（二等兵曹）の話である。

初弾発砲つまり一時五十分ごろは、「比叡」も「霧島」も、直衛の駆逐艦も、大体、キチンとした格好で、北東に向いていた。初め、真っすぐ南東に進んで来たのだから、それまでの間に南東から北東へ、九〇度ばかり左に曲がったわけだ。

このときの敵は、ほぼ味方と平行して駛《はし》っていた。距離は二〇〇〇メートルくらい。ははあこれは同航戦だな、と思っていた。

ところが、びっくりしたのは、敵が急に取舵を取ったことだ。長い蛇のような隊列の頭が、初めわれわれが進入してきたコースの逆、つまり北西に向かいはじめた。

すると、どういうことになるだろう。

いうまでもなく、われわれの針路と交叉する。艦が、両方とも一隻ずつならば、時間のズレなんかで、なんのこともなくかわせるのだが、何しろ相手は、一三隻が、えんえんと行列している。どんなに工夫をしても、この行列の中に突っ込まざるを得なくなるのは、わかり切っている。

ひょいと左後ろをみると、八〇〇メートルばかり後ろからついてきていた「霧島」が、どんどん左に離れていく。それればかりではない。「長良」や、直衛駆逐艦までが、「霧島」の頭にかぶって、一緒に離れていくではないか。

驚いた。こんな編隊航行なんて、あるもんじゃない。

そして、「比叡」は、ますます大きなカーヴを描きながら、ゆうゆうとして進んでいくではないか。「比叡」一隻が、直衛から離れて、敵の隊列の中に突っ込んだのだ。

どうしてこんなことになったのか、見張所には号令が来ないからわからない。「比叡」が照射をはじめるのと一緒に、よくもこんなに砲弾を持ってやがると思うくらい、息つく間もなく撃ってきたので、舵故障を起こしたのかもしれない。これはえらいことになるぞと、ハラハラしたが、あとから聞くと、やはり初弾か二弾目くらいで、舵機室に浸水したのだという。

そういうわけで、「比叡」は、敵の隊列の前の方、つまり、先頭駆逐艦の真ん中に飛び込んだ。敵のカッシン、ラフェイ、ステレット、オバノン――もちろん、当時名前まではわかってはいなかったが――の横腹に突進したのだから、この四隻は、仰天しながら、てんでに、むちゃくちゃに「比叡」に向かって撃ち込んできた。

一体、三六センチ砲に耐えられるように作ってあるのが戦艦の装甲鈑なので、駆逐艦の豆鉄砲ぐらい、いくらポンポン撃ってきても、貫通したり、艦内で炸裂したりする気遣いは毛頭ない。これは、重巡の二〇センチ砲でも、同じことだ。

だが、艦橋や、いわゆる上部構造物は、少し違う。こいつは装甲鈑で被われていない。敵の巡洋艦や駆逐艦は、この、仲間外れになった「比叡」の、上部構造物を、めちゃくちゃに撃つのである。

何しろ零距離に近いので、「比叡」の探照灯や艦橋を狙えば、弾丸は敵の大砲の高さから、水平に、一直線に飛んでくる。それよりはるかに高いところにある見張所など、文字どおり高見の見物みたいになってしまう。

それと魚雷だ。私なんかでも、数本の白いすじが、真っすぐに「比叡」に向かってくるのを何度も見ている。そして、おかしいのは、その魚雷を撃つ駆逐艦が、ちょっと仰山にいえば、煙突の中までのぞけるくらいの、つい目と鼻の先にいるのだ。

一番艦カッシンの場合などは、一〇〇〇メートルくらいだった。敵は艦の中部をやられたらしくて、火焰と一緒に、真っ白い煙をぶうぶう噴き出していた。蒸気パイプが飛んだのだろう。そいつが、ノソノソしながら近づいてきて、いや、「比叡」の方で接近していったのだろうが、そこから、パシャッ、パシャッと、魚雷を六本も撃ってきた。

こいつは困る。砲弾の方は、さっきいったように、大したことはないが、魚雷は、当たりどころと当たる数では、戦艦でも沈まねばならない。

ゾーッとした。あの白いスジが、真っすぐに近づいてくるのは、生命が縮まるほど不気味なものだ。やったッ！と思った。が、ドカンと来ない。ちょっと横腹の方をのぞいてみたい衝動にかられたが、待てども待てども、ドカンといわない。

「不発だ。下手《へた》くそめ」

だれかがいった。爆発されては自分がさっそく困らなければならないのに、やはりすぐ日本のそれと引き比べる。

その後、振り返ると、その艦がいっぱいに照射されて、味方の砲弾を徹底的に浴びていた。これは、何か溜飲が下がるような気持ちだった。

二番艦ラフェイは、もっとあわて者だった。急に右側の闇から出てくると、危うく取舵一杯を取り、どうやらぶつからずに逃げたが、逃げがけに、二本魚雷をぶっ放した。こいつは、二本とも「比叡」の横腹に命中したが、ピョンピョンとハネ上がった。魚雷にはある一定距離を走らないと、ぶつかっても爆発しないような安全装置があるが、近すぎて一番艦カッシン同様、そいつが解けずに、爆発しなかったらしい。

ところが、その二番艦ラフェイが、くるッと転舵して、まだ回り切らないでマゴマゴしている大きな図体が、ちょうど「比叡」の真正面――というよりもコリジョン・コース（当然ブツかる針路）に影絵のように浮かび上がったからたまらない。

「艦長。ぶつけます！　宜候《ようそろう》！」

気合をかけたのかと思うほどの激しさで、ふだん温厚な航海長の、ものすごい声が艦橋で上がった。

「む！」

だれの声かわからない。真っ暗な中で、どうしても一人とは思えない、三人か四人の声がした。

間髪を入れぬとは、このことだった。私（迫水二曹）は、全身水を浴びたようになりながら、とにかく、そのへんにあったものを、ほとんど無意識につかまえた。望遠鏡の架台だったか、横の窓枠だったか、全然思い出せない。

と、その黒い艦が、みるみる近寄ってきた。ズーム・レンズで、全身像から一気に顔だけのクローズ・アップまで引いてきたように思った。一番煙突から前が、目の下に見えた。それから後部は、「比叡」の艦首の下になって、消えてしまった。

（やった！）

私は思わず息を詰めた。

（ガンと来るぞ。ガンと来るぞ――）

バカみたいに、口の中でつぶやいていた。

ところが、驚いたことには、ぶッ切れたはずのその黒い艦が、するすると、艦尾までつながって、艦首の下からはい出してきた。蛇が穴からはい出したような、なんともいえない不気味な光景だった。

その駆逐艦は、よほど仰天したと見えて、白波を後甲板よりも高く上げながら、引っくり返るかと思うほどの大きな舵を取って逃げ出した。逃げざま、さすがに機銃を撃ってきた。

こいつ逃がすものかと、「比叡」から、砲弾の赤い弧が、闇の中に手を突き出して追っていく。

と、パッと火柱が上がった。つづいて水柱が艦をのんだ。ガクンと前のめりになると、次の瞬間には、艦全体があかあかと燃え出し、星空を背景に、星をぬりつぶすほどの黒煙が渦巻き、立ちのぼった。

「命中だ、命中だ……」

見張所で騒ぎ出したときには、その艦の艦尾の方に、ギョッとするほどの大爆発が起こった。恐らく、艦尾の方に並べてある爆雷が、いちどきに誘爆したものだろう。「比叡」のつい目と鼻の先での大爆発だったので、私の方にまで火が飛んでくるのではないかと思ったくらいだった。

これだけの猛烈な爆発を食っては、薄っぺらな駆逐艦が持ちこたえられるはずはない。たちまち逆立ちになると、一気に真っ黒な海の底に引き込まれ、あたりは、執念深く燃えつづける重油を残すだけになった（アメリカ側の記録によると、このラフェイは、「比叡」の三六センチ二発に、魚雷を一本食ったことになっている。そうだとすると、この駆逐艦が轟沈したのは、むしろ当然といえるわけだ）。

三番艦ステレットと対するときは、「比叡」は、もう隊列の中を突き抜けて、向こう側に出ていた。

ステレットと、四番艦オバノンは、編隊で、四〇〇〇メートルくらいのところを同航していた。ステレットは、ポンポン撃ってきた。で、「比叡」も撃った。

パッパッと火柱が立つと、そいつは呆気なく速力が落ちた。舵がやられたらしく、酔っぱらいのように、あっちにフラフラ、こっちにフラフラしはじめた。前の艦がフラフラしはじめると、あとの艦は、たまったものじゃない。ぶっつけまいと、必死になって避けるわけだが、なるほどとんでもない避け方をした。ひょッこり、「比叡」の左舷艄前方一〇〇〇メートルばかりのところに、くるっと回って出てきたのである。

そして、「比叡」に向かって、窮鼠猫《きゆうそ》をかむようなアンバイで、豆鉄砲を撃ってきた。ところが、こいつを撃とうとしてみたら、あまり近くて、大砲の俯角――仰角ではなく、俯角が、いっぱいになって、それ以上かからないのだ。

危なくてしようがない。敵弾は見張所のすぐ傍にも当たるし、艦橋にも当たる。信号台にも当たるし、そのへんいっぱいにポンポン当たる。これにはどうしようもない。盲点に入ってきたというのか、手の打ちようがない――。

「このころらしかった。火のような機銃弾が、艦橋の外鈑を貫く音がした……」と信号員の窪田二曹がいう。

――以下窪田二曹の話。

いや、音には、神経がマヒしていたので、目の前に、黄色い火の粉のようなものがいっぱいに飛んだのを見た。それだから機銃だとわかったのだろう。

――パッとデッキの上に伏せた。本能的に、獣のように、みんな伏せた。艦長も航海長も、参謀たちも、下士官や兵も、生きている者は全部伏せた。伏せながらチラと見えた艦橋には、だれも立っている姿がなかった。おそらく窪田二曹が一番伏せおくれたのだろう。

ババババッと鋼鈑を引き裂く音が、ひとしきりすると、たちまちにその音はやんだ。

(死んだナ――)

てっきり、自分もやられたと思った。

(片手の男がトラックでいってた。やっぱり死ぬって大したことじゃないナ)

そんなことも考えた。このへんのことは、不思議なほどはっきり覚えている。間もなくひどく頭が混乱していることに、彼は気がついた。

(死んでれば、こんなことは考えられないはずだ……)

こんな当たり前のことを、真面目くさって考えるのだから、戦場とは、よほど異常な風が吹くところに違いない――。

――話はまた射撃指揮所に戻る。艦橋で伏せている間に、射撃指揮所では、躍起になって、四番艦オバノンに向かって拳を振っていた。いくら私（鏑木）たちが口惜しがっても、指揮所からは弾丸が撃てないのだ。しかも、その駆逐艦は、こんどは魚雷を撃ってきた。ボシャッ、ボシャッと、万年筆のようなのが波に消えるのが見える。

さすがに手に汗を握ったが、こいつも舷側の白波をくぐって命中した――はずなのに、爆発しない。

「ケチケチするからだ！」

だれかが、暗闇の中からヤジを飛ばした。

全射線の八本とか、九本とかを、一気に発射するのが魚雷の撃ち方かと思っていたら、物量の国ともあろうものが、たった二本ぽっちをミミッチク撃ってくる。貧乏人の方が気前がいいというのは、このことをいうのであろう。

このころになると、敵味方の混戦は、その極に達していた。「霧島」は、まだ花火を撃っている。「比叡」がまともに撃てずにいるのに、頼りないことおびただしい。

しかし、間もなく徹甲弾への切り換えができたらしくて、「霧島」の花火は見えなくなった。

――各艦の戦闘の模様は、彼らの報告によるのが一番いい。私たちの目で見たものも、見えないところで戦われたものもあるが、ここにまとめて述べておくことにする。

――「長良」は駆逐艦「天津風」と一緒になって、大巡一隻を轟沈させた。砲撃と雷撃である。これがちょうど一時五十四分。

そのあと一分目には、「比叡」と「霧島」、駆逐艦「雷」「電」の砲撃と「雷」「電」「夕立」の雷撃で、大巡一隻が轟沈。

同じ「夕立」の魚雷が、同じ時間、防空巡洋艦に命中して、これを轟沈。

さらに二分たつと、駆逐艦「照月」が取っ組んでいた敵駆逐艦一隻が轟沈した。

その次、一分たった五十八分には、「霧島」と「電」「暁」の二駆逐艦が、大巡一隻を大破させる。

一分たつと、一番先頭に出ていた、「夕立」が、たった一隻で敵の隊列の中に割って入り、「天津風」の魚雷攻撃に呼応して大巡一隻を大破させ、二時四分には、砲雷同時攻撃で、「夕立」は大巡一隻を大破させる。

さらに六分たつと、「夕立」は駆逐艦一隻を中破し、同時に、「照月」は駆逐艦一隻を大破させる。

一分目に、「天津風」は魚雷艇一隻を銃撃で大破させ、十二分には「村雨」が、雷撃で大巡一隻を轟沈させた。同じ時間、阿修羅のように暴れ回っている「夕立」が、駆逐艦一隻を砲撃で大破――。

「夕立」の奮戦は、一番最初に敵を発見して、全軍に緊急信を打つところからはじまるのだが、それからくるりと引き返して、一時五十五分に魚雷八本を撃ち込み、これが大巡二隻に命中、轟沈。それから「比叡」の後ろへ回り、煙幕を張りながら全速力で駆けに駆け、二時四分に大巡を砲撃、反転して十分に駆逐艦を撃ち据え、さらに敵を求めて駆けつけるうち、闇の中から敵弾が命中、火災を起こした。火災を起こすと、夜戦ではその火を狙って撃たれるので、煙幕を展張しながら反転、消火に懸命になったが、火はますます大きくなる。

この間、十五分には「天津風」が砲雷同時攻撃で大巡一隻大破。二分後には「霧島」と「照月」が駆逐艦一隻を中破させ、五分たった二十二分、「照月」は駆逐艦一隻、六分たった二十八分には、また一隻を大中破させる。

三十分には、「朝雲」がようやく敵にとりついて、砲撃で駆逐艦一隻を撃沈。三十四分に、「長良」と「雪風」が駆逐艦一隻撃沈。四十分になって、発射のチャンスをミスした「春雨」と、「雪風」「朝雲」の三隻が防空巡洋艦一隻を仕止めた。

火災がいよいよ大きくなった「夕立」は、それでも屈せず、三十六分に駆逐艦を狙って砲撃を加えたが、とうとう速力が落ち、サボ島とガダルカナルの真ん中へんで停止、艦全体が火になり、総員退去の号令をかけざるを得なくなってしまうのである。撃った魚雷は八本。砲弾一五〇発。死者二六名、負傷三〇名。まことに壮烈きわまる最期であった。

もう一つ。戦闘開始のとき、遅れてついてきていた四水戦の「朝雲」「村雨」「五月雨」は、「夕立」とは反対に、ひどく具合の悪いところに置かれてしまったが、全速力で追いかけて、混戦の中に割りこんだ。

この隊の報告では、二時四分に重巡一隻に対して魚雷発射。「村雨」七本。そいつが、三本以上重巡に命中、轟沈。このとき「村雨」は敵弾を受けて一缶使用不能となった。「五月雨」は、そこからとって返して、「夕立」の救助に向かった。「比叡」の右前方にいた直衛の「暁」「雷」「電」は、「雷」が砲弾六一発、魚雷六本、「電」は砲弾一三五発、魚雷一五本を撃ったが、「雷」が被弾で死者二一名、負傷者一七名出したのに、「電」はカスリ傷一つ負わないですんだ。が、一番悲惨だったのは「暁」で、どうして沈んだのか、ほとんどわからず、恐らく集中砲火を浴びて、それが弾火薬庫に飛び込み、轟沈したのではないかと思われるが、乗員の二五五名、全部が行方不明になったのである。

「比叡」の左舷側にいた直衛三隻、「雪風」「天津風」「照月」の中でも、「天津風」はすごく勇敢に戦い、敵弾を受けて小破、死者四五名、負傷者三一名、ほとんど乗員の三分の一の被害を出したが、少しもひるまず、大物ばかりを狙って、魚雷も一六本、砲弾一四八発を撃ち、大巡三隻を仕止めた。「雪風」は、魚雷は撃たなかったけれども、砲弾をなんと三七四発も撃ち、格闘戦を演じた——。

この数字は、戦後のアメリカ側発表からみると、だいぶ違ってはいる。しかし、夜間のこんな混戦になると、昼間のようには、艦型もはっきりせず、適確な状態がつかめないので、ダブってみたり、沈んだとばかり思い込んでいたのが、じつは沈んでいなかったりするものである。しかし、そういうことは承知しながら、ことさらに当時の数字を使ったのは、その当時の日本側戦闘員たちのありのままの様子で話をすすめているからである。

5

――話を、「比叡」に戻そう。

アメリカの四番艦ステレットも、辛うじて「比叡」のそばから脱出したものの、日本の駆逐艦乗りたちに取り巻かれて、いっぺんにめちゃめちゃに叩きのめされてしまうのである。

さて、次は巡洋艦になるのだが、一番艦アトランタは、一番最初にやられてしまい、二番艦サンフランシスコは、「比叡」と「霧島」からヒドイ目にあわされた。正規の夜間射撃の教範通りに、一隻の駆逐艦が背景照射をし、こっちから「比叡」と「霧島」が、そのシルエットめがけて、ドカドカと撃ち込むのである。これでは、当たらない方が不思議なので、米艦隊の指揮官カラハン少将も、これでやられてしまったという。

巡洋艦群に対しては、味方の駆逐隊が、お得意の魚雷攻撃をやった。これは、アメリカと違って、全射線をブチ込む壮大なものである。それで、ポートランドがやられ、ジュノーがほとんど沈みかけた。二番艦サンフランシスコも傷ついた。

この魚雷で、後尾の駆逐艦四隻のうち、二番艦バートンが轟沈する。これは大変な轟沈で、目の前がカアッとしたかと思うと、そいつが消えたあとには、艦の姿はなかったというのである。

三番艦のモンセンは「比叡」の右前方四〇〇〇メートルあまりから、魚雷を五本撃った。

これも当たらなかった。が、たちまちそのシッペ返しが、モンセンの上に襲いかかった。砲撃と雷撃で、モンセンは焼却ガマのように燃えに燃えた。

――とにかく、夜は、断続する砲火の白い閃光と、燃えさかる艦からの赤い焔によって、引き裂かれていた。星弾が、空中に炸裂して、強烈な青い光芒を放つ。艦が爆発して、巨大な白熱光の塊を四辺に投げ上げる。真っ暗なはずの夜が、いつの間にか鉛色に見えてき、魚雷が命中すると、橙色の――いや、艦が燃える赤い焔に、噴出する蒸気の白さと重油の煙の黒さとが、ごうごうともつれ合って、すさまじい形相――まるで地獄の絵だ。

その地獄の中で、高速で駆け回る敵味方の艦艇――混戦と乱戦で、まるで常軌を逸していた。

「比叡」に対する警戒幕を張っているはずの駆逐艦は、「比叡」のそばには一隻もいないし、その味方の駆逐艦がいるはずのところには敵の駆逐艦がいて、戦艦「比叡」に対して大砲はおろか、機銃までも撃ってくるし、何もかも、もうケタ外れの戦闘であった。

一方、艦橋では、さっきの機銃掃射のあと、まだ、死に神が翼をたたんではいなかった。あらしのあとの静けさのように、ひっそりとした空気が、あたりを支配していた。

――何かが動いた。信号員の窪田二曹がそっと頭をもち上げた。

すると、彼のほかに一人――たった一人だけ、羅針儀のところにうつむいて、立っている人影が彼の眼に入った。

伝声管を通じて、下の操舵室に何かいっている。

急にその男は上体を起こした。パネルにある電話器をとると、

「これもだめか……」

あわただしく二つ三つ耳に当ててから、

「機械室、通じるのか。後進全速、両舷後進一杯」

たった一本残った機械室への電話に向かって、恐ろしく切羽つまった悲鳴——に近い声で、彼は叫んだ。

(通信参謀だ——)

言葉つきで、窪田二曹は気がついた。何をあわてているんだろう。ほかにだれも起き上がらないところを見ると、通信参謀のほかは全員戦死か。艦長も、さっきブッけようといっていた航海長も——みんな戦死なのか——。

別に、凄惨なとか、無慈悲な運命だとか、そんな感じは少しも起こらなかった。奇妙な心理であった。

その間に、通信参謀は、右舷の窓からノリ出すようにしてのぞいていたが、何を見つけたのか、アタフタと電話に戻ると、

「両舷停止！　両舷前進原速——」

と、どなり込み、ちょっと間を置いて二、三べんどなっていたが、

「しまった。これも切れた……」

電話器を放り出したまま、艦橋の後ろの方に駆けていった。

窪田二曹は飛び起きた。なんだかこのまま放っておけないようで、あとを追った。

戦闘艦橋の後ろの方から、カンザシのような腕が出ていて、信号索が一メートルおきくらいに滑車を潜らせ、ちょうど艦橋構造物の真ん中へんの旗甲板まで、何本も並んで垂れている。

その信号索をじっと見ていた通信参謀は、やにわにその一本をつかまえて、ブラ下がった。

艦橋の下半分は火である。火は、だんだん上にのぼってくる。戦闘艦橋にも、さっきからチラチラと火焔が入る。当然、階段はダメだと見て、下との唯一のつながりである信号索に飛びついたのだろうが、思い切ったことをやったものだと、アッケにとられて、窪田二曹は、眺めていた。

風がイヤに強く吹きつけてくる。通信参謀の体は、下の方の火焔に映し出されて、ときどき闇の中から赤々と浮かび上がりながら、だんだん小さくなる。その様子を呆然と見下ろしていた窪田二曹は、ふと、とんでもないことに気がついた。

(や？　艦は後ろ向きに走っているぞ——)

火焔も、ムセかえる白い煙も、艦首の方に長くたなびいているが、艦橋の後面は、ところどころに火の色が見えても、黒い城壁のようにそびえ立っている。

その後進の勢いのものすごさに気をのまれて、ボンヤリ見入っていたが、何気なく目を上げて、あッと叫んだ。

フロリダ島が、闇の中に、あきらかに間近に迫っていた。

（ノシ上げる！）

カアッと頭が熱くなった。夢中でガスマスクを外して、目を凝《こ》らした。空いっぱいに散らばった星くずが、はるか遠くで、燃える艦の火焔をうつして橙色に光る——その中に、奥深く、静まりかえって、フロリダ島の稜線が、くっきりと空をかぎっている。フロリダの沖には浅瀬がある！

（何とかしてこの後進を止めなきゃ……）

電話がダメ、伝声管もダメなら、自分で機械室に走るほかない。ひょいと肩越しに振り返ると、そこにも意外なものがあった。

サボ島である。

（——そうか！）

さきほど、通信参謀があわてて後進をかけたのは、サボ島にぶつかりそうになったからだ。そして、後進がきいてきて、こんどはフロリダ島に近づいたのだ。それで、あわてて艦を止めようとしたときには、もう最後の電話も切れてしまったのだ。だから、身の危険など考える余裕もなく、丸ビルの七階に近い戦闘艦橋から、鉛筆一本の太さの信号索につかまって上甲板に下りようとしたのだ——。

（急げ！）

何かが、窪田二曹の背中をひっぱたいた、と思ったときは、彼は、駆け上がって、そのカンザシの上に踏み出していた。

それは、丸ビルの屋上から、水泳プールの飛び込み台のような踏み板が出ていて、その踏み板の下側から幾条も下がっている索を伝って道路まで下りる、というようなものだった。

踏み出してみたら、めらめらと燃え上がる火焔が、前檣楼の外側をはい回っているのが、まず目を射た。風当たりが強くて、体が吹き落とされそうになる。よろめきながらも、やっと耐える。真っ暗といいながら、その火焔の明かりで、足もとのカンザシが、黒く、ぼうっと見え、さらに下の方には、えらい勢いであとずさりしている後進のウェーキが、黒い海に白く幅をもって、前へ前へと流れていた。

両手でつかまっているロープが、ちょうど腰の高さくらいにあって、さかんに前後に揺れる。そのたびに、体が狭いカンザシの上で、グラグラする。

一刻もグズグズしてはいられない、と思った。時間がたてば、そのうちに必ず踏み外してしまうだろう。

彼は、カンザシの上に腹ばいになり、その下面に手を回して、信号索を探った。探りながら、通信参謀はこんなに時間がかからなかったようだが、どうしたのだろうと、妙な気がした。

右手に滑車が触れた。上体を乗り出して、信号索をつかんだ。少しずつ重みを手に持たせて、ズリ落ちるようにして身体をカンザシから滑らせて、どうやらうまくブラ下がることができた。

ブラ下がってからは、もう無我夢中だった。なにしろ、索が細いので掌《てのひら》に力が入らない。ズルズル滑り落ちる体を食いとめるのに必死で、そのほかのことは、何も頭にない。掌が痛んだのは、最初の少しで、すぐ無感覚になった。頭がシビれたようで、信号索を離すまいとするだけでいっぱいだった。

もちろん、時間的なつながりなどはまるで感じないのだから、いつ、足が、何か固いものに触れたのか知るはずはない。ほんとうに固いものに、確かに触れているのか、それとも錯覚なのか、頭がおかしくなっているので、索から手も離せないし、掌の力も緩められない。

「おい。どけ！」

横から肩かなにかでツキのけられて、彼は思わず手を索から離した。それで初めて知った。デッキに着いていたのだ。

人心地ついて、まず目に入ったのは、すさまじい光景だった。

死屍累々《るいるい》――。

前檣楼の下から高角砲台にかけて、破壊と殺戮《さつりく》の修羅場である。もちろん、灯一つついていないのだが、巨大な前檣楼のまわりをなめている火焔の色に映し出されて――折り重なって倒れている砲員や、ギザギザになった鉄鈑や、探照灯台からブラ下がった鉄のパイプや台座などが、屑鉄《スクラップ》置き場のような錯綜と混乱を見せ、赤く浮き出し、光るところと影のところが、はげしく明滅して、全部が、半狂乱で躍っていた。

あちらこちらに、人が忙しく動き、戦死者や重傷者を引き出し、運び出す。肩に負うて走る者、二人がかりでかかえたまま血の海に滑る者――。そのだれかが、彼にぶつかり、どなりつけていったのだということは、ぼうッとしていた頭でもすぐに想像がついた。

トップで、いわば高見の見物をしていたさっきの敵弾は、みなこのあたりに集中していたのだ。二〇センチと一二センチの直撃弾が、四、五〇発はこのあたりだけに命中したのだから、ナマ身の人間で生きていられるはずはなかったのだ。

もちろん、こんな修羅場も、「比叡」という戦艦にとっては、カスリ傷にすぎなかろう。「比叡」の心臓は二〇センチなどでは、とても歯の立たない奥深いところに、躍動している。

――といってしまえばそれまでであるが、軍人とは死ぬ者である、戦闘配置とは墓場と同じである、といわれた言葉が、頭の中に突然五寸釘を打ち込まれたように、彼を飛び上がらせた。

(大変だ。まだ後進がかかっている)

戦闘がはじまり、敵巡洋艦群の先頭艦アトランタに向かって、「比叡」が三六センチを撃ち出し、二斉射目が唸りを生じて敵艦に殺到していたころ、アトランタの砲弾か、それとも他の艦のものかわからないが、後甲板の、それも艦尾に近い水線スレスレのあたりに、二〇センチ一発が飛び込んだ。そして直径二メートル半を超える大穴を開けた。

その穴の開いた区画の隣は、舵取機械を動かす電動機室で、当直員が二人いた。

ごうごうと鳴ってふッ飛ぶ二六ノットの水勢は、一瞬にしてその区画を浸し、勢いを駆って隣の狭い電動機室の隔壁をも突き破った。堰《せき》を切った洪水のように入ってくる海水で、電動機室はみるみる水位を高め、天井に届きそうになる。

だが、この二人の当直員は、恐ろしく機敏だった——。砲弾の炸裂する猛烈な大音響にはね飛ばされたように、垂直の鉄梯子にしがみついた。うまい具合に鉄梯子が電動機室の後部、つまり電動機室と舵柄《だへい》室とが隣り合わせる隔壁のそばにあったため、バリバリと裂けた隔壁とは離れていた。そして、海水が一気に電動機室を満たしたときには、その梯子から、二人とも一段上の士官寝室通路にはい出していた。

電動機室当直のこの二人は、こうして危うく助かったが、海水の底になった電動機は当然駄目になる。

舵故障——。

「比叡」は、この混戦の真っ最中に、思いのままの運動ができなくなった。機械の方は三〇ノットまで上げて突進できるというのに、自由な活動は、この砲弾ただ一発のために不可能になったのである。

舵柄室に当直していた竹内機関兵曹たち七人は、同じようにその大音響を聞いた。

竹内兵曹は、「比叡」にもう五年ちかくもいる男で、五年ちかくもいるということは、とかく栄進街道を驀進しない者との定評どおりに、冴えない、目立たない、物をいうのも億劫《おっくう》そうな愚図だと、上官には考えられていた男だった。

突然の大音響で、六人の部下たちは逃げ腰になる。——テニスコートのように広い舵柄室からの脱出は、電動機室との間の隔壁の扉を開け、そこから電動機室へ出て、とっつきの鉄梯子を登って上へ抜けるほかないことを、みんな知っている。

(退路を断たれる)とみんなは思った。

「あわてるな!」

竹内兵曹は、太い声でいった。そういいながらも、その隔壁の、電線が通り抜けている孔や、斜めに入った亀裂から、大きく、小さく、噴き出してくる海水に眼を据えた。

(閉じ込められた――)

そういう、容易ならぬ局面の重大さをあらわす言葉が、咽喉をついて上ってきた。が、いまもしここを捨てて逃げれば、舵はどうなる。戦闘中の舵故障が、どういう危機を呼ぶか、それを彼は知っていた。

竹内兵曹は、部下の一人に、艦橋に電話をかけさせるのと同時に、あとの五人に、隔壁の補強をさせた。

ほんとうの意味の応急作業である。そして、その応急作業をすすめながら、一方では応急操舵の舵輪にかかる。

電動機がダメになると、あと、舵を動かすには応急操舵しかない。「比叡」では、この舵輪が、舵柄室にあった。

舵輪につくのは、運用科の操舵員である。ごていねいにガスマスクをつけた操舵員が、舵輪をつく。――だが、艦橋への電話は、不通だ。どうしてもかからない。

舵は、取舵一杯に取られていた。つまりアトランタを発見して、それに痛撃を浴びせながら、これの頭を押さえるように左に舵を切ったトタンの舵故障である。――このまま、取りッぱなしにしておくか、それとも舵を右か左かのどちらかに動かすか。

舵をどう動かしていいかわからないのは、当然である。

竹内兵曹は、舵柄室に頑張りとおすことを決意した。

「本艦が敵前でキリキリ舞いしてみろ。えらいことになるぞ――」

逃げ腰の部下をしかりつけて、隔壁の補強と艦橋との連絡に心血を注いだが、補強はなんとかうまくいく見通しが立ったが、艦橋への連絡は、いくらやってみても駄目だった。

電話以外に方法はないかと考えてみたが、「比叡」の舵柄室には、そんな手段は何もなかった。

補強ができたといっても、電線やパイプの通る孔、扉の隙間、亀裂の間から、電動機室を満水した水が、しぶきを上げ、薄気味悪い音を立てて流れ込む。

(どうしたらいいか――)

彼は、ぐるぐると敵前で回りはじめた「比叡」を想像した。ともかく、舵を真ん中に戻そう。独断ではあるが、舵を真ん中に戻しておけば、艦橋では機械を使えば艦を動かせるはずである。――右に回りたければ、右舷機を後進し左舷機を前進させれば回るのだし、こんな操艦は、士官としては朝飯前のはずである。

竹内兵曹は、舵輪についた操舵員に、「舵、中央に戻せや」といった。

「よッしゃ」と舵輪を回しはじめる。ところが、この応急操舵が、大馬力の電動機で回すのと違って、人力で、一〇畳敷ほどの舵を動かすのだから、なかなか急には動かない。舵軸を中心とした巨大な扇形の鋼鉄の歯車を、かたつむりが、開いた舞扇の端を渡るような速さで、少しずつ動かしていく。

こうして、ノロノロと舵を中央に戻している間に、「比叡」は、まともに舵を取れる「霧島」や「長良」以下の直衛と離れて、一隻だけ孤立してしまうことになる。

しかし、こんなスローモーションでも、竹内兵曹にとっては、精いっぱいの努力の結果だ。しかも独断で、少なくとも「比叡」が敵前でキリキリ舞いするのを救い得たのだ。

絶え間なく浸入してくる海水は、カイ出す手段がないので、舵柄室にたまる一方だ。乾いていた床に、海水が盛り上がってきて、踵を浸し、やがて脛を冒し、とうとう膝頭まで達した。そして、舵が中央に戻ったころは、水はもう膝を越えていた——。

後甲板に駆けていった窪田二曹は、真っ暗な中で、

「両舷停止。両舷前進強速！」

思いきりどなっている通信参謀の声を聞きつけた。機械室に行く隔壁の電話らしい。彼は、前艦橋が受け持ちなので、この声が聞こえなければ、どこに電話があるのか、暗い中で見つけられるはずはなかったのだ。

ほッとした。

もう大丈夫だ、と思った。

通信参謀は、近くまでいった窪田二曹には目もくれず、機関長を電話に呼び出して、さかんに話しはじめた。風がぴゅうぴゅう吹くので、自然大声になる。

「艦橋総員戦死です。先任将校は機関長になるんですが、とにかくここまで上がってきて下さい。上甲板の状況をちょっと見て下さい。容易ならん状況です……」

機関長がなんといっているのか、彼にわかるはずはない。

通信参謀は、二、三度「機関長上がってきて下さい」を繰り返して、電話を切ると、あたりを見回し、窪田二曹に気づいた。

「オイ。機関室にいくハッチはどれだ」

戦闘の準備で、ハッチというハッチは全部固く蓋をし、金具で締めつけてある。そのうえ、中甲板、下甲板も、隔壁という隔壁は締めてあり、機械室に行くには、たった一つしか道はないはずである。

「知りません。私は信号員です」

士官も知らないのに、どうして私が知っているもんですか、といいたかった。

士官は、艦に乗ると、一番先に艦内旅行というのをやる。造船所の青写真を片手に、部屋と通路と通信装置を一つ一つあたっていく。どこになんという機械があり、それにはどういけば行きつけるか。どの部屋に水が入ったら、どこで浸水を食い止められるか。この装置がやられたときは、どこに副装置があり、それを動かすにはどうすればいいか。

——とても窪田二曹たちには覚えられない複雑怪奇な組織と構造なのだが、士官は高等の教育を受けているから、これがわからねばならない。士官、士官といっても敬礼をし、ていねいな言葉を使うのは、自分たちより彼らの方がすぐれているからである。

ハハア、通信参謀は、艦内旅行をやらなかったな、と彼は気づいた。しかし、そんなことをいっている場合でないことは、彼も承知している。

「このへんの兵隊を探してきます」

窪田二曹が飛び出そうとすると、

「ちょっと待て。機関長が来られるまで、そのあたりで待っとってくれ」

そこへ、機関長が、あたふたと飛んできた。

「全員戦死か」

「司令官は負傷されました。参謀長戦死。艦長も恐らく戦死です。舵機故障のまま、本艦はサボとフロリダの間に挟まったようになっています。まずこれから脱出して、帰るか、ガダルに乗し上げて砲撃するかなんですが、機関長、どうします……」

機関長は、手をあげて制しながら、

「それをオレにやれというのはムリだよ。モグラが上に引き上げられたようなもんだ。サボがどれで、フロリダがどれだといわれても、ピンと来るはずはないじゃないか。君やれよ。必要ならば、先任指揮官の権限で君に命ずる。オレは下にいる。何かあったら知らせてくれたまえ。ノシ上げるんだったら、ちょっと前に知らせろよ、みんな支度するからナ……」

そういって、白い歯をチラと見せると、くるりととって返した。

「それじゃ、この電話でやりますから、お願いします」

背中に向かって通信参謀がいいかける。

「おうい」

機関長が、後ろも向かず返事をする。

これで取引は終わった。驚くべき簡単な取引である。こうして「比叡」の指揮権は通信参謀にゆだねられた。

通信参謀より先任の、たとえば副長とか、砲術長とかがいるだろうし、「比叡」としてみれば、まだほかにも適当な人がいたのかもしれないが、今の場合、応急処置は、これよりほかになかったことは確かだった。

窪田二曹は、必然的に「比叡」の指揮官の伝令みたいな格好になった。

さっきもいったように、後甲板は、あの前檣楼付近の修羅場とは打って変わって、見えるかぎりでは、一発の砲弾も受けていないようだった。

四番砲塔の三六センチ砲、その上にかぶさってきた三番砲塔の三六センチ砲は、いかにも天地をヘイゲイして、堂々と静まり返っている。

通信参謀は、左後進、右前進で、艦をガダルカナルの方向に向けて、突撃をはじめた。

舵故障、司令部と「比叡」の首脳部は通信参謀のほかは戦死か負傷、艦橋からの通信装置は全部故障、前檣楼は火災を起こして、そこから指揮することはできない。主副砲は、射撃装置との連絡を断たれて沈黙。アンテナは全部はたき落とされて、発信も受信もできない。

こういう状態では、とても敵の制空権下に無事に基地へ帰投することはむずかしい。舵さえ何とかなれば、少しも悲観するには当たらない。機械も全力が出せるし、主砲の俯仰旋回をする水圧ポンプも健在だ。いわゆる独立撃ち方というやつで、めいめい砲塔の中から敵を狙い、引き金を引きさえすれば、三六センチの威力は十二分に発揮できる。

通信参謀は、これだけを計算し、ここで、ガダルにノシ上げて不沈戦艦をつくり上げ、徹底的に飛行場を砲撃制圧しようと考えた。

そして「比叡」は頭を左に振りながら、サボ島とフロリダ島の挟み打ちをおしのけて、進みはじめた。

「このときの通信参謀の様子は、日本海海戦で左九〇度の変針をやったときの東郷元帥みたいだった」

と、東郷元帥を見たこともないくせに、窪田二曹はあとで述懐していた。艦橋でいつもニコニコしているおだやかな紳士といった、ふだんの通信参謀とは打って変わった印象だった。で、窪田二曹も、当然、胸を張り、肩を怒らせて、秋山名参謀みたいにそり反っていたのであろう。隊名はいみじくも挺身攻撃隊である。身を挺して攻撃するというのだから、これよりぴったりする攻撃はあるまい。

（粉骨砕身、粉骨砕身……）

窪田二曹は、機械室への電話を握って、呪文のように口の中で繰り返した。たっぷり悲壮味を帯びていた。まるで天下の英雄になったような痛快無比の気持ちであった。

ところが、

「オイ。機械が逆だぞ。ガダルに行かずに、サボ島を回りだしたじゃないか！」

という通信参謀の声が飛んできた。窪田二曹は、もっての外だと公憤を覚えて、電話にドナリ込んだ。

「機械が逆だぞ。どうしたんだ！」

しかし、返事は、意外だった。

「艦長が司令塔から指揮しとられる。艦長の号令で機械を動かしている」

「艦長？」

オウム返しに思わず頓狂な声を上げた。英雄一挙に三等兵にナリ下がったような幻滅であった。

「これは、通信参謀も同じだったらしい。オレだったら、ヘタヘタとしゃがみ込むところだろうが、士官というものは、昔からガマン強いのが売り物の武士の後裔《こうえい》だ。しかし、それでも排気筒の上だか何だかに、オレたちがやろうものなら、目の玉の飛び出るくらいドナられるところに、ドシンと腰を落としたよ」

と、あとで窪田二曹がいっていた。

これで、窪田二曹たちの方は、いわば一巻の終わりである。そして彼は、こう結んだ。

「ガダルにノシ上げた方がよかったか、それとも艦長の指揮でサボ島を回った方がよかったか、オレにも、大いにいいたいことがあるが、それはまアしばらくいわんことにしよう」


その間に、鏑木二曹たちの射撃指揮所では、二人の死傷者が出ていた。

右舷から左舷へ、左舷から右舷へと、出てくる敵艦を「比叡」が片ッぱしから撃ちまくっていたときである。

副砲指揮系統がダメになり、指揮装置はもう役に立たなくなっていたとはいいながら、それでも習慣で、彼は旋回手のメガネにハリついていたので、時間もわからなかったし、撃ってきた艦もわからない。

突然――全く突然、ビシッという音がした。と思うと、

「あッ。浜田兵曹――」

と悲鳴に似た声が上がった。瞬間、一時に血が凍るような不吉なものを感じて、思わず腰を浮かそうとしたトタン。

「鏑木！　浜田を連れて行けッ」

分隊長の激しい声が飛んだ。

浜田一曹（一等兵曹）は、前のめりに射撃装置によりかかり、左肩を押さえていた。

暗い中に、かすかな、耳を寄せてはじめてわかるほどのうめき声。

「浜田兵曹！」

狼狽して、彼の名前を呼び、後ろから抱き起こそうとしたら、左手にヌルヌルしたものを感じるのと一緒に、プーンと血のにおいが鼻をついた。

（重傷――）

何よりも止血と思ったが、真っ暗な中ではどうすることもできず、そのまま浜田一曹を背負うと、手近にいる者の手を借り、ロープでぐるぐる巻きにして、どなった。

「分隊長。いってまいります」

「浜田。死ぬな！」

分隊長が大喝した。

敵弾は、まだ炸裂している。鏑木二曹は、背中の浜田兵曹を、一刻も早く治療室に運ばなければならぬと焦った。

ラッタルを降りようとしたが、火で、とても駄目だった。

と、防弾に使っていたハンモックを、だれかが運んできた。手早くほどいて、ロープを切りとり、次から次とハンモックを締めるロープをつなぎ合わせて、前の方から吊り下ろした。

気のせいか、背中の浜田兵曹が、少しずつ冷たくなるようだ。危険も何も考えている余裕もなく、その丸ビルの七階からブラ下げた一本のロープにつかまった。

「急ぐな。急ぐと二人とも落ちるぞ！」

声が、上から追ってきた。

その声にうなずき、手と足に力をこめて、少しずつ降りはじめる。

重い——。

掌に汗がにじみ出て、いまにも滑りそうになる。掌にこんなに汗が出るものとは、今、初めて知った。その上に重さが、だんだん下にかかってきて、なおさら重くなる。

手がぶるぶるとふるえ、やがて肱がふるえはじめ、ついには肩までもガクガクしてきた。

が、彼は、力の限りをつくした。

浜田兵曹を死なせてはいけない——。ただそればかりを心の中で繰り返して、歯を食いしばった。

そのほかのことは、何も知らない——。前檣楼のどこが、どんなふうに燃えていたかも気づかなかった。だいいち、火が見えたかどうかも覚えていない。

上甲板に足が着いたと感じたときは、どんなに頑張ってみても、ヘタヘタと崩折れた。崩折れながらも、首を後ろにねじるようにして、

「苦しいですか……」

と聞いてみたが、背中からは返事がない。

「浜田兵曹！」

大変だ。彼はとび上がった。

夢中で駆けた。ラッタルを下り、中甲板に入り、またラッタルを降りて、治療室に飛び込んだ。

「お願いします！」

バラバラと看護兵がとんできて、手早く索を解いた。こうこうと電灯がついている。目が痛かった。浜田兵曹は、すぐベッドに寝かされる。白衣の軍医官が、大きな鋏で、呉服屋が大幅の布を裁つときのような早さで、上衣を切りさいた。流れるような手さばきで、すぐ診察、すぐ手術。

彼は凝然として、それを見詰める。自分の軍装が彼の血で真っ赤になっていることも、血が自分の掌からタラタラ流れていることも、ひどく疲れていることも、少しも気づかずに――。

手術が終わり、注射を打って、ようやく立ち上がった軍医官をつかまえて、彼は、堰《せき》を切ったようにたずねた。

「助かりますか」

軍医官は、ちょっと首を傾けて、

「胸をやられてるからな。うまくいけば助かるが……。とにかく今日いっぱいもてば助かる」

今日いっぱい……。

胸がふさがって、いろんなことが、散り散りに、とめどもなく思い出される。ハリ切っていた今朝の明るい顔。結婚披露のときの、今にも笑い出しそうな、それでいて一生懸命頬を引きしめていた顔――。

鏑木二曹は、足音をぬすんで、浜田兵曹のベッドに近寄り、耳に口を寄せた。

「浜田兵曹。わかりますか」

すると、彼は、全く血の気の失せた蒼白な顔をちょっと動かした。聞きとれないほどの、低い、弱々しいつぶやきが、唇から洩れた。

「分隊長に、……ありがとうございました……と……」

目をつぶったままである。

鏑木二曹は、両手を力いっぱい握りしめた。

(頑張ってくれ。どんなことがあっても、生き抜いてくれ……)

フッと、彼の新妻の顔が心に浮かんだ。

(奥さん。浜田兵曹は、いま生死の境にいます。祈って下さい。私も祈ります)

その心をもみ込むように、ベッドに横たわった浜田兵曹を見詰めて、鏑木二曹は祈った。

少しずつ、気持ちが落ち着き、あたりの光景が目に入ってくると、そこは、文字どおり「戦争」の終着駅であった。

次々に重傷者が運ばれてき、帰っていく人は少しで、あとは、空いたベッドを次々に埋めていく。血の匂いと、消毒薬の匂いとが、部屋中にこもっていて、吐き気を催しそうになる。

「オイ。そこの兵曹(鏑木二等兵曹)。心配するな。医者が預かったら、こちらで責任をもつ」

さっきの軍医官が、遠くから呼びかけた。

鏑木二曹は、軍医官に目礼すると、もう一度浜田兵曹の顔色を見て、そっと離れた。

看護兵が、手招きした。

「あなたの軍装は血だらけです」

ギョッとして、いそいで自分を見回す。

「………」

「背中です」

どうしようか、と迷った。

と、全く不意に、彼は、とんでもないことに気づいて、立ちすくんだ。

――彼は、メガネに眼を押しつけて、ボーッとした黒い艦の艦橋と十字線を合わせようと必死になっていた……。

浜田兵曹の傷は、右斜め後ろから入った弾片だと、さっき軍医官がいっていた。とすれば、座った位置からいって、その弾片は、自分の首筋を、どうしてもかすめていなければならない。

ほとんど無意識に、彼は、軍装の後ろ襟のところに手をやった……。

（破れている！）

あと少し、ほんの二センチも彼が首を後ろに引いていたら、彼の頸動脈は、ひとたまりもなくブチ切られていたのだ……。

だが、彼の頸動脈を切ったならば、その弾片は、それでも浜田兵曹の胸に飛び込んだだろうか……。

一瞬、総毛立った。歯が鳴り、膝頭がガクガクした。力が、潮の引くように抜け去った。

これは、どういうことになるんだ！

浜田兵曹を――知らなかったとはいいながら、オレの身代わりにしたのだ――。脂汗が、びっしょりになるまで、あとからあとからと滲み出た。

――確かに、「比叡」は、奇妙だった。

鏑木二曹は、治療室への往き返りは、半ば無我夢中だったので、気にも止めなかったが、指揮所に帰ってみると、ますます奇態な気持ちがした。

前檣楼は、焼けただれているのに、一歩中甲板以下に入ると、すべてが、ふだんと少しも変わりはない。

下甲板は、それでは、どうなっていたのか。

電路員として下甲板をかけ回っていた小川二等機関兵曹は、こういうのである。

「まるで、なんともないのだ。火災も起こらないし、穴も開かない。ふだんと同じように電灯もついているし、機械の回る音も小刻みの震動も、ふだんと少しも変わりなく、いかにも頼もしかった。もちろん、電路が切断されるということもないし、演習と全然同じだったよ。一体、戦闘はどうなっとるんだい、と聞くと、仲間の者も、首を傾《かし》げて、うまくいっとるんだろ、弾丸《たま》なんか一つも飛んで来んじゃないか、という。いや、飛んで来ないといっても、頭の上で、コロコロという何か転がる音は、時々していた。多分、弾丸が転がる音なんだろうが、猛烈な炸裂の音なんか、気がつかなかった。あとから考えると、露天甲板以上に当たっていたのだから、下甲板までは響かなかったのだろう」

とにかく、下は、平穏無事だった。小川兵曹も、海軍は長いが、実戦は初めてだったので、戦争ってこんなにノンキなもんか、ミッドウェーで沈んだ「加賀」や「赤城」は、いったい何をしとったんだろう、などと考えていた。

魚雷を食うと、ドカンと艦が飛び上がると聞いていたが、そんなショックは一つも覚えていない。

機械室に下りていくと、まだ、お前にゃ用はないよと、まるで葬儀屋が御用聞きに来たみたいに手を振られる。じっさい、電路員なんてものは、電線がぶち切られなければ用はない。ぶち切られるというのは、弾丸でも当たらなければ切れないのだから、葬儀屋と思われても仕方ない。

機械室や缶室は、えらい景気だった。回せ回せと、後ろ鉢巻きで、コマ鼠のように駆け回っていた。運転下士官が、大きなハンドルを握って、ゲージと回転音に注意を集中している具合は、まるで、靖国神社の神主さんだ。ひどく厳粛にみえる。その横に、ペンチやテープなんかの七ツ道具を入れたカバンを下げ、腕に手拭《てぬぐい》を巻いた小川兵曹とその手下どもが、所在なげに突っ立っている格好は、遠足にでもいった小学生が、西郷さんの銅像を眺めているみたいだった。

もちろん、戦況なんか全然わからない。敵巡洋艦と交戦しているということを知っていただけだ。下甲板というと、ほんとうは、やにわに魚雷なんかを食って大穴が開き、どんどん水が入ってきて、逃げるに逃げられず、高熱の蒸気が噴き出す中に、火と水に攻められて相果てるのがオチなんだが、そんなこと、だれ一人として考えてもいない。やっぱり機械が好きなのか、そんなことは忘れて、無心に機械と取っ組んでいる。没頭している。

——というような次第で、「比叡」自体、じつにヘンテコな損傷を受けていたのだ。下甲板から指揮所に帰ってみると、ますますその感を深くした。体はまるで丈夫で、外から見ると顔も手足もくしゃくしゃになっている。露天甲板がそうなんだから、通信装置がブッ壊れるのは当たりまえだったろうが、トップにいる者は、今にも艦が沈みそうに思うし、下の方の者は、一八ノットでいけば、まだ一万浬は突ッ走れると思っている。——戦争が、常軌を逸していたと同じように、「比叡」自身も、ちょっと常識では考えられないような状態にあったのである。

——午前二時、司令官阿部弘毅少将は、ついに「比叡」と「霧島」に、作戦を中止、基地に帰投せよ、と命じた。

「やめたのか！」

分隊長は、これを聞いて、ブ然として、いった。

「今日は十三日の金曜日だが——。こいつァどっちの悪日だかわからんぞ……」

——なるほど、アメリカは、さんざんにやられた。しかし、やられたのは、巡洋艦や駆逐艦であり、肝心のガダルカナルの飛行場と飛行機は、依然として無傷であった。無傷であれば三十八師団を乗せた一一隻の船団の安全な航行も、完全な揚陸も、とてもおぼつかない。――ラバウルからの飛行機だけでは制空権を取ることはできないからだ。

――右舷の闇の中から、サボ島の、椀を伏せたような端麗なシルエットが、大きく浮かび上がってきた。

ほッと、われに返った気持ちだった。

あれだけ不気味な鉛色だったあたりの空が、またもとの黒さに戻り、その中に、星が恐ろしく近く、宙吊りになってみえた。――戦闘が終わったのだ。

二〇センチ砲たった一発、それもほんのカスリ傷しか受けなかった「霧島」や、「長良」以下の駆逐艦は、沈みかかった「夕立」の乗員を収容して、サボ島の北を引き返していた。そして「比叡」は、そのサボ島の南をゆっくりと、島沿いに、ただ一隻だけで回りつつあった。

前檣楼の火災も、治まったとみえ、えがらっぽい煙は、もう来なかった。

（戦闘が終わったのだ……）

暗い中で、これでみんなも、――いや、オレも――これ以上死ななくてすんだと、鏑木二曹は、しみじみとした気持ちに包まれていた。

浜田一曹は、その後も、経過がいいという。といっても、あれからまだ一時間くらいしかたってはいないが——。午前三時もすぎて、あと二時間もすれば、明けやすい南の海には、朝がやってくるのだ。

(今日いっぱいもてば助かる)

軍医官は、そういった。生きてくれ。——祈りながら、生と死の境を歩いている彼の生命力を、どんなことをしても貫きとおさせなければ相済まないと、鏑木二曹は考えた——。ほんの二センチばかりの差で、オレはこうして生きており、浜田一曹は死の淵に立っているのだ。

(オレは生きている!)

無性に、朝が待ち遠しかった。——朝がくれば、生きている喜びが、この眼で確かめられる……。みんなの顔が見られる……。

6

夜が明けた。待ちこがれていた朝がきた。

サボ島が右舷に青黒い姿を現わし、暁の白っぽいもやが、薄く、あたりの海面に広がった。

——まるで、童話の世界に迷い込んだような美しい光景だった。

海には、波一つない。どこやら黄色味を帯びた海は、まだ夜の名残の黒さがまじって朽葉色に静まりかえる。

朝――というものは、どうして人々に、このような明るさ、生命力の具現を、感じさせるのだろうか。

生き返った気持ち――であった。

そして、生き返った気持ちになればなるほど、浜田兵曹の生死が、心配された。

（まだ生きていてくれるだろうか……）

こんな焦《いら》だたしい中で、一分ごとに、ごく僅かずつではあったが、もやが晴れ、山が、島が、水平線が、しだいに明確な姿を現わしてくる光景は、ことさらに眼に沁み、胸を打った。

「艦《ふね》がいる！」

短い叫びが、だれかの口から洩れた。

ハエ取り紙にくっついたハエのように、黒い艦が点々と、薄黄色の海の上に散らばっていた。

――艦の死骸だ。少しの身動きも、いや、呼吸さえもしていない艦の死骸であった。

（なんだろう。味方の艦はいるのだろうか）

何よりもまず、艦を見たいと思った。

それには、指揮装置の望遠鏡を向け直すことだ。――何気なく射手のハンドルを握って、ビクッとした。何かベトベトしたものをハンドルから感触した。ほの暗さの中に目を凝らすと、装置の本体の真正面にも、あちこちに黒いものが飛び散っている。

（血だ！　浜田兵曹の血だ！）

反射的に生唾をのみ込んだ鏑木二曹は、ズボンのポケットを探ってハンカチを取り出すと、ハンドルの血をていねいに拭いた。指の間からも拭きとると、それを小さくたたんで胸のポケットに、奥深く入れた。ズボンに入れるのに忍びなかった。

わッと叫び上げたい衝動を、力いっぱい押さえている気持ちだった。とにかく敵——を求めるのが、一番だ。いったい、敵はどこにいる……。

彼は、目をメガネのプロテクターにぐいぐい押し当てた。

——左（東）の方では、駆逐艦アーロンワードが航行不能。モンセンとカッシンの二隻は、すさまじい黒煙を上げて燃えている。少し遠くに、重巡ポートランドが、操舵不能で停まっている。重巡アトランタは、めちゃめちゃにはたかれて、死んだように浮いていた。

また、サボ島すれすれに、「夕立」が燃えている。軍艦旗が、その燃えている艦の檣頭に、何か象徴的にひるがえる。焔にあおられているのか、時々、勢いよくハタめいて見える。

「比叡」の右後ろには、駆逐艦「雪風」が、いかにも心配そうに付き添っている。前檣に、大きく掲げられた軍艦旗が、むしろ目に痛い。

「あの艦《ふね》、少し変じゃないか」

分隊長が、「雪風」を指した。ヒゲが伸びて、なんだか、やつれてみえる。

「少し沈んでいるようです」

スリットから首を出した伝令員の平賀上水が、そういったが、やがて、けたたましく叫んだ。

「本艦がひどくやられてます」

「なにッ……」

バラバラとスリットのところにとんでいく。呻きとも驚きともつかぬ奇妙な嘆声が、みんなの口から洩れた。

四〇メートルちかい下の方に展開されている露天甲板の光景は、ちょうどガラクタの山を見下ろしているようであった。夜に見た惨状を一層生々しく白日の下に浮き出させていた。

二本の大煙突の根もとは、ギザギザになり、探照灯は満足なのが一つもない。——「比叡」は、昨夜照射した。敵は当然照射する闇夜の提灯《ちょうちん》に向かって撃ってくるので、探照灯員は一番やられる。ぐにゃぐにゃに曲がった探照灯台のハンドレールから、大の字に手を広げた戦死者が垂れ下がっている。その向こう側の盛り上がった山は、恐らく折り重なって倒れた人たちの骸《むくろ》であろう。

釘づけになった目は、次々にこの殺戮《さつりく》を追っていく。いや、引きずられるといった方が当たっていよう——。そのすぐ下の高角砲は、二〇センチ砲弾が命中したのか、楯が、蝶の羽根のような形にめくれ上がり、砲身は、一門は何事もないように空を指しているが、もう一門は、途中から折れて、折れた先は、あたりに影も形もない。とても一人も生きていられないほどのひどさだが、戦死者は、ここからは二人しか見えない。一人は、砲のまわりを取り囲んだ低い水よけから半身をノリ出して倒れており、一人はその水よけから片脚だけのぞかせている。昨夜、戦闘の合間に負傷者を収容していたが、その残りだけなのだろう。

デッキは、いたるところ汚れて、黒と木の色との奇怪な模様ができていた。黒いのは、木甲板を焼いた砲弾の炸裂によるのか、噴き飛んだ血痕なのか――。

――露天甲板の右舷、ちょうど真ん中あたりは、鏑木二曹たちの分隊の受け持ちである。朝、昼、午後の課業やめ、夕方、それぞれ甲板掃除で、ほうきをもって掃いて回った。凍るように寒い日本の朝、あの甲板に水を流し、雑巾を握って洗った。日課手入れでは、ツヤ出しを使って、真鍮部を一つ一つ磨いた。日本の科学の粋を集めたいろいろな兵器、上部構造物――胸のふくれる誇りをもって見上げ、大切にしていたものが、めちゃめちゃにぶッ壊された――。

ふつふつと、怒りがたぎってくる。伊藤上水も、平賀上水も、若い顔を固くして、その殺戮と破壊のあとを見つめる。

――夜で、見えなかった。いや、射撃装置のメガネの視野に敵艦をとらえることだけしか念頭になかった。前檣楼の高いところにいたため、露天甲板の後ろの方で何が起こっていたか、全く気づかなかった。主砲や副砲の発砲の轟音で耳がバカになって、下の様子は、まるでわからなかった……。

みんな、一言もいわない。恐らく、だれの心も同じであろう。鏑木二曹自身、激しい敵愾心に、体中がカッカと燃えるのを感じた。あの艦――もう一息で轟沈させられたろうに。あの時――もうちょっとしっかり狙っておいたら、艦橋の下を、徹甲弾でえぐったろうに……。もう一度、敵の中に飛び込みたい。飛び込んで、思うさま、敵をたたきつぶしたい……。

長い沈黙が指揮所を支配した。そして、みんな、だれからともなく、浜田兵曹はどうしたろうと、声をひそめていいあった。

まだ、戦闘配置についたままである。解散されていれば、総員、治療室に突進していたのだが、それはできない。勝手に守所を離れるわけにはいかないのだ。

「鏑木さん。だれかいけるように頼んで下さい」

浜田一曹がいなくなると、鏑木二曹が右舷の先任である。彼に代わって射手のところにいる鏑木二曹に、順ぐりに番替えをやって旋回手になった伊藤上水が、ささやいた。

「分隊長は……」

「左舷ですよ」

持ち場を離れて左舷の方に回ろうとしたトタン、

「主砲、左砲戦――」

あわてて鏑木二曹は、駆け戻った。

（しめた。敵だ……）

ブザーが鳴る。主砲砲塔が旋回し、三六センチ砲がグーッと大仰角をかけると、轟然、薄茶色の砲煙を吹き飛ばして、撃った。死に果てたサボ島の海が、愕然として目覚めたように思えた。

急いでメガネを見ると、一番左、フロリダ島に近く横たわっている駆逐艦アーロンワードだ。そいつを、曳き船らしいのが来て、アリがハエを曳っぱるような格好で、曳き出そうとしていた。

一斉射。

また一斉射――。

距離は、二万五〇〇〇メートルくらいもあろうか。その小さな黒い艦のそばに、艦の三倍もある真っ白な水柱が、固まって上がった。

（頼むぞッ――）

食い入るように、メガネをみつめる。溜飲の下がる痛烈さに、体中がウズウズする。

つい、大声をあげてしまう。

「夾叉《きょうさ》、夾叉！」

また一斉射――。

水柱が消えると、その二隻はぐらぐらしていた。近い、近い。

（も少しだ……）

ますます強く、望遠鏡に目を押し当てる。つい手の届きそうなところに、狼狽している敵がある。

が、主砲は、その四斉射で、撃ち方をやめた。

「惜しいなあ」

伊藤上水が呟く。伊藤上水だけでなく、それは、みんなの心だった。

そのあとは、いっそうやり切れない静寂がきた。

沈黙の中から、分隊長が顔を出した。

「平賀。ちょっと浜田兵曹の様子を見てこい」

「ハッ」

世にもうれしそうな顔で、彼はペンキが燃え果てたラッタルをかけ降りていく。ドドドドと足音が急調子で聞こえ、だんだん遠くなり、小さくなって消える。みんな、息を殺して耳をすませる。

伊藤上水が、私と顔を見合わせて、声を落とした。

「死なせたくないなあ」

「…………」

そして、しばらく黙っていたが、こんどはいっそう声を潜めると、

「輸血はいいんですか」

「……軍医中尉は、なんともいわなかったけど、いいのかなあ……」

「浜田兵曹はA型だったですな」

「うん……」

班員の血液型は、出撃前からみんなに知らせてあった。

「わしはA型ですから、輸血のときは、わしにやらせて下さい」

すると、俯仰手が聞きとがめた。

「お前Aか。Aッて柄じゃねえのにナ」

「何ぬかす。この野郎」

「先任。このAはインチキだよ。ダマされちゃダメだよ」

「いったな、このB野郎。お前こそBじゃなくてノンキなのだろう。どんな悲惨な中に立たされてい
兵隊というと、どうしてこう底抜けにノンキなのだろう。どんな悲惨な中に立たされていても、たちまち彼らは本来の姿を取り戻す。言葉は荒いが、犬の子がジャレ合っているのと同じだ。そして、ジャレ合いながら、彼らは人の心の温かさに触れ、たちまち飛躍して故郷の父母を思うのだ。

「今ごろ、おフクロはどうしてるだろうなあ……」

藪から棒に、伊藤上水が口を滑らした。

伊藤上水の顔は、まるで夢を見ているようなあどけなさに変わっている。まだ二十歳をいくつも出ていない彼だ。こんな顔つきをするときには、彼らの心からは、戦場も、ガダルカナルも、主砲の砲撃も消え去って、ただ人の子としての思いだけがあふれ出す。

内地に帰る。それだけでは、彼らには少しの足しにもならない。柱島あたりにいるのでは、呉の所轄の艦ならば、上陸しただけで故郷に帰ったも同じであるが、横須賀所轄の「比叡」には、呉はラバウルやトラックと変わらない。ていのいい外国だ。外国で、どうしてノビノビした気持ちになれよう。しかも、酒や女に、世界を家とする——などというマドロス気質は、まだみじんもない若い彼らだ。つつましく、お汁粉や大福餅に満足するだけの彼らなのだから、故郷を恋うる心は、だれよりも強く、だれよりも切実である。

浜田兵曹への輸血を志願してから、一分もたっていないのだが、これで彼の心には、少しの矛盾もない。いま「伊藤、輸血だ」といえば、「ハイッ」と飛んでいく彼である。一人がこうして故郷を思うと、堰を切ったように、みんなの心は故郷に飛ぶ。めいめい人間としての生活が、故郷にあるのだ。この前の休暇から、もう一年半もすぎている。

（おフクロは元気だろうか。野良にはだれが出ているだろうか……）

しかし、戦場は、彼らを、人の子から、たちまち戦う人間機械に引き戻す。敵愾心にフイゴを当てて吹き起こす。心の美しさでは動かすことのできない冷たい因果関係が、激しい血の雨となって彼らの上に降り注ぐ。彼らは、起ち上がる。起ち上がって、死を賭けた争闘の中に身を挺する。お国のためだと信じながら。

そのとき、たちまち静寂を破って、高角砲と機銃が撃ち出した。

主砲射撃を四斉射だけでやめなければならなかった理由が、これでわかった。敵機である。――昨夜火の海にするはずであったガダルの飛行場――犠牲をかえりみない米艦の突撃のために、とうとう撃てなかったその飛行場から、敵機が、真っすぐに飛び上がってきたのだ。

無意識に、鏑木二曹は時計を見た。

「十時二十分」

言葉を、口の中でかみしめた。なぜともなく、これが自分の最後になるかもしれないと思った。昨夜は、あれほど激しい砲弾の中でも、少しも死を考えなかった。口にこそしたが、体はこれを受けつけなかった。死ぬものか――と思っていた。

だが、今は違う。

故郷を思い、人間らしい気持ちに、ほんの僅かな時間だったが立ちかえったせいか。

これで死ぬのではないか、という気が、非常な確かさで、した。すると、目の前の血痕がひどく気になった。彼は、胸のハンカチを出すと、力いっぱいそれをこすりはじめた。浜田兵曹の血を大切に胸に収める、という、さっきの気構えは、もう崩れていた。自分の顔つきは変わっているかもしれないという気がした。指先が、ブルブルふるえた。

自信喪失である。人ならば、当然恐れるものに対する恐怖である。

艦は、左回りに動いている。

速力が落ちている。悪いことばかりが気になる。ただ、高角砲と機銃が、猛烈に撃っているのだけが、唯一のよりどころである。

が、その対空砲火も、気休めに近いものだということを知っている。そして、一番悪いことは、敵機の攻撃には、副砲砲台は黙っている外に、方法がないことだった。

ふと気がつくと、伊藤上水が旋回輪の血痕を懸命にこすっていた。

不思議だった。そそけ立っていた鏑木二曹の気持ちは、それを見て、少しずつほぐれてきたようだ。伊藤上水の気持ちは、ついさっき鏑木二曹自身が通ってきた道だけに、よくわかる。伊藤上水は焦っている。焦るはずである。その焦る彼を、じっと見ている鏑木二曹の心は、次第に冷えて、温かさを失う。伊藤上水との距離が、みるみる遠くなる。すると妙に彼は落ち着いて来た。

落ち着いてくると、いまここに、「比叡」がたった一隻、敵の空襲にさらされようとしていることを、司令部は知っているのだろうかと疑い出した。艦隊には、「隼鷹《じゅんよう》」と「飛鷹」の二隻の空母がある。「金剛」「榛名」もいる。敵の空母は、いるとしても、エンタープライズ一隻だけだというではないか。

昨夜、一晩中、あれだけ一生懸命に、生命を投げうって働いた「比叡」、お召艦を何度も務めた由緒ある戦艦「比叡」を、司令部は見殺しにするのだろうか。「雪風」を一隻つけておけば、それで役目はすんだということだろうか。

鏑木二曹は、だんだんしゃくにさわってきた。ガラにもない落ち着きは、たちまち消え去る。

（司令部の尻ぬぐいをして、「比叡」が沈み、おれたちが死ぬのか——）

何気なくそう考えて、思い当たった。

（分隊長も、きのう尻ぬぐいだといっていた……）

彼は、立ち上がった。拳を握った。

（くそッ。死んでやるものか！）

と、——。

彼が立ったのを合図のようにして、ものすごいショックが、指揮所を襲った。グワーンという音と一緒に、彼は、まともに指揮装置にたたきつけられた。

気が遠くなるような激動だった。キューンという急降下の音が、何度かした。そのうち、

「あ。先任。血だ」

伊藤上水が、叫ぶと、駆けよってきて、三角巾を出し、鏑木二曹の顔に押しつけ、そしてしばった。その下から血が止めどなく流れ出た。

「顔か。切ったな」

分隊長がのぞいて、

「すぐ治療室に行け」

といった。

「大丈夫です。大したことありません」

「バカ。嫁入り前だ。レッテルは大事だぞ」

とニコニコする。

彼は、あきらめた。笑い出したら絶対に分隊長は聞いてくれない。ラッタルを降りざるを得ないことを、それで知った。

「頼むよ。すぐ帰ってくる」

しかし、治療室までいくのは、ロープで降りた前のように簡単ではなかった。

途中、ラッタルがヒン曲がっているところやハネ上がっているところがあり、中には、まだ火がチロチロ燃えているところさえあった。燃えているところは、大へんな匂いがして、息がつまりそうだった。――が、ともかく、右に走り、左に走りしながら、だんだん治療室

に近づいた。痛くもなんともないのに、治療室に行くことが、いかにもうしろめたく感じられて、急ぐ気に少しもなれない。

しかし、ともかく、治療室に転げ込んでみると、そこはもう騒然たる光景だった。あとからあとからと人間が運び込まれてくる。みんな重傷者だ。軍医官たちは汗びっしょり、白衣が血で真っ赤だ。

（弱ったなあ――）

重傷ならばいざ知らず、頬のあたりの切り傷では、負傷のうちに入らない。逃げ出そうか、と何度も思ったが、分隊長の笑い顔を考えると、それもできかねた。

（もうしばらく待ってみよう）

治療室の隅に、膝を抱えてうずくまった。いっそ、軍医官に気づかれなければ、分隊長にも申し訳が立つがなあと考えながら――。

この間にも、舵柄室では、必死の格闘がつづけられていた。

（舵さえうまくいけば、「比叡」は自由になる）

竹内機関兵曹は、ありッたけの知恵を絞った。だが、舵柄室に閉じ込められて以来、隔壁から漏れてくる圧力をもった海水は、情け容赦もなく水位を増していった。

膝から腰へ、腰から腹へ、腹から胸へ――。

応急舵輪をしっかり握りつづけていた操舵員が、あいにくと背が低いために、顎のあたりまで水に浸して、目を白黒にしている。

（このままにしておくと、操舵員たちは溺《おぼ》れてしまうだろう。いや、操舵員だけではない。オレたちも溺れる。溺れてしまっても、舵が動くのならばいいが、舵輪を取る者がなくなると、舵は勝手に動き出す。流れる。溺れて生命を捨てるだけがムダになる）

竹内兵曹は考えた。

具合の悪いのは、「比叡」の舵が平衡舵であったことだ。三〇ノットもの高速で走りながら舵を取ると、舵にひどい抵抗がかかり、その抵抗を圧倒して軽快な運動をしようとするには、ものすごい力と、ものすごい舵柄の強さとが必要になる。この問題を解決するために、「比叡」では、ほぼ矩形をした舵の中心から少し前に寄せて、舵軸がつけてあった。この軸を中心にして舵が動くので、軸の前と後ろの面が互いに逆の作用をし、舵の効果は一〇畳敷ほどの面積で発揮しながら、転舵のためには、商船の舵のように舵軸を一端につけたものよりも、遥かに小さい力で軽く動かせるようになっていた。

ところが、この非常に巧妙な舵も、舵を取る力が失われると、何かの拍子で傾いた方の側にガタンと傾いてしまう欠点があった。いわゆる舵が「流れる」というやつで、いったん流れると、もうニッチもサッチもいかない。スクリューに近いところに凧見みたいな前半分が突き出ているので、機械をかけると、舵はいよいよ頑強に「流れ」っぱなしになる。

しかし、今の場合では、舵を流すか、人を犠牲にするか、ではない。水がふえれば、当然、舵は流れる。あとは、人を助けて、何分か早く舵に見切りをつけるか、そのままにして何分かあとまで舵を中央のままに確保するか——その時間の問題だけであった。

竹内兵曹の決心を急がせるもう一つの材料が、その時、目の前に現われた。隔壁を補強していた材木の心張り棒が、艦尾の振動で、プカリと水面に浮き上がったことである。

彼は忙しく頭を働かせた。とにかく、部下六人の生命を救わなければならない。脱出である。たった一つの脱出路は、電動機室に入ったすぐのところの鉄梯子だ。ところが、電動機室の天井から三センチくらいのところにある電線孔から水が噴出しているので、電動機室は天井までいっぱいの水と見なければならぬ。

（しかし……）

と、彼は計算した。

電動機室は小さい。舵柄室は大きい。——隔壁の扉を開けると、恐らく、電動機室に浸入する水よりも、扉から舵柄室に流れる水の方が多いだろう。あとは水位の差だ。舵柄室の大きさが物をいって、電動機室と舵柄室とが天井まで満水するには、いくらかの時間がかかろう。その間に七人が電動機室に潜り抜け、そこから鉄梯子を登られる。

ただ、問題は、電動機室に、どれだけの水が流れ込みつつあるか、である。真っすぐ海に通じる大孔が開いているとすれば、水位が下がるというような甘い考えは、いっぺんに粉砕される。

電動機室の様子が全くわかっていない舵柄室では、一か八か、やってみる以外に考える方法はなかった。

「みんな、脱出するぞ」

大声で叫ぶと、唇を紫色にした顔が、いっせいに彼の方を向いた。

彼は、手短に計画を話して、部署を決めた。扉の掛け金を外すのが二人、押さえているのが四人。号令で一気に開け、先頭に道しるべの上等機関兵、そのあとに若い兵から順につづく。できるだけ急いで上のマンホールから出たら、一人一人引き上げ、引き上げ終わったら艦の中部、発令所の下にある分掌指揮所にいって、分隊長に急を報ずる……。

「用意――」

号令で、応急操舵員を含めた六人が、配置についた。

竹内兵曹は、もう一度部屋を見回し、異状の有無を確かめ、計算をし直して確信をつけると、

「開けッ」

とどなった。

掛け金が外され、押さえていた四人が手を離すと、水圧で、扉はバネ仕掛けのように内側に開き、そのすぐあとから、盛り上がった海水が、ドッとなだれ込んできた。

さすがに上等兵だけあって、水に頭を潜らせると、隔壁から鉄梯子へと渡り歩き、猿《ましら》のように駆け登り、プカリと水面から顔を出して、

「竹内兵曹。水が減った！」

「それ！」

首くらいまでになった水を押しわけ、水流に押し流されそうになりながら、必死の努力がつづけられた。一人一人、いもづるのようにつながり、下甲板へはい出していく。はい出した先頭の上等兵が、片っぱしから引っぱり上げ、

「指揮所にいけ」

と追い立てる。

指揮所にたどりついた舵機室当直員の若い機関兵は、濡れネズミになりながら、機関科分隊長星野機関中尉の前に立って何かいおうとするらしいのだが、ただアワアワというだけで言葉にならない。

生死の境を潜り抜けて助かるということは、人にとって、こんなに激しいショックなのであろうか。

指揮所にいた星野分隊長も、遠藤二等機関兵曹たちも、アッケにとられて、この、急に現われたズブ濡れの兵隊を眺めている。

「どこで海に落ちたのか……」

まさか、舵機室に水がいっぱいになっていようとは、連絡も何もすっかり途絶えている今、どうして指揮所の人たちが知っていよう。

そこへ、これもズブ濡れの竹内兵曹が、ノソッと入ってきた。

話を聞いて、初めてびっくりした指揮所では、分隊長以下が飛び出していったが、もう、

あらためて応急員の手を借りなければ、手を打つ余地も残されていない。

「よくやった――」

分隊長は、あらためて竹内兵曹の顔を見つめた。しかし、竹内兵曹の顔には、それだけの大仕事をやってのけた人の気負いは影さえとどめていず、相かわらずのグズ兵曹の真面目が、悠然とただよっているだけだった。

7

舵が流れた――。

敵機の来襲と、それが重なった。

連合艦隊全部を躍起にさせた「比叡」のぐるぐる回りが、はじまった。

それでも、艦長は、この「比叡」の悲劇を、巧みに生かした。

飛行機を見ながらノロノロと進む。イザ突っ込んできたと見ると、突然全速力に上げる。すると案の定、舵はガタンと流れて、艦は急角度で円運動をはじめる。

愉快な話では少しもないが、この手で、左へ回る一方ではあっても、けっこう、うまい具合に避弾運動ができていた。

空襲は、一波と一波の間に、飛行場に帰って、爆弾を積み込み、燃料を補充して出直してくるだけの間隔があった。

機関科の分隊長星野機関中尉は、その間を利用して、本格的な応急作業を開始していた。

孔をふさぐ工夫と、水をカイ出す工夫である。

士官寝室の舷窓から首を突き出して、

「いや、こいつァ大きいぞ」

とあきれた。

その孔を、眼帯でもするように外からふさぐ。一方では、舵機室の水をカイ出しにかかる。

水を出しさえすれば、少なくとも応急操舵はできるようになる。

「もう少しですと艦長に届けろ」

星野中尉は伝令に命じた。ほんとうにもう一息のところだった。

突然、何かが引き裂けるような音がしたと思うと、みんなの立っているデッキが五寸ばかりもハネ上がった。

全部が、尻餅をつき、引っくり返った。

目の中に、恐怖の影が、サッと走る。

「魚雷だ！」

だれかの声だ。

「落ち着けッ」

間髪を入れずに、分隊長が叫ぶ。——はっとして、分隊長の顔を、全員が見る。

（魚雷は苦手だ。こいつを食ったら危ないぞ）

みんなの顔から、ありありとそう読みとれる。

――雷撃機が避けられなかったのだ。

事実、舵があと少しでなおるというので、回避がちょっと遅れた。もうちょっと、もうちょっとという気持ちに欲が出た。魚雷を一、二本食っても、舵さえなおれば、戦艦である。基地に帰れる……。

が、不運は、とんでもないところに口を開いていた。もともと大正三年に完成した「比叡」である。公試状態排水量で、新造のとき二万八〇〇〇トンだったものが、改装でいろんな近代装備をやったために、三万七〇〇〇トンになった。重くなった艦は、それだけ沈みすぎる。主砲砲弾が当たっても大丈夫という装甲鈑がちょうど水線付近に来るようにするには、これを浮かさねばならない。浮かすために、「比叡」はバルジをつけた。舷側にふくらんだ水防区画を取りつけて、魚雷のショックを吸収する目的と、浮力をつけて艦を浮かせる目的とを兼ねさせた。このバルジが、二本の魚雷のために大孔をあけられ、水が入った。つまり、艦の浮力が減って、それだけ沈んだ。この沈下が、舵機室の上、水線のあたりにあいた大孔に、こんどは、海水をジカに流し込むことになったのである。

「落ち着け」

と叫んだ星野分隊長は、急に渦巻いて奔入しはじめた水を見て、万事休すと思った。

「逃げろッ！」

分隊長の顔を見ていた兵隊は、いっせいに逃げ出した。中に一人、ごていねいにガスマスクをつけていた応急員が、刻々に増してくる水にキモをつぶし、あわてふためいてマスクをはずそうとしたが、どこにひっかかったか、はずれなくなり、紙袋をかぶせられた猫のように、キリキリ舞いをやりだした。

悪いことに、あのガスマスクというやつは、目がボストン型の眼鏡みたいで、口がヒョットコにように、ピョコッと飛び出している。そいつを被って踊り出したので、まだあとに残っていた連中は、何事が起こったのかと、まず目をみはった。

「安来節はまだ早いぞ」

ノンキなだれかの声がかかったが、応急員は、それどころではない。

とうとう、分隊長がとり押さえて、ラッキョウの皮をむくようにくるりとマスクをとってやった。マスクの下からは、案の定、二等兵の間の抜けた、真っ赤になった顔が出てきた。

どん、とその背中をドヤシつけた分隊長は、

「早く逃げろ」

と、出口を指す。ニヤニヤしていた機関科の先任下士官が、

「若いもんは、どうもすぐアガっちゃって困ります」

弁解とも礼ともつかぬことをいいながら、満々と水をたたえた舵機室を見回し、

「ほかは何ともないんですがなア」

感慨無量の表情で、肩を落とした。

「こうなったら、しょうがない。オレたちも出よう――」

「ハ――」

最後に残った分隊長と先任下士官は、ズブ濡れのまま、振り返り振り返りそこを出て、とうとう舵が、こうして見捨てられたのだが――。

時間がたつにつれて、だんだん心細くなっていた鏑木二曹は、治療室の床に膝を抱いて座っていたが、そこへ、爆弾のものすごい衝撃がきた。

「やったぞ！」

軽傷者が、寝台からムックリ上半身を起こす。だが、軍医官は、全然気もつかないような様子だ。

「あわてろ！」

海軍では、よくこんな言葉を使うが、このときの鏑木二曹の気持ちは、この言葉にピッタリだった。

痛みも何もしない傷の治療のため、治療室まで降りて来た自分自身に、まず激しい自己嫌悪を覚えたが、そんなことを考えているよりも、戦闘がはじまったのだ、とにかく戦闘配置に一刻も早く戻らねばならぬと思った。戻ろうと思いはじめると、まるで堰を切ったように、居ても立ってもいられなくなった。

兵科の兵隊は、というわけでもあるまいが、戦闘配置にいるときが、一番気が楽である。

それが、どんな危険な場所でも、やはり座り慣れた椅子、使いなれた兵器のそばにいないと落ち着かない。「戦闘配置は墓場である」というが、それではない。それは士官たちのことで、兵たちは、「戦闘配置にいるのが安心」なのである。ことに、戦闘をはじめたとわかると、ヘタなところにいて死に恥なんかさらしたくない気持ちが先に立つ。撃てないとわかっている射撃指揮装置でも、である。

一番困るのは、戦闘中にモヨオしてくることである。戦闘に慣れないうちは、よけい、モヨオす。

厠《かわや》が近い配置の者は、まだいいだろうが――そういう連中でも、厠の中で戦死するのは思わしくないという――四〇メートルも高いところにいる鏑木二曹たちは、閉口する。今ならばポリビニールなんて便利なものがあるが、当時は、パイカンしかない。無理して酒保のパイナップルを食って、缶を大切にとっておく。一旦カン給（緩急）アレバというのは、こういうときに役立たせることだ――などとシャレたりした。

鏑木二曹は重傷でもないのに、治療室で死ぬのは、やり切れないと思った。

幸い、彼は、まだ軍医官に診てもらっていない。――今のうちに逃げ出そう。

軍医官が向こうを向いているチャンスを狙って、腰を浮かした。いまだ、逃げろ――。

「コラッ。だれだ、逃げるやつは。来い！」

軍医中尉が、わめいた。彼は、中腰のまま、白衣の腕に、引きすえられた。

「なあんだ、こんなのは傷の中に入らん」

軍医官は、そういいながらも、手早く止血と防腐処置をして、四針ばかり縫ってくれた。

「少しナイスビリティーが下がるかもしれんが、恨むならアメリカを恨め」

そういって、彼の背中を拳骨でなぐりつけた。その拳骨が、奇妙に痛かった。すると、現金なもので、それからというもの、頬の傷がヅキヅキ痛み出して、どうにも我慢ができなくなってしまった。

でも、このチャンスを逃がしてはと、包帯の上から左頬を押さえたまま、浜田一曹のベッドを探した。低いうめき声があちこちから聞こえる包帯の山の中を、一つ一つ探すのは、相当の勇気がいったが、それでも、とうとう、こんこんと眠っている浜田一曹を発見した。輸血していたのだ。そして、驚いたことには、腕を差し伸べて、血を浜田一曹に移していたのが、平賀上水だった。

いつの間に平賀の奴、こんな抜け駆けをしおったのだろう。

それを見守っている軍医大尉は、

「大丈夫だ。二回輸血して危機を脱した。これはダメ押しだ。ウマくいったよ」

と明るい声で教えてくれた。

鏑木二曹は、平賀上水の顔をのぞきこんだ。瞑目していた彼が、気がついたのか、目を開け、思わずわれを忘れて身体を起こそうとした。

とたんに、

「動くな」

軍医大尉が、手を伸ばして厳しく押しとどめた。

鏑木二曹は、手を上げて笑ってみせた。

抜け駆けもヘッタクレもない。自分が供血すべきものを、平賀上水に代わってやってもらい、その結果がよかったのだ。喜びこそすれ、怒る理由は少しもないのだ。

平賀上水は、固い顔つきをゆるめて、ニコッとした。いかにも満ち足りた表情であった。

結局、考えてみると、その間に、三時間あまりが過ぎていたことになる。で、鏑木二曹は、どうだ、食わんか、と乾パンを出されるのを断わって、トップに引き返すために治療室を出た。が、ものの一〇歩と歩かない間に、もんどり打って、デッキに投げ飛ばされた。艦が、飛び上がったように感じた。

（魚雷食ったな――）

直感で、そう思った。舵機室をデングリ返したあの魚雷である。

何よりも戦闘配置に戻ることが先決だと考えて、どことなくキナ臭さがわき上がる下甲板から、大急ぎで上甲板に出たが、艦橋に登るラッタルが、煙の渦で、通れない。爆弾のせいか――。ともかく、三時間ばかりの間に起こっていたすごい変貌であった。

（しまった――）

歯がみをしながら、それでは外側のモンキーラッタルでも登れるはずだと、道を違えて露天甲板の中部に飛び出したが、そこで、彼は息をのんで立ちすくんでしまった。

前檣楼が――艦橋や指揮所を含んだ巨大な城のような構造が、うず巻く煙に包まれていたのだ。そして、その煙の間から、火焔の舌が、いくつも見えた。いや、それよりも、その煙の中を、何本ものロープが下ろされて、士官や兵隊が、そのロープを伝って滑り下りていた――。

焼けつくような眼で、彼は、その頂上に近い射撃指揮所を見つめた。オーイと声を上げた。聞こえるはずはないのだが、呼ばずにいられなかった。

彼はあらゆるラッタルを、必死になって、駆け回って試みた。――吹ッ飛んでいるもの、上から鋼鉄が落ちてきてふさがっているもの、焼け火箸のようになって――握ることも踏むこともできないもの……。彼の軍装はぶすぶすといぶり、両手は、火傷で火ぶくれになった。

(ダメだ――)

彼は熱くなっているデッキに、尻もちをついた。

分隊長や、「ハッ、死ねます」と答えた伊藤上水や、あのB型の古川上水や、そのほか班の兵隊たちが、頭の中で、躍り狂った。

生きているのだろうか。それとも、みんな死んだのだろうか。

兵隊が、彼のそばを駆けていく……。

飛行機が、ダイヴしてくる……。

――が、彼は、そんなものには、まるで気づかなかった。眼は指揮所のところに釘づけになっていた。――あそこから、だれかがロープを下ろすはずだ。下りてくるはずだ。おれはそいつを助けてやろう。もしだれも降りて来なければ、みな死んだのだ。それならば、おれも、このまま、ここを動かずに、一緒に死んでやろう……。

だれも出てこない。ロープも下りない。

時間——。そんなものは、彼の念頭からは去っていた。

そのうちに、ふッと、指揮所に動くものが見えた。

「お？」

彼は、中腰になった。

その影は、やがて顔を出すと、するするとロープが下りてきた。

彼は、横っとびに走った。

ロープの端をとらえると、大声でどなって、手を振った。

わかった！　五〇メートル上からも手を振った。

まだ火が、後ろには回っていない。大丈夫だ——。

一人、体を外に出して、ロープを降りはじめた。

「滑るな——。指を落とすぞ——」

声が聞こえる。まぎれもない分隊長だ。彼は、天にも昇るような気持ちがした。

また一人、降りはじめた。

ロープが、もう一本下りてきた。

一人、降りはじめた。

最初の兵隊が、デッキについた。左舷の田村二水だ。鏑木二曹は抱き止めると同時に、その肩を手荒くつかんで、セキ込んだ。

「どうだ、上は」

「どんどん火が入ってくるんです。床がジリジリしてます」

「みんな無事か」

「右舷は全滅です」

「全滅？」

「爆弾が指揮装置に当たったんです」

「指揮装置に？」

「即死です」

目の前が真っ暗になった。立っているだけで、精いっぱいだった。

（死に遅れた――）

顔から頭に巻き立てた包帯を、引きちぎりたかった。こんなの、傷のうちに入らんと軍医中尉にいわれたときの恥が、それよりも何倍、何十倍の強さで、彼を打ちのめした。

司令部の尻ぬぐいにこそ、死ぬものか、と思った彼であるが、伊藤や、田村や平賀や、そのほかの若い兵隊――若い世代、伊藤上水があの田舎で会ったような子供たちのためには、いつでも、喜んで死のうと決心していたのに。

自分が、たとえ配置にいたとしても、それで彼らの生命が救われたとは思えない。もちろん、自分も、一緒に戦死したであろう。が、同じ死ぬにしたところで、みんなの顔がそろっているという安心だけでも彼らに与えて死なし得たろう……。

（畜生――）

あくまでも蒼い空には、ズングリした敵機が、わが物顔に飛び回っている。

恥と憎しみが、心をかきむしる。何を恨んでいいのかわからない口惜しさとごっちゃになって、心をかきむしる。

――と、煙の中から平賀上水が、真っ蒼になって、駆けてきた。鏑木二曹の顔を見るなり、

「浜田兵曹が、浜田兵曹が……」

あえぎあえぎそういうと、彼は、声をあげて泣き出した。

耳を疑った。

軍医官が、ああいったのは、あれはウソか。軍医官は、おれをダマしたのか。

「急に容態が変わったんです。注射もずいぶんしたんですが……」

「バカ！」

彼は、危うく平賀上水をなぐろうとして、踏みとどまった。――だれにたたきつけようもない怒りと悲しみが、激情を爆発させたのだ。

何ということだ。

何ということだ――。

太陽からこぼれ落ちるように、また一機、飛行機が突っ込んできた。

見上げた瞬間、鳥肌立つほどの危険を感じた。本能的に、前檣楼を楯に、その根元に立ち

上がった。全身の憎悪をこめて、そのキラキラしたジュラルミンの構造と、こちらを向いて、見る見る大きくなってくる銃口をにらみつけた。殺す気か。よし、殺せ。しかしオレは殺せてもこの二人は殺させんぞ。彼は手を後ろに回して、平賀と田村を、必死にかばった——。

頭の上に、すさまじい射撃音が聞こえた。ピュッ、ピュッというような音がして、一三ミリ機銃弾が、右に左に飛び抜けた。当たらなかった。真正面に前檣楼の大きな邪魔物があったせいか、それだけで、翼をひるがえし、激しい爆音を残して、飛行機は姿を消した。

助かった——。

二人とも、怪我一つしなかった。三人とも生きている——これが、力だった。

（よし、やるぞ！）

いまの恐怖を反芻している場合ではなかった。三人は、バラバラとロープの下に駆けよった。

降りて来い。生きてる者は、みんな降りてこい。

少なくとも、火焔が渦巻くトップよりも、廃墟のようになった露天甲板の方が、生きものの住む余地がある。

三人は、下りてくる一人一人を、抱きかかえ、助け下ろした。怪我をしている者もいた。火傷をしている者もいた。

そして、一一人が降りてきた最後に、分隊長が降りはじめた。

もうそのころは、指揮所の後部から、火焔の舌が、メラメラと見えかくれしていた。分隊長が、安全な高さまで降りるのと、上でロープが焼き切れるのと、どちらが早いかというほどの、切羽つまったドタン場になっていた。

みんなは、だれいうとなく、ロープの下に四つンばいになった。体をくっつけあって、一四人が並ぶと、けっこう、人間のマットができた。高いところから落ちてくれば、マットのだれかは背骨を折るだろう。だが、それよりも、おれたちの分隊長を安全に救い出すことの方が大事だと、みんなは考えた。

「分隊長。この上に飛び降りて下さい――」

大きな声で、だれかが、叫び上げた。

「オーイ」

と返事があったように思えた。しかし、実際は、火勢がごうごうと唸っていたので、返事があっても、聞こえたかどうかは疑わしい。

しかし、その人間マットの中では、みんな顔を下にしながら、いい合っていた。

「お前、背骨を折れ」

「冗談いうな、お前の方がいいぞ」

「お前の方がバネがきく」

「先任下士官。やせたのが真ん中にいます。豚と入れ替えて下さい」

そんなことをいいながらも、うつ向いた顔には、だれの顔にも屈託がなかった。

ドサッと人の落ちる音がした。しかし、人間の背骨の上ではなかった。みんなが顔を上げて見ると、一間くらい横の方のデッキの上で、顔も軍服も煙で真っ黒になった分隊長が、苦笑いしながら、足首を押さえて座り込んでいた。

「まずかった。ちょっとくじいたよ」

この激しい空襲の間じゅう、艦長は、三番砲塔の上に立って、身体をさらしたまま、対空戦闘の指揮を取っていた。

小柄な、丸顔の、温厚な艦長であったが、今日はまるで鍾馗《しょうき》のように見えた。両眼を大きく見開いて、大の字にフン張った脚を、砲塔の厚い甲鈑の上に、根が生えたように突き立て、右手を伸ばして突っ込んでくる飛行機を指すと、

「前進一杯。あいつを撃てっ」

と叫んだ。

艦は、急に右に傾くと、大きく、白いウェーキを立てながら、艦尾を飛ぶように右に振った。

ダーンとそのウェーキの上に爆弾が落ちる。

「よし！　次っ」

機銃が火を噴いて、次の飛行機が、真っ黒な煙を曳きながら、水中に落ち、ウォーターシュートが落ちたときのような水煙を上げると、

「よしっ。次っ」

と号令をかけた。

通信参謀と一緒に三番砲塔の横に来ていた信号員の窪田二曹は、その艦長の気魄《きはく》に何か鬼気のようなものを感じて、艦長は死ぬ気だナ、と思った。

8

そのころには、司令部の様子が、わかってきた。阿部司令官は頭に負傷し、包帯を巻き立てていたが、無事だった。千早戦務参謀は、戦闘の初期、参謀長が戦死したとき、一緒に双眼鏡を両手で目に当てていたが、その両手の小指を、弾片でスパッと殺《そ》がれて、二本とも皮一枚でブラ下がる手傷を負っていた。

しかし、それから戦闘艦橋で、艦長と航海長と戦務参謀の三人が、羅針儀を取り囲みながら、ちょうど手をかざして火鉢にでもあたるような格好で、

「こりゃあ、えらいことになりましたなア」

と話し合っていたのだが、戦務参謀は、小指を切られて、動脈血がどんどん出ているのに、本人を含めて、だれもそれに気がつかない。

そのうちに、艦橋の根元のすき間からチロチロ火が見えるのを見つけ、

「オイ。あの火を消せ」

と信号兵を呼んだ。

信号兵のだれかが、いってみると、消すどころではない。前檣楼の下の方は、一面の火だ。

そのうちに、田村高射長がとんできて、すぐいくつものハンモックをほどいて、ロープを結び合わせ、艦橋の前から垂らした。

艦長と航海長が、どうして降りたのか、だれもしらない。もちろん、カンザシの方から、いつ通信参謀と窪田二曹が降りたのかも、彼らは知らない。それよりも、負傷した司令官が、いつ、どうして下に降りたのかさえ、だれも知らない。——とにかく、真っ暗な中で、辛うじて自分一人のことだけがわかるくらいな状態が——てんでに取っ組み合っている混戦と少しも変わらない混乱が、戦闘艦橋にもあったのである。

一人、二人と、ロープを伝って降りはじめた。

しかし、戦務参謀は、

「オレはとても綱につかまれないから、残るよ」

といい出した。手に力が入らないことだけは、気がついていたらしい。

すると、頑丈な兵隊が出てきて、背中につかまってくれ、背負って下ります、といった。

「いや。オレは肥ってるから、気の毒だ。オレを背負うと、助かるかどうかわからんよ。まア、心配するな。オレは残る」

そういう参謀を、無理矢理に背中に担いで、その兵隊は降りはじめた。

ところが、前檣楼の真ん中あたりの両舷に、機銃台がある。その機銃座付近が燃えているので、機銃弾がポンポン破裂する。

一人で下りている連中は、その少し上の方で、弾丸のハジける様子をじッと眺め、一段落としたところで急いで下りて、そのそばを通り抜けるが、重い参謀を背負った兵隊に、いくら彼が頑丈だといっても、それだけの余裕があろうはずはない。

ちょうど機銃座のそばにさしかかったころ、パンパンパンとハジけ出した。上と下から見ていた者は、てっきりこれで二人とも蜂の巣になったと思い込んだ。

二人は、それでもジリジリと降りていた。参謀は、ふと下を見ると、ぼうッと上甲板が見え出した。

「オイ。あと少しだ。上甲板が見えたぞ」

元気をつけるつもりでそういったとたん、必死でロープを握っていた兵隊の気持ちが、ほっと緩んだ。

ちょうど、五メートルぐらいの高さであった。

二人はあっという間もなく、もんどり打って落ちてしまった。怪我をするほどの高さではなかったのが、何よりだったが、二人とも、しばらくは身動きもしなかった。

こうしてみると、司令部で健在なのは信号索を降りた通信参謀だけだったわけである。

司令官に対して、連合艦隊長官から、

「比叡救難作業指揮官ヲ十一戦隊司令官ニ指定ス……」

という電令が来たのは、このころだった。

通信装置が全部駄目になっている「比叡」が、どうしてこの電報を受けたのか、わからなかった。とんでもない受信機が使えたのか、それともそのころ「比叡」のそばに来ていた十戦隊旗艦「長良」が受けて、小さな隊内電話か何かで転電してきたのか。

そんなことよりも、司令部としては、この通信能力のない「比叡」に乗っていたら、とても救難作業指揮官などやれないと考えた。

「長良」を捜したが、爆撃に危険を感じたのか、もうそばには見えない。

司令官は、手旗信号で、「雪風」を呼んだ。

そして、空襲の合間を狙って、司令部は「雪風」に移り、「比叡」に掲げられていた少将旗がスルスルと下ろされ、「雪風」に、小さな将旗が上がった。午前八時十五分であった。

そこへ、

「ナニ？　司令部が逃げた？　畜生！」

すごい言葉を吐きちらしながら、「比叡」の若い士官が、三番砲塔の横のハッチから現われた。よほど怒っているとみえて、顔は真っ赤だ。

「だいたい奴らは、大きな顔ばかりしとるくせに、危なくなるとすぐ逃げる。なぜ本艦に男らしく踏み留まらんのだ……」

まるで、そのへんにいる兵隊たちをしかり飛ばすような勢いである。

艦と司令部というものは、どこでも、とかく問題を起こしやすい。

艦の者は、艦長を中心として、ガッチリ、スクラムを組んでいる。すべての戦闘も、生活も、艦長を頂点にする一つの小さな社会の中で、秩序正しく営まれ、実行される。そして、海に浮かび、海のあるかぎりどこまでも動いていく艦という、一蓮托生のもっともハッキリした生活環境で、感情の流れも、おのずと強くタガの締まった形で育まれる。

そこへ、艦長よりももう一つ高い権威をもった司令官がかぶさってきて、司令部という参謀飾緒を吊った幕僚や、「司」の字のマークを下げた司令部の下士官兵たちが、別の生活を、少数民族的に持ち込み、いちいち艦長に命令する。

陸軍のように、参謀が虎の威を着て、指揮官に命令することはないが、とにかく、あの黄色い飾緒というやつが、何事にあれ、目ざわりになる。司令部だからと、長官室を占領し、第一級の事務室や私室をとり、彼らの、いかにもオレは車曳きではないぞ、といわんばかりの生活が、同じ艦の上ではじまる。

もちろん、そんなことをいって、艦長を困らせるようなハシタナイ振る舞いをする者はいない。が、何かというと、その権威を後ろに輝かせているように見える彼らの一挙一動が、ことに感受性の強い若い士官の神経に、妙にさわるのである。

――ところが、全く思いがけなく、三番砲塔の上から、落雷した。

「何をいうか！　司令部には司令部の立場がある。ナマ半可なことをいうな！」

「ハッ」

ギョッとして立ち止まると、
といって、三番砲塔の上で仁王立ちになってにらみ下ろしている艦長に敬礼した。

「応急指揮官に、状況知らせろといえ。舵はどうした。応急操舵はどうしたっ」

目を白黒していたその若い士官は、一段と張り上げた艦長の怒声に、木の葉のようにふっ飛び、くるくると回って、ハッチの下に消えていった。

間もなく、また空襲である。

つい、目と鼻の先から飛んでくるのだから、いかにも応接に暇がないのも当然だが、こんどは、高々度のB‐17であった。

不気味な、それでいて金属性の爆音が、唸りを生じて高く聞こえ、カラリと開けた空の向こうに、熱帯の陽に翼を輝かせながら、飛行雲を曳いた四発の編隊が、いかにもノロノロと近づいてきた。

双眼鏡でB‐17の編隊を追っていた艦長は、爆弾倉が開いたのを認めたのだろう。眼鏡を下ろすと、

「両舷前進一杯――」

と命令した。

さっきから、ちっとも変わりばえのしない回避運動だが、敵機の方が、もっと間が抜けていた。はるか離れたところに、ごちゃごちゃと固まって、水柱が林立した。

駆逐艦から撃ち上げる対空砲火に、恐れをなしたのだろうか。そして、みんな外れ弾を落としておきながら、編隊は、依然として、ゆうゆうと去っていった。まるで、いったん爆弾を落としたら、それが当たろうと当たるまいと、オレの知ったこっちゃないというような顔

をして。

「さすがに物量だなあ」

ぽかんと口を開けて見ていた伝令の一人が、窪田二曹にいった。

「魚雷はムヤミにケチケチするくせに、爆弾はすごく鷹揚《おうよう》だ。やつら、まるで知っとらんネ――」

しかし、どれもこれも、こううまく外れたわけではない。結局のところ、爆弾が三発当った。が、二五〇キロ爆弾三発くらいで、「比叡」がビクともしなかったことは、いうまでもない。

一番こたえたのは、さっきいった、午後二時二十五分の魚雷である。

主機械が止まった。

だれかが駆けてきて艦長に報告した。

「艦長。機械室全滅！」

艦長は、長嘆息した。

腕組みをして、瞑目している様子は、見ていた者の胸を刺した。

そうこうしているうちに、「雪風」から、「比叡」を処分する、生存者を駆逐艦に移乗させろ、という命令が来た。

びっくりした艦長は、

「応急指揮官にもう一回遮防をやれと伝えろ。『雪風』に、しばらく猶予《ゆうよ》を乞う、遮防をさらに一回実施すとやれ」

　甲高い声で命じて、それからしばらくの間は、最愛の子供にカンフルを打つのを見守っているような、祈りを込めた、それでいて落ち着かない足どりで、砲塔の天蓋の上を小刻みに歩き出した。

　砲塔のまわりにいた者は、いっせいに、眼で艦長の動きを追った。心配で心配でたまらぬような眼の色を、みんな、していた。

　しかし、遮防成功の吉報は、ついに来なかった。

「総員上へ！」

　艦長の口から、血を吐くような号令が伝わった。

　機械室全滅、舵きかず、通信装置なく、八十数発の命中弾を受け、艦橋から中部にかけてめちゃめちゃになり、射撃もできず、艦尾が沈下し、右舷へ一五度以上も傾斜していて、死者一八八名、負傷者一五二名を出し、司令官から艦の処分を命ぜられている状況で、これ以上の改善が望めず、いや、敵飛行場の目と鼻の先で、死んだように横たわっている現在、朝からの空襲の模様では、頑張っていたところで、所詮沈没はまぬかれぬ。そうとすれば、少しでも早く艦を処分して、処分することは誠に申し訳ないが、今となっては、これ以上一人でも部下を殺さず、ムダ死にをさせず、少しでも安全なところに移し、ふたたびお国のために尽くしうる機会を与えてやるのが、艦長としての本道ではないか——と考えた。

　だが、艦長自身は、もともと「比叡」と運命を共にする決意でいる。すべての責任はオレが背負って、艦と共にここに沈もう。艦を沈めるときは、艦長も共に死ぬるのは当然、と考えている。

「比叡」の生き残り、一一〇〇名あまりは、思い思いの戦闘の匂いを身につけたまま、三番砲塔のまわりに集まってきた。

上甲板以上にいた兵科の者は、——後甲板に近い者はケロッとしており、前檣楼付近の者は、地獄からはい出してきたような格好であった。下甲板以下から来た機関兵たちは、なんだなんだというような、キョロキョロした目つきで上ってきて、前艦橋の方を指し合っては、へェーと呆気にとられていた。

そして、艦長のただならぬ顔つきをみると、みんな、ハッとしたように息をのんだ。たちまち、シーンとして、咳一つ聞こえなくなった。

艦長は、その、いっせいに見上げた部下たちの顔を、一つ一つ心に刻むように見わたして、口を開いた。

「ついに、艦長は、光栄ある『比叡』を処分することに決意した。お上の艦を、乗員の手で処分する罪は、万死に値する。また、諸子が、身命をなげうって御奉公した今日までの誠心、ことに昨夜来の努力に対して、艦長として、厚く礼をいいたい。しかし、武運つたなく、ついにこの時に立ち至ったことは、残念とも無念とも、いう言葉を知らない。この上は、諸子幸いに、ここを生きのび、新たな配置について、捲土重来、大いに勇戦健闘し、大元帥陛下の大御心に応え奉らねばならない。昨夜来の戦闘で、名誉の戦死を遂げた戦友の英霊にたいして深く黙禱を捧げると同時に、負傷した人々の一日も早い平癒を祈る。みんな、よくやった。これをもって艦長の別れの言葉とする。これから、聖寿の万歳を奉唱する」

ここで言葉を区切った艦長は、姿を正し、胸を張り、両腕を蒼空の中へ突き上げるようにして、叫んだ。

「天皇陛下、万歳――」

魅せられたように聴き入っていた総員は、唐突に起こった艦長の万歳に、むしろあわてて唱和した。

「万歳――」

その一〇〇〇余名のどよめきが、風に乗って流れ、大海原の中へ消えてゆくころ、陽が急にかげって、海も、左舷に見えるサボ島も、その向こう、はるかなガダルカナルの山々も、光を失った。

「艦内を、各部でもう一度見回れ。生存者を一人でも残してはいかん」

艦長の断乎とした声に、バラバラと人が散った。

そして、その散った人々がふたたび集まり、整備が届けられたのを見て、運用科員に「キングストン弁開け」が命ぜられた。

艦底の、どこを開くのか、とにかく艦底にいくつも孔が開かれ、海水が刻々に浸入しはじめるのである。

運用科員が上ってきた。キングストン弁を開いたことが届けられた。

繋船桁《けいせんこう》が出され、「雪風」と、その応援にやってきた「時雨《しぐれ》」「白露《しらつゆ》」「夕暮《ゆうぐれ》」の内火艇が、いっせいに近よった。

ちょうどこのころから、スコールが、沛然《はいぜん》として四周を埋めた。天の助けである。少なくともスコールがあたりを埋めている間は、敵機は来ないのだ。

まず、負傷者が移され、次々に、秩序正しい移乗が、迅速に運ばれた。内火艇とカッターが、駆逐艦と「比叡」の間を織るように、いったりきたりした。そして、そのたびごとに、「比叡」の上甲板に立っている人数が、減っていった。

「艦が沈むと泳ぐに決まっている。内火艇で移るのは、まるで王侯貴族だ。沈んだような気がせん」

などと、ゼイタクをいっている者もいた。

「いい艦《ふね》だがなア。何とかならねえのか。チョッ。もってえねえ——」

まだ、後ろ髪を引かれて、立ち去りかねているのが、たくさんいた。

しかし、あとから、兵科の若い中尉二人と機関科の星野機関中尉が、三人で、羊を小屋に追い込むように、追い立ててきた。

「あんまりネチ公にやっとると、嫌われるぞ。ホラ、早くいけ」

艦が沈もうと、敵と撃ち合おうと、若い士官というものは、何かどえらいエネルギーを持っていて、ところきらわずほとばしらせるものだ。不謹慎だと怒るなかれ。これが、若さだ。

そして、最後にこの三人の中尉だけになったとき、まるで打ち合わせでもしたように、ツカツカと三番砲塔の下に出ると、

「艦長。お願いします。お降りください」

と一人が呼び上げた。

「オレは残る。君たちは行け」

「いや。それはいけません。お言葉ではありますが、お国のためです。お降りください」

艦長は、はからずもふだん目をかけていた三人が残ったことに、ひどく満足しているらしく、目を細めて、ニコニコした。

笑われると、三人の気構えもくじける。引き下ろしても、担ぎ下ろしても、と思っていたのが――。

「どうしても、ダメですか」

「うむ。オレは残る。もう、いうな。司令官によろしく」

「ハッ」

弱ったな、という表情で、目と目を見合わせたが、

「では、致し方ありません。これで失礼します」

「艦長。では――」

「艦長――」

三人を等分に見下ろして、

「みんな、しっかりやれ。お国を頼んだぞ」

「ハッ――」

ハネ返るように、万感胸に迫る様子で敬礼すると、この三人の中尉は、いっさんに駆け出した。

「どうする？」

ボートに移って、一人がきいた。

「どうするもこうするもあるか。司令官にお願いするんだ」

「引っ張り下ろせばよかったナ」

「いや、それはいかん。せっかくの固い決意を、オレたちがスポイルするのは申し訳ないと思ったんだ」

「それもそうだが……」

「とにかく弱った――」

「雪風」に着くと、右手に紙片をピラヒラさせながら、中部で参謀が待っていた。

「オイ。これを持って、御苦労だが、もう一度、『比叡』に行け。艦長に手渡して、迎えてこい。説明の必要があったら、司令部が『雪風』に移った以後の情況説明に来てくださいといえ」

紙を見ると、

「艦長情況報告ニ来レ。本件命令ナリ」

と書いてあった。

「報告終わったら帰すかといわれたら、なんと答えますか」

「帰す、といえ」

「承知しました」

勇躍――というのが、このときの三人を形容するのに、一番ピッタリする。屈強な特別短艇員が漕ぐボートのスピードですら、彼らには遅くてたまらなかったようだ。漕ぐのに合わせて、三人が三人とも、上体を前に屈め、ウンウン力んだ。

水に浸りかけている後甲板の横につけると、三人は、いっせいに躍り上がった。

「艦長。艦長。司令官がお呼びです――」

そう連呼しながら、彼らは露天甲板に駆け上がり、三番砲塔によじ登った。

艦長は、その紙片を一読すると、みるみる固い表情になった。

「そうか――」

長いこと瞑目していたが、心の苦悩を強いて押しつぶすように、

「用事がすんだら帰すといわれたか」

「ハッ。いわれました」

「そうか――」

また長い黙考がはじまった。

「艦長！」

「本件命令ナリ……か」

「艦長――」

「情況報告ニ来レ……」

「………」

「命令ナリ」

「………」

「行かなければならないのだナ……」

「艦長――」

「オレの心がわかるか」

「わかります！」

さっきまで、艦長をどうしても引っ張ってくるとハリ切っていた三人が、一度に、今は、司令部のやり口が憎くなっていた。

「よし。行こう！」

「あ！」

声をのんだ。向き合った艦長の両眼は、真っ赤に充血していた。

（しまった――）

どうしてオレたちは、こう尻が軽すぎるのだろうと、三人の中尉は唇をかんだ。

艦長は、静かに、決意に満ちた足どりで、先に立って階段を降り、後甲板のボートに進んでいく。そのあとを、首うなだれて、三人が従う。と、いよいよボートに乗ろうとする前、艦長は、後甲板の、なおも堂々と、毅然と、はためいている軍艦旗に向かって厳格な敬礼をし、艦橋の方に向き直ってふたたび心をこめた敬礼をすると、そのままボートに乗り込んだ。

三人の中尉を収容し終わったボートは、静かに「比叡」を離れて、「雪風」に向かった。だれも、一言もいわない。「比叡」に向かうときは、あれほど力を入れて漕いだ艇員たちが、何を思ったのか、オールの音にも気を使って、そろそろと漕いでいるのが、際立っていた。

やがて、それでも、ボートは「雪風」に着き、ニコニコした参謀に迎えられ、艦長は、司令官の部屋に消えた。

三人の中尉は、そっとあとを追って、部屋の外に立った。

間もなく、参謀が部屋に入り、艦長と一緒に出てきた。落ち着いた艦長の様子に、ほッと胸なで下ろす気持ちであった。

艦長は、駆逐艦長室に案内された。そのとき、チラと三人を認めると、艦長は星野機関中尉を呼んだ。

「いったい、機関室の状況はどうだったのか」

「全力発揮可能であります」

「なに？……」

みるみる艦長の顔色が変わった。

「……全力発揮可能？」

「そうであります」

「機関室全滅というのはどうしたんだ」

「…………」

こんどは機関中尉が驚く番だった。

「魚雷の被害はどうだったんだ」

艦長はジリジリしてきた。

「缶室が一つやられました。あとは、大したことはありません」

「なに？　缶室？」

艦長は、額を押さえて、椅子にドカッと掛けた。

万事休す――。まだ全力発揮のできる機械を持ちながら、キングストンを開いて艦をわが手で沈めるとは、何というウカツさだ……。全力発揮可能ならば、たとえ舵故障といっても、何とか方法はついたはずだ。

報告しなかった機関長の落ち度など、責めまい。それを確かめなかったオレに責任がある。

艦長の額には、脂汗が流れ出した。なにかに、全力をあげて耐えている艦長の姿がそこにあった。

そのとき、無慈悲な号令が、「雪風」の艦内を流れた。

「発射用意――」

と、バネ仕掛けのように飛び上がった艦長は、

「待てッ」

と叫ぶなり、狂気のように部屋から飛び出したが——出合いがしらに、

「テー」

シューッ!

と、いつもならば胸のすく魚雷が発射管を飛び出す音——いまは、人の心をえぐる悪魔の喚声が、耳に入った。

「ダマされた!」

悲痛な声だった。突然羽交い締めにされて、心臓をひと突きにされた以上のショックであった。こんな恐ろしい言葉を吐く人ではないはずの艦長は、今、狂ってしまったのだろうか。

機関中尉は、目を吊り上げたまま、その場に凍りついた。狂気のようになっている艦長の苦しみが、ビシビシ彼の心に銛《もり》を打ち込む。

「雪風」は動き出した。

その震動を足に感ずると、中尉は、机の上にうつ伏せになった艦長を残して、足音を忍んで部屋を滑り出た。

「比叡」は、もう、上甲板まで水に浸っていた。

ただ、背丈が少し小さくなったというだけで、「比叡」は、離れてみると、今までに見なれた雄姿と少しも変わっていなかった。

鏑木二曹は、バカのようになって、「比叡」の前檣楼、それから下、頑丈な装甲部にかくれて見えないが、前部治療室のあたりを見つめていた。

左の手は、半ば無意識にハンカチを取り出していた。

もう真っ黒になった浜田兵曹の血が、ハンカチの三分の二を染めていた。

自分の身代わりになった浜田兵曹は、いま、この血だけを残して、「比叡」と共に南の海の底に姿を消そうとしている。

「畜生――」

くやしさをいっぱいにした低い声が聞こえた。――平賀上水と田村二水であった。

鏑木二曹は、そのハンカチを握りしめた。

浜田兵曹と一緒に、この海に流そうか、自分が大切にとっておこうか、それとも、いまは未亡人となった――そのことを少しも知らず、なおも浜田兵曹の武運長久を祈りつづけているに相違ない哀れな奥さんに手渡そうか。

彼には、その三つとも、みんな理由があると思われた。が、ふだんの浜田兵曹の考えから推して、未亡人には無惨かも知れないが、直接このハンカチを手渡そうと決心した。

あるいは、どこかにまだ夫が生きているかも知れないという夢を、夢のまま持っていてもらえたら、浜田兵曹もそれだけ安心して眠れるのかもしれない。しかし、戦争は、あくまでも夢ではない。冷酷無惨な現実である。ほんの二センチの差で彼の代わりに自分が生きたのも、無惨をさらに重ねる現実の一つである。

この血は、どうしても戦争をやりたがっている者の目前に、未亡人の手で突きつけられねばならない。現実を感傷に託して、戦争を肯定する者の顔に投げつけられねばならない。それと同時に、理不尽な力を押しつけ、祖国を危うくする者に対して、また祖国を売ってもおのれの欲望を遂げようとする徒に対して、投げつけられねばならない。また彼らに恥を知らしめようと勇敢に起ち上がる青年に与えて、その掲げもつ名誉ある旗たらしめなければならない。でなければ、浜田兵曹は、ムダに血を流したことになるのだ——。

彼は、ハンカチを、細かく折って、あらためて大切に胸のポケットに納め、手でその上をそッと押さえた。

そのそばで、若い平賀と田村が、同じように頭を垂れていた。

——こういう光景は、「雪風」の艦上、いたるところで見られた。

迫水上水も、竹内機曹も、窪田二曹も、同じだった。

しかし、なぜこうして、味方の駆逐艦の魚雷で「比叡」が沈められねばならないかはだれもわからなかった。

何か、大きなミスがある。不可抗力のミスか、人間のミスか、あるいは人が作った「ミス」か——。その詮議立てはしないにしても、何か釈然としない、重苦しいオリのようなものが、みんなの心に頑として巣食っていた。ともかく、人間の限界が「比叡」の死ということにからんで、まざまざとみせつけられたというより仕方のない現実だった。

そのとき、スコールの間から、ただ一機、敵のグラマンが飛び込んできた。間髪をいれず、

「雪風」の機銃が火を吐いた。

当たった！　真っ黒な煙と毒々しい赤の火焔。ダーンとものすごい音を上げて、「雪風」の目の前で、海に突っ込んだ。

後部の方で、ワーッと喚声が上がった。それに交じって、

「ざまア見ろ、この野郎――」

というような罵声《ばせい》が飛んだ。

とたんに、

「黙れッ。不謹慎だぞっ」

と叱咤する声が聞こえた。星野機関中尉の声だった。

何が不謹慎なのか、鳩が豆鉄砲を食ったような目をして、その兵隊は、あたりをキョロキョロ見回した。

だが、鏑木二曹には、この機関中尉の心がわかるように思えた。沈みゆく「比叡」の運命は、それだけ人の心をえぐっていた。ノンキな兵隊のうちには、ただ敵愾心を燃やすだけで簡単にすませている者もあったけれども……。

壮大な南の海に、また夕暮れが訪れた。

激越な熱と光を突き立てた陽も、水平線の向こうに落ち、そのあたりは、昨夜、「比叡」が劈頭《へきとう》に撃ち据えた敵巡洋艦の、燃え上がる火の色に似て、黄と、紅と、黒と、白とが渦巻

き、奔騰しているようであった。

奇妙に、ますます背の低くなった「比叡」は、そのあかね色を背光に、依然として黒いシルエットを浮かべていた。

目まぐるしいほどに空の色が変わり、変わるたびに「比叡」の姿が、その背景――壮大な色彩の乱舞の中に、いよいよ黒ずみ、いよいよ背が低くなっていった。

「比叡」に関するメモ

艦長西田正雄大佐は、駆逐艦長室で、悪い言葉を使うと、軟禁状態におかれていた。

当直を決めて、若い士官が、詰めきっていた。

「機械室全滅」という報告が、どういう手順で艦長のところに来たのか、またそれがなぜ訂正されなかったのか。これは恐らく今後もナゾのまま残るのではなかろうか。

(艦長は自決されるのではないか)

みんなが、それを恐れていた。

しかし、機関中尉が「当直」で詰めたとき、艦長は静かにこういった。

「いったん生きて艦を降りてから、死ぬのは、卑怯だ。査問会にでも、どこにでも出て、事情を報告し、是を是、非を非と明らかにして、それから死ぬのが道だ。罪――ならば、いさぎよくそれに服する。君たちは僕が自殺しやせんかと心配しとるようだが、査問会の前に自殺はせんよ。安心して休め」

しかし、中央は冷酷だった。査問会も開かず、詳報が中央に届くのも待たず、沈没の翌日、大臣は、司令官と艦長とを予備役にした。それだけではない。艦長に対しては、予備役に編入と同時に、即日召集。こんどは、一転して、輸送船団の運航指揮官を命じた。

黙々として、艦長は、命に従った。

ボー、と情けない汽笛が港に鳴った。ゆらゆらと、石炭の煙が、不格好な一本煙突から立ちのぼった。きのうまでの、三〇ノット、三万七〇〇〇トンの高速戦艦「比叡」とは打って変わって、ボロ艦や、小船をかき集めた五、六隻のみじめな船団の指揮官として、彼は、南を指して静かに船出した。速力八ノットがせいぜいの船を率いて……。

蛇足かもしれないが、ここに山本連合艦隊司令長官の言葉を付記しておく。

「如何なる事と雖も、麾下の失敗は長官の責任に在り。下手の処ありたらば今一度使え。必ず立派に仕遂げるべし。奮戦の後、艦沈没するに際し、艦長の生還するを喜ばずと為さば、前途遼遠の此大戦を遂行する事を得ず。飛行機は落下傘により出来るだけ生還を奨励しあるに、艦船は然らずという理なし。無理を押し通さざれば勝算なき戦において、殉職を求むれば長官の命令は渋るべきなり。自分は日露戦争における山本海軍大臣の腹、東郷司令長官の苦心を想起して、ただその及ばざらん事を戒めおれり」

大臣は人事を左右する権あり。長官はその人を用いて戦争目的を達する大責任者なり。両者の観念に懸隔あらば、結局は長官の指揮統率を害するの結果となる。慎しむべきは中央最高部の言動なり。

宇垣纏中将　『戦藻録』（出版協同社刊）より

終わりにこの章に登場してくる当時の「比叡」の幹部の氏名を掲げておこう。

司令官　阿部弘毅少将　　通信参謀　関野英夫少佐
艦　長　西田正雄大佐　　戦務参謀　千早正隆少佐
副　長　田村礼三大佐　　航 海 長　志和　彪中佐
砲術長　竹谷　清中佐　　運 用 長　大西謙次中佐
通信長　石城秀夫中佐

第3部　空母「瑞鳳」

1

日本が、今はもう、どうすることもできない破目に追い込まれている、ということは、金子二等整備兵曹も、その部下の三人の若い兵たち——ポケも、ブンも、ノロも、知らなかった。

しかし、金子二整曹にいわせると、「血湧き肉躍った」開戦当時の勢いが、いつの間にかたるみ、それが引き潮に変わっていることは、いろんな徴候から、何とはなしに気づいていた。

——これだけ懸命に頑張っているつもりなのに、いっこうにウマクいかない。

ぞくぞくと人はふえてはくるが、ひどく青い。こんなことがと、やらせてみると、あきれるほどに物を知らない。下手《へた》だ。まるっきり、しろうとだ。

金子兵曹は、躍起になった。

彼は、少なくとも日本海軍の整備員ともあろうものが、こんな未熟では相すまぬ、と固く信じていた。

——今でも鮮やかに記憶に残っているのは、あのインド洋作戦である。江草隆繁少佐、村田重治少佐などという艦爆、艦攻隊のヴェテラン指導者の勇姿を仰ぎながら、彼は、そこで整備の大切さとむずかしさとを覚え、出撃前に機体を拝む「祈り」を覚え、全身を打ち込む機体の、発動機の、整備作業の喜びを覚え、そしてヴェテラン整備員にどなられながら、両手を油だらけにして身を粉にした。

（あれが整備員なんだ。どうしても、あそこまでは若いヤツをもっていってやらにゃならん……）

下士官に手を取って教えられてきた彼は、いま自分自身がその下士官になり、場数をふみ、腕に自信がつけばつくほど、若いものを育てるのはオレの責任だ、と思った。

彼の班長は、山地という上等整備兵曹。口ヒゲを貯えた、雲つくばかりの大男だったが、人がよくて、

「おい、金子兵曹よ。こんどウチの班に若いのが三人来るで。指導頼むよ」

咽喉《のど》の奥に何かつかえているようなガラガラ声で、お国言葉と海軍言葉とをチャンポンにして彼にいったのが、一ヵ月前。

金子二整曹は、まるい精悍な顔を、ガラにもなく恥ずかしそうに赤らめて、右手で太い首の後ろあたりをひとなでしたが、

「承知しました」

と唇を引き締めた。

大分航空基地の兵舎の一隅であった。

――そのころは、空地分離というヤツで、整備員は搭乗員から離れて、別行動をとるようになっていた。が、もともと彼の属する六五三空というのは、いわゆる母艦屋である。第三航空戦隊として、第一、第二航空戦隊と一緒にサイパン沖の「あ」号作戦に出たが、めちゃくちゃな負け方で、搭乗員はほとんど坊主になってしまい、それで、一、二航戦はつぶれ、三航戦だけがなんとか生き残った。

もっとも、生き残ったとはいっても、見るも無惨な残りようで、その僅かばかりの生き残りと、新しい若年搭乗員とを一緒にし、新式艦上攻撃機天山に乗る連中は鹿児島で、零戦隊は大分で、それぞれ急速訓練をつづけていた。

同じ搭乗員といっても、母艦に乗る者と基地航空部隊とでは、技倆に対する要求が非常に違う。まず、だれが考えてもわかるのは、滑走路の大きさである。たとえば「瑞鳳」の場合、発着甲板は長さ一八〇メートルで幅二三メートル。広大な陸上滑走路など、及びもつかぬその狭さに、うまいこと車輪を正しくつけないと、海に落ちる。そればかりではない。茫然たる大洋の中で、その広さに比べれば、まるでケシ粒みたいな母艦を探し当て、首尾よくこれにたどりつく洋上航法が、とにかく陸岸にぶつかりさえすれば、あとはなんとかなる基地飛行機とは、えらく違う。結局、陸上飛行場では楽々と働ける搭乗員でも、母艦屋になるためには、さらに一層の訓練が必要だということになる。

そこへ、敵機動部隊の台湾沖出現である。

乾坤一擲《けんこんいってき》——というので、海軍の飛行機は、大部をあげて台湾沖へ突入する。連合艦隊司令部は、母艦部隊を使うことはないんだからと、これまで訓練中の母艦屋の卵を、台湾沖に注ぎ込んだ。そして、結果は、またまた坊主だ。

大戦果、大戦果と、全軍が大喜びに喜んで、大破して浮いてるやつを引っ張ってこい、などといいながら、勇気リンリン、志摩中将の指揮する第五艦隊の出撃となった。ところが、その部隊が現場にいきつかぬうちに、沈めたはずの空母がみんな無事でいることがわかり、あわてて引き返させたが、このままいっていたら大変なことになったと、ゾーッとしたという話もあるくらいだ。

しかし、いくら上手《じょうず》だといっても、真珠湾のころのものすごい腕前を持っていた搭乗員に比べると、程度が全く違う。大学の最優秀学生と小学校の最優秀児童とに同じ問題を解かせるのと同じで、比較すること自体が間違っているし、いくさのむずかしさからいうと、あとになるほど苦しくなっているのだから、まるで話にならない。

そういう初陣ともいっていい人たちが、どこに艦がいるかはもちろん、海がどこか、水平線はどこにあるのかさえわからない真夜中の闇に、一秒に一〇〇メートル以上ものスピードで突入していって、しかも水面からの高さ一〇〇メートルくらいに下がって魚雷を落とし、

「空母一隻、戦艦二隻、巡洋艦三隻、巡洋艦もしくは駆逐艦一隻を轟撃沈、空母八隻、戦艦二隻、巡洋艦四隻、巡洋艦もしくは駆逐艦一隻、艦種不詳一三隻撃破」（当時の大本営発表）したというのがオカしいので、それにしても、重巡キャンベラと軽巡ヒューストンを大破させることができたのは、まったく大出来であった。つまりその戦いぶりが、どんなに壮絶であり、悽愴《せいそう》であったかを示して余りありとしなければならないだろう。

毎年毎年、卒業生を送り出していく学校の小使さんみたいな眼で搭乗員を見ている金子兵曹や、山地班長たちは、もちろん全面的に搭乗員びいきである。

搭乗員の腕が下がれば下がるほど、彼らは躍起《やっき》になって飛行機の整備に励んだ。九七式艦上攻撃機よりも、新鋭の天山の方が、ずっと機構がむずかしいし、複雑で、彼らはよけいな苦労をしなければならなかった。その上に、終わりころになるにつれて、飛行機会社の方も泡を食って作っているらしく、仕上げが粗雑で、調整が大変である。しかし、彼らは、自分たちの苦労は忘れてしまって、この厄介な飛行機に乗る搭乗員の身の上を心配した。

「このビス……」

と金子兵曹は、眼を輝かせている三人の若い兵の前に、小豆の粒くらいのビスを指でつまんで突き出す。

「……こいつが搭乗員の命取りになる。こいつを締め忘れてみろ。発動機は過熱して火を噴き出す。搭乗員三人、敵にたどりつかないうちに、海中に自爆だ。搭乗員は消耗品だなんていうヤツがいる。しかしそれはエラい人たちのいうことで、オレたちは夢にもそんなことを考えちゃいかん。オレたちは搭乗員が天山を乗りこなして、海を越え、敵機と弾幕をくぐり抜けて敵艦に突っ込み、魚雷をぶち込んで反転して、また敵機と弾幕をくぐり抜け、海を越えて、無事にここまで帰ってもらうことを祈らにゃいかん。それができるためには、どんなビス一つでも、決してゆるがせにしてはいかん。一つ一つが搭乗員の生命につながる。発動機故障あたりで自爆する搭乗員の気持ちになってみろ。――ナニクソ負けやせんぞ、と思う心で、整備に全力をあげにゃいかん。扉のチョウツガイのビスを締めるような締め方をしとったら、搭乗員を殺すのとおんなじだぞ。いいか」

金子兵曹は、ビスを一人一人の目の前に突きつけた。搭乗員たちの命は、オレたちの肩にかかっている、といいたそうな緊張した表情で、三人の顔を次々に見回した。

まんまるい目をくりくりさせた小さなポケ――清水一等整備兵。小さくて可愛くて、すばしこくて勇敢なので、だれかがポケット・モンキーだといい出した。そのポケットが、いつとはなしにポケに変わって、おいポケ、というと、ハイッ、という。とにかく一生懸命でコマネズミのように働く。あんまり早すぎて、話の途中で、もう飛び出すので、走っているうちに、次にどうしたらいいかわからなくなり、時々ベソをかくのが欠点といえば欠点だった。

ブンは、春日文雄という一等整備兵で、その文雄がブンになったのか、文学青年のブンなのか、よくわからないが、ヒマさえあれば本を読んでいるおとなしい男で、いかにも文学青年らしい、やせた、彫りの深い顔の、神経の細い好青年だ。金子兵曹の突き出したビスを見ている眼の奥には、どこか遠い空の下で、確かな爆音を立てながら飛んでいる天山の姿が映っていそうに見える。

しかし、この二人には、金子兵曹も安心できたが、ノロといわれる村田一等整備兵には少少手を焼き気味だった。ノロはノロマのノロである。泰然自若として、ハイハイといっているから、わかっているのかと思ってやらせてみると、何もわかっとらんのである。ノッポで、すべてが巨大で、山地班長より一まわり大きい。妙なことに、五厘刈りにするとひどく頭が青く見える。ちょうど一本杉が新芽をふいたような格好で、なんともいえない縹渺《ひょうびょう》とした風景になる。無類に人がいいので、ヘマのしどおしだけれど、だれからも可愛がられる。金子兵曹は、三人目のノロの顔を眺めて、こいつ何を考えとるんだろう、と改めて感嘆した。時時、夢を見るようにボヤッとするのだが、ビスを見ながら、顔色一つ動かさない。

（ノロは機関車だ。こいつにビスをまかせたら、ねじ切ってしまうか、忘れてしまうかのどっちかだ……）

そして、この三人とも、おない年の十七なのだ。高等小学校を出て、一年海兵団でシャバとの縁を切り、練習生を四ヵ月やって、そして六五三空に入ってきた。一応の普通科整備のマーク持ちだが、何しろ若い。まるで無邪気だ。関心は、大福餅をいくつ食べるかにあって、酒も女も、まだ山の向こうにある。それから、大福餅よりもっと大きい関心事は、いつ休暇で家に帰れるか、である。

この三人が六五三空に来て間もなく、ポケが他の航空隊の下士官につかまった。敬礼をしなかったとか、態度がシャバ気たっぷりだとかいう理由で、バットでなぐるから本人を出せ、といってきた。基地には、そのころは、二つ三つの航空隊が雑居していたので、何か他隊の下士官の虫の居所が悪いときにぶつかると、こんなことになりやすかった。

ポケにいうと、やにわに、わあわあ泣き出した。小さい子供が犬に吠えられて、母親にかじりつきながら泣く、あの泣き方そっくりである。

金子兵曹は、すっかりドギマギして、

「それでもお前は帝国海軍の軍人かッ」

とどなってはみたが、ちょうど食べかけの大福が半分ばかりポケのテーブルの上に残っており、ブンとノロとが、おびえきった表情で、金子兵曹の顔を哀願するように見つめているその目の、必死な色にぶつかると、彼は、ウッと胸につき上げてくるものを感じてあらためてポケの、流しっぱなしの涙顔を見直した。

彼はすっと立ち上がった。

「よし。待っとれ……」

オロオロしているポケをにらみつけ、班長の顔をみて、遠くからちょっと右手を上げて了解を求めると、班長は、いままでのいきさつを見ていたのだろう、唇のところでチラと笑ってみせ、ブンとノロとが見つめている視線を感じたのか、あわてて笑いを引っ込めて、オコゼのような気難しい顔になってポケをにらんだ。

黙って出ていった金子兵曹は、その足で、その摘発者のところにいって、平謝りに謝った。これからは、私が責任をもって監督するから、今回はカンベンしてもらいたいと謝った。威張りくさっている相手に、怒りで歯をくいしばりもしたが、彼は我慢した。ポケも、ブンも、ノロも、あんなに懸命に、真面目《まじめ》に、お国のためにやっている。それを真っすぐに伸ばしてやるのがオレたちのつとめなので、一時の失敗をたたきつけるあまり、勝手な暴力でその枝を折ってはならない。

まあ、それでも無事に謝りとおして帰ってみると、班長も、三人も、そのままの姿勢で待っていた。

金子兵曹は、三人の目を背中に感じながら、班長のそばに行って、声を潜めた。

「謝ってきました」

「御苦労だったナ」

柔らかい目の色であった。疲労も屈辱も、いっぺんで吹きとぶ目の色であった。

(班長は立派だ！)

彼は、身にしみてそう思った。

くるりと振り返り、ポケに向かって、言葉を選びながら、いった。

「……よし。これから気をつけろ。……わかれ！」

わかれ、というのは、いかにもマズイナ、と思ったが、いい言葉が見つからなかった。

しかし、三人は、急に血色がよくなった。ペコンと頭を下げて何か礼をいっていたが、それより早く、ふっ飛ぶように自分の席に戻ると、ポケはうれしそうに残りの大福を口の中にほうり込み、目を白黒させてのみこんで、それから三人は丸くなって、小犬みたいに――いや、ノロは少なくとも小犬という感じではないが――とにかく、風をくらったみたいに飛び出していった。

するとその後ろ姿が出口から消えるのを待ちかねたように、山地班長がゲラゲラ笑い出した。

「まるで、オレんところの坊主と同じだ」

金子兵曹も誘われて笑い出すと、

「ナニ、小学校に上げたばかりの坊主なんだがノ……」

そういわれてみると当たらずといえども遠からずであった。――だいたい、軍隊に入るとだれでも一〇年くらいは若返る。複雑な世間に比べて、衣食の心配はないし、欲得で心を労することもないし、なんといってもノンキな世界だ。それに指揮系統一本の、共通の目的が恐ろしくハッキリした、単純極まる軍隊という雰囲気が、人間の頭の構造までも変えてしまうのだろう。オジギをしなかったといってカンカンになって怒っているヒゲのおやじも奇態だが、そのおやじに大の男がペコペコ頭を下げている図などは、シャバでは、およそ見られない風景だろう。そしてまた、その十七歳が、わあわあ手放しで泣くにいたっては、まったく、南京虫に襲われた翌朝みたいに、身体中がムズがゆくなるくらいのものだった。

山地班長は、なんということなく一年坊主のわが子のことを思い出させられたからだろう。一人でしばらく笑っていたが、ふと顔色をあらためると、

「なあ、金子よ……」

と、頰の肉をピクリとさせた。

「……戦争は、どうもむずかしいで。——搭乗員はどんどん死ぬ。若いやつがいっぱい来よるが、みんな清水のポケとどっちもどっちゃ。一生懸命は一生懸命だが、やればやるほど、なんか海軍がヒドイ有様になりよるように見えてならん。——まるでネズミ取りにかかったネズミや。とんだりハネたりしてみても、もう箱からは出られへんよう見えてならんのだがのう……」

山地班長は、そこでほッとため息をし、大きな腕を深々と組む。

金子兵曹は、なぜともなくギクリとした。あの三人の連中を教えてみて、感じていたことそのままだったのだ。みんなよくやる。よくやるが、飛行機そのものがますますむずかしくなり、学校の訓練が即席になり、その間の開きが一層大きくなっているのを見せつけられる。

（だからこそ、オレたち下士官がやらにゃならんのだ）

と金子兵曹は決心する。

絶対に負けるわけにいかん戦争なのだから、その穴埋めは絶対にせにゃならん。もう、下士官は、仕事を兵にさせてノンビリしておる時機じゃない。

彼は、同じような話を搭乗員からも聞いていた。——敵が、勢いこんでかかってくる。戦

闘はむずかしくなる。むずかしい戦闘になると、若い者を出せばみすみす食われるので、老練な下士官が出る。一緒に出ても、身を挺して若い者をかばう。腹背に敵を受けても、必死の場所でも、若い者の腕前を知っていればいるほど、手をスケてやらねばならぬと思う。——結局、いつでもヴェテランは二倍以上働き、二倍以上疲れ、過労のために、やられる戦闘でないはずの戦闘でやられて戦死していく。

「オレたちは、死ななきゃ内地に帰してくれないんだよ」

かつてラバウルのヴェテラン搭乗員が、そういってボヤいていたことがあったが、いまの搭乗員は、

「オレたちゃ、死ななきゃ休ましてもらえないんだよ」

といっている。

「やあ、いかんいかん。こんなこと考えても、どうにもならへん。下士官は縁の下から出ちゃアカンのや。さあ、働け働け……」

どこやら晴れ晴れとした格好で、すっくと立ち、戦闘帽をワシづかみにすると、金子兵曹にニヤリと笑いかけ、山地班長はそのまま兵舎の外に出ていった。

班長は、ポケのことから、急に子供を思い出し、戦争を横から見ることになったのだろうが、そのことが、あの仁王様のような口からいわれてみると、金子兵曹も、これは深刻に考えなければいけないナ、と思った。しかし、いくら深刻ぶってみたところで、彼の頭では、いろいろな不安な条件を、どう組み立てたら結論になるのか、わからなかった。

日本が負ける?――
新兵などが、シャバの新知識を持って入ってくる。応召の老兵たちが、ひそひそとささやいているのを小耳に挟む。――が金子兵曹には、日本が負けようなどとは、夢にも考えられなかった。というよりは、負けるということが、どういうことなのか、わからなかった。なるほど、旗色は悪い。努めても努めても圧《お》されてくる。しかし、もうひとガンバリすれば、また取り戻せる、と思っている。やられてはいるが、負けてるんじゃない。妙な論理だが、実感はそうであった。事実、次々に新鋭機はできてくる。血を湧き立たせる爆音が飛行場を埋める。そして、燦《さん》として陽光にかがやく軍艦旗を潮風になびかせて、小山のような航空母艦が、彼の眼前に雄姿を現わしてきたではないか……。

山地班長と一緒に、金子兵曹が、班員とポケ、ブン、ノロの三人を連れて「瑞鳳《ずいほう》」に乗り込んだのは、それから間もなくであった。――大分基地沖を圧して、つまり別府の湯けむりを遠く眺める別府湾に、三航戦の空母四隻、「瑞鶴」「瑞鳳」「千代田」「千歳」が不意に入ってきたのである。

(――なるほど、母艦は四隻いる。が、あれはヌケガラも同然だよ。必死で訓練をつづけた母艦機は、みんな台湾沖に吸いとられた。残りをカキ集めて何機になる。一〇〇機あるかなしだろう。そのうち、発着艦ができるのが何機ある。ライター〈運貨船〉で何機か飛行機を運び込んだのは、あれはどういう意味だ。母艦に着艦できないからじゃないか……)

堂々と海に浮かんだ四隻の姿を見て、だれがここまでいい得たろう。——街には、勇壮な軍艦マーチがこぼれる。兵隊たちは、申し合わせたように、足に力を入れ、胸を張って歩く。

「海軍さん。お願いしますよ」

「ガーンと一つ、溜飲の下がるやつを頼みますよ」

なにか不安にふさいでいた市民も、忽然《こつぜん》と現われた空母四隻を見ては、もう大丈夫だと思っている。海軍さんに頼んでおけば、起死回生の大戦果をあげて、アメリカを木っ端微塵にしてもらえると信じている。

金子兵曹も、その街を、部下三人の若い兵を引き連れて、胸をふくらませて歩いた。

(よオし。やったるぞ!)

そして、「瑞鶴」に零戦二〇、天山艦攻一三、彗星艦爆七、特攻零戦一一、「瑞鳳」「千歳」に零戦八、天山七、特攻零戦四、「千代田」に零戦八、九七艦攻五、特攻零戦四を積み込み、六五三空の基地員もそれぞれ四隻に分乗して、大分沖に出撃する。

——昭和十九年十月二十日、午前五時半であった。

「よオし。やったるぞ!」

呪文のように、こう唱えると、腹の底から闘志が湧いた。勝ちいくさなら勝ちいくさで、むずかしいいくさならばむずかしいいくさで、金子兵曹は、出撃となると、いつも勇気一〇〇倍する。死ぬまでは死ぬと思わぬ——というのが兵隊たちの死生観とするならば、彼の場合は、オレは絶対に死なない、と信じていた。

彼の父は、北海道の拓植移民であった。移民というと、いささか変だが、当時はアマゾンあたりの移民とあまり変わらなかった。広大な原野が、父と母との前に、野放図に広がっていた。熊の出る原始林、人の背丈より高く生い茂った熊笹の原野と、酷烈な冬将軍とに、父と母は、一本の鍬《くわ》とツルハシとで立ち向かった。が、自然の力には、とても二人の力と知恵だけでは、対抗できなかった。営々として築き上げたものは、冬になると、一挙に破壊しつくされた。しかし、彼の両親は屈しなかった。彼らは、忍耐を知っていた。建設の苦しさを知っていた。それとともに、働くことの喜びを知っていた。いや、もっと端的にいうと、彼らは、北海道の土地に、この上ない愛情を覚えたのであった。壊され、突き落とされても、この愛情は、少しも傷めつけられなかった。毎年、少しずつ、収穫がふえた。馬がふえ、牛がふえた。

「人間は、容易なことで死ぬものじゃない。いつも大きな愛情を持っている者には、死の神は近づかない。自分を信じろ。進め。耐えろ。苦しいときは、この広い牧場を思い出せ。必ず運が開けてくる。お前は、オレとお母さんの子じゃないか――」

こういわれ、いわれして、彼は育った。試練を受けるつもりで、彼は海軍を志願した。そして、いよいよ故郷を出るとき、彼の父は同じことを繰り返して彼を励ました。

「人間は、滅多なことで死ぬもんじゃないぞ。いいか。わかったか」

彼の母は――、夜なべで縫ったであろう小さな、ビロードの袋に入ったお守り札を、

「肌身につけておくんだよ」といいながら、そっと彼に渡してくれた。

戦争は、人間をムキ出しにする。地位も、財産も、学識も、一個の砲弾の前にはすべて無力だ。いつも絶えず、死に神に狙われているのが、戦争における軍人の命運だとすれば、この死に神にどんな態度で対決するかが軍人の戦いぶりだ。

兵隊たちの大部分は、戦場に立つと、自分自身を忘れ去る。生きるとも、死ぬとも考えない。ただ、与えられた、やらねばならない任務を果たすために、全力をつくす。どちらかといえば、消極的な奮戦である。

しかし、金子兵曹は、確信を持っていた。どんな危ないところにも、進んで出ていった。こういう積極的な奮戦をする兵隊が、分隊に一人くらいはいた。オレは死なない、と確信している。その確信の生まれどころは、いろいろあった。たとえば、姓名判断で、絶対に死なないという名前をつけられたからと、それを腹の底から信じている者もいた。

金子兵曹も、その「死なない組」の雄たるものだ。だから彼は、この不死身の確信で、何ごとであれ、真っ先に立って片づけて、艦がどっちに向いて進んでいるのか、その先に何が待っているのか――そんなことは、一切念頭になかった。兵隊は、まず、この基地物件を片づけろ。考えるのは、そのあとのことだ。兵隊は、頭を働かす前に手を動かせ。やりそこなったら、やり直せばいい――。

こういう混雑の中に、分隊長の原大尉が、居住区にやってきた。聞きなれた太い声なのに、今日はまた、ひどく力をこめる。そしてまず、無事に、滞りなく乗艦できた挨拶を、しかつめらしくいう。いわれなくてもわかっていることなのだが、やはり分隊長の口から、みんなよくやった、といわれると、うれしくなる。オレも子供にかえったらしいナと、金子兵曹は、妙に朗らかになる。

だが、そのあとの言葉は、すっかり彼を驚かせた。

「今度の作戦を、捷《しょう》一号作戦という。われわれ機動部隊の決戦である。台湾沖海空戦に出撃したので、ウチの飛行機は少ない。しかしだ。『大和』『武蔵』『長門』は、レイテ湾上陸中の敵船団を砲撃撃滅するぞ。同時に、これに呼応して、逆上陸部隊を揚げて敵の背後をつく。この作戦を成功させるためには、敵機動部隊の飛行機を、『大和』『武蔵』の頭上からどこかに吸収しなければならん。われわれ機動部隊本隊は、北方から南下して、このオトリになるんだ。もとより生還は期し難い。が、最後まで頑張れ。頑張ることが、日本を生かす道だ。この大作戦成否のカギだぞ……」

オトリ？　オトリとはなんだろう。

敵機動部隊の飛行機を吸収してオトリになるという——ことが、彼には、少しも実感をもって響かなかった。——生還を期し難いとは、いつの出撃のときでも聞かされる言葉だ。それなのに、いつも事実は生還してきているんだ。

（分隊長は、少し大袈裟にいいすぎるのがキズだ。でさえなければ、あとはいいオヤジなんだがな……）

と考える裏から、もう、ボツボツ休暇が出てもよさそうなものなのに、一体何をしとるんだろう。今度帰ったら、決戦後の休暇があるだろう。そうしたら、何よりもまず全速力で家に帰ろう――などと、ふっと思ったりした。

これは、決して彼ばかりではなかった。チラリと横目を使って眺めまわすと、みんなヘエ、というような顔をして聞いている。オトリというのだけがピンと来ないが、作戦がハッキリすると、その終わりもハッキリするので、作戦が終われば内地に帰って、あわよくば休暇、というのが、いつものコースである。

（ハハン。あの顔は休暇づらだナ）

ポケが、基地物件の山のてっぺんに登って、「く」の字になったまま不動の姿勢をとっている。いくら母艦の天井が高いといっても、山の上にピンと立てるほど高くはない。

（また、どうしてあいつは、あんな上に登ったんだろう）

すばしこいのはいいのだが、ちょっと目を離すと、ポケはすぐ高いところに登っていく。幸い、「瑞鳳」は平らな飛行甲板で、「瑞鶴」が島型の艦橋を持っているのと違い、艦橋は飛行甲板の下にある。これならば、ポケもがっかりだろうと思っていたら、荷物の山にもう登っている。そして分隊長の訓示に、目をむいている。

しかし、それも束の間であった。

訓示が終わると、たちまちみんなケロリとして、基地物件の整理がはじまり、やあ、それはここだ、あれは向こうに置けと、くるくる働き出す。皮肉ではないが、オトリだ、オトリだといいながら、下唇をかみしめ、深刻な顔をして力んでいられるのは、恐らく士官だけだろう。

（下士官兵ってものは、やらねばならんことだけしかやらんのだ。ムダなことを考えているヒマがあったら、オレたちは働く。働いて疲れて泥のように寝る。その夢に入ってくるのは、休暇のことさ。――親がいるんだよ、郷里《くに》には……）

金子兵曹は、そんなことを腹の中でつぶやきながら、整理された物件を眺めわたした。

全く、手を動かし、力を出して、実際に艦を動かし、大砲を撃ち、飛行機を飛ばせるのは、下士官兵だ。もちろん、文章を書かしたり、議論をぶったり、訓示をさせたり、作戦計画を立てさせたりしたら、士官にはカナわない。が、士官だけでは、軍隊は成り立たない。オトリだかなんだか知らないが、ヤブから棒に海中にほうり出されるのが下士官兵なのだから、とにかく、班長の言葉を借りれば、士官さん頼ンまっせ、である。

そんなことを、とりとめもなく考えているうちに、不意に目の前を、すうっと黒い雲が過ぎたような気がした。

（そうだ。あの三人を、どうしたら無事に戦場から連れて帰り、満足な身体で親のところに戻せるだろうか……）

戦争だから、わが子をお国に捧げるんだ、とか、靖国の親だ、子だ、とかいっているが、どんな親でも、子の元気な姿を迎える方が、白木の箱に入った姿を見るよりは、どのくらいうれしいかはわかるまい。この三人の親だって、きっと同じことに違いないのだ。

「命を粗末に扱うなよ。戦争といったって、生きて最後まで戦う方が、死んでしまうより数等いいんだぞ。オレは絶対死なないんだから、まさかの時には、オレについてこい。弱い気さえ起こさなければ、必ず生き残るぞ」

そう、彼は、ポケとブンとノロに向かって、いつも繰り返した。理屈に合わんかもしれないが、だいたい、戦争に理屈があるわけはないじゃないか。勝てばいいのだ。いや、勝たねばならんのだ。士官たちは、さかんに必勝の信念をいう。だが、そんな漠然としたことを信じるよりは、オレは死なない、と信じる方が、よっぽど理屈に合ってるじゃないか。彼は、昂然と、眉を上げた。

（よオし、やるぞ！）

2

「索敵機用意。整備課総員起こし――」

高声令達器のスピーカーから、勢いのいい号令が、居住区のデッキにゴロ寝している整備員の頭上に鳴りわたる。

出港翌日、二十一日の未明である。

「ソレッ」

ガバとハネ起きたみんなは、飛行機だ、と思うと、眠気も何も一気にふっとんで、一散に階段を駆け上がる。号令も、「総員起こし」というところまできて目を覚ますようでは、まだ一人前ではない。「索敵機用意」というところで飛び起きる。飛行機をイジれるのは、整備員しかないじゃないか。

いや、ただ整備員しかない、という義務観念で飛び起きるのではない。それだけではない。彼らは例外なく、飛行機が好きなのだ。あのすばらしい姿。あの力。どんな小さな部分でも、溜飲の下がるようなスピードに連なっている――。飛行機が、近代戦の主兵器であることを知れば知るだけ、彼らは自分たちの任務に誇りを持つ。意義をかんずる。――整備員が下積みだって？　くそっくらえだ。

金子兵曹は、一団となって走っていく整備員の先頭に立っていた。機関銃のように足を動かして、ラッタル（階段）を上がる。上がり終わると、平らなデッキだ。それをくるっと回って、またラッタルを駆け上がる。階段を上がるとき、後ろの方で、チャチャ、チャチャチャと、カネとカネとが触れ合う音がする。彼は走りながらつぶやく。

「この野郎。まただれか靴の裏にカネ打ってきやがったナ」

そのうちに、彼の横を、すごい馬力で駆け抜ける奴がいる。ノロだ。

ノロは機関車だ。動き出してしばらくは、なかなかスピードが出ないが、蒸気が上がると、あとは急行列車になる。ラッタルにかかる。

（こいつだ！）

カネの音が、前に出た。

「コラ。またカネ打ってきたなッ」

金子兵曹がどなった。大きな口をあけてこっちを見たノロは、いけねえっ、というような世にも情けない表情になると、あわてて靴を脱いだ。靴を取り換えに帰ったりすると、間に合わない。

リノリュームを引っぱがした格納庫で、カネを打った靴をはいていると、まかり間違うと火花が出る。格納庫には、ガソリンのこぼれたところがある。火が出たら一大事だ。

(あれだけやかましくいっとるのに、しょうのないヤツだ……)

ノロは日方があるものだから、お渡りの靴を長持ちさせるために、カネを打つ。乗艦前に取れといっておいたのだが、そこがノロだ。忘れてしまったのだろう。

村の小学校の雨天体操場。それを二〇あまりも並べたような、天井の高い、ガランとした広場が上下にある。三〇機入れられる格納庫に、一七機の飛行機が並べてある。

(サイパン沖のときは、いっぱいだったんだがナ……)

零戦や特攻機の間を縫って、六機並べた天山の方へ走りながら、金子兵曹は、このほかにまだどこかに飛行機がかくれているような錯覚にとらわれて、ぐるっと見回した。

格納庫というものは、不思議な空虚感に打たれるところである。やたらに、だだっ広い。それだけでなく、両側の、天井を支えている柱までが、不釣り合いに太い。そこへ、翼をたたんだ、ちょうどセミの抜けがらみたいな感じの飛行機が、胴体をくっつけ合って並んでいる。

山地班長の班は、艦攻の専門である。

どこから潜り抜けてきたのか、ポケが、もう飛行機に取りついて、胴体の上に馬乗りになっている。いつでも、ポケに、最後のところで出し抜かれる。応召の老兵たちは、もっぱら甲板にしばりつけた索具の取り外しだ。そこへ、後部のリフト（昇降機）が、踏切のシグナルのような音を立てて降りてくる。リフトとはいっても、普通のしもた屋ならば、そっくり乗ってしまう大きさである。

「飛行機出せ――」

班長が、両拳を固めて、割れ鐘のようにどなる。

（これからがオレの領分だ）

そんな顔をして、ノロが、飛行機の尻尾を曳きはじめる。靴をはいている。

「カネはとったかッ」

「とりましたッ」

すると、きっと、みんなが飛行機にかかっている間に、ネジ回しか何かでやったに相違ない。

（そのネジ回しはどこに置いたろう……）

どうせ、先の方で力まかせにコジッたのだろうから、あとで磨き直しておかなければ、ビスの溝を傷めてしまう。

（どうもこれは気骨の折れることだ……）

リフトの上に乗って、飛行機の尻尾のところにハリついているノロの雄大な姿を眺めて、がっかりする。

（オレも一等兵のころは、あんなにボヤボヤしとったんだろうか……）

リフトが、また例の音を立てて、上がりはじめた。ふり仰ぐと、真っ暗な空が四角に区切れて見え、上がるにつれて、飛行甲板をはい抜ける風が吹き下りてくる。

空は曇っていた。

（この天候で索敵は、御苦労なことだナ）

ところどころ、空と海とが白い幕でつながっている。スコールだ。あの中に入ったら、飛行機は激しい気流に揺り上げ、揺り下ろされる。だが――と彼は思った。オレんとこの天山なら大丈夫だ。

リフトが止まるのを待ちかねて、ノロがものすごい馬力で引っぱりはじめた。みんな、飛行機について、押したり、引いたりし、飛行甲板の後部にもっていく。もちろん、灯一つ出さない警戒航行である。

金子兵曹は、操縦席に上る。飛行機が繋止《けいし》されるのを待って、ペラ（プロペラ）を回す。

俄然、飛行機が活動をはじめる。白煙と焔が、轟音と一緒に排気孔から噴き出し、デッキに叩きつけられ、艦尾に流れ、闇に消え去る。力強い爆音が、大きくなり、小さくなる。

引きしめた口。緊張した眼。

昇降舵、水平舵、エレロン――と、動くものを全部動かし、全神経を指先と足先に集中して、慎重に手ごたえを確かめる。

（よし！）

スロットルをいっぱいにとる。開かれた翼が、ピンと左右に張って、一段と高まる爆音に、飛行機はぶるぶると身をもむ。なぜ早く繋止を外さないんだ。早く外せ。一気に滑走して飛び上がるぞ、と叫んでいるようだ。

（よし！）

これで搭乗員に引き渡せる。大丈夫、オレの「天山」は飛んでくれる――。

回転を落として、彼は立ち上がった。

（頼むよ、天山――）

そう、いって聞かせ、ヒラリと飛び降りる。

「やあ――」

飛行服に身を固めた操縦員が、手をあげて近よってきた。古参の長谷川一等航空兵曹だ。

「おう。良好だ。頼むぞ」

「うむ。ありがとう――」

そして、長谷川兵曹は、金子兵曹が試運転をした天山に軽々と乗り込む。爆音が高くなり、舵が生き物の手足のように動く。その動き具合に、金子兵曹は目を凝らす。

（――よろしい）

この操縦員は、さすがに上手《うま》い、と満足する。今どき、以前のように、流れるように舵を動かすパイロットは、少なくなっていた。技倆が気の毒なほど落ちている。そういうものに限って、出たっきり帰って来ない。

（とにかく、帰って来い。あとのことは、オレたちが引き受ける）

こんなことを祈らなければならなくなっていたのだ。

彼は、少しずつ明るくなっていく空を背景に、黒く浮き出したパイロットの頭を見つめている。いかにも自信のありそうな動きに、彼は、頼もしさを感ずる。都会の学校の入学試験にパスして、いよいよ駅を出発するその子を見送る母親の気持ちは、こうもあろうかと考える――。

鋭い警笛が聞こえた。

ハッとして前を見ると、両手に旗を持った飛行長が、前方に向かって旗を振っている。

（お。風に立つぞ――）

脚に力を入れながら、左舷の飛行甲板の端にあるポケットに逃げる。途中、薄暗い海上から、信号灯の点滅するのを、すぐ近くに認めた。

（「瑞鶴」である）

真っ黒な巨体が、「瑞鳳」と平行に走っている。その飛行甲板の後部にも、飛行機の排気孔からの青い焰がチラチラする。

振り返ると、「瑞鳳」の天山三機が、ぐッと姿勢を低くして、いまにも飛び出しそうな気構えだ。

飛行長が、旗を両手でそろえて前に出した。翼の下で、翼端索を持っていた整備員が、索を離すと、バラバラと左右に散り、両舷のポケットに逃げた。

ノロが、大股で駆けてきて、金子兵曹のいるポケットに飛び込んだ。

ポケットは、飛行甲板の端から、ストンと落ちた大きな樋みたいな張り出しだが、そこに入って、階段に脚をかけて、整備員は、いつでも飛行甲板に飛び出せるような姿勢をとる。

飛行長の旗が、組み合わせられ、下に下げられた。翼の下にしゃがんで、ヒモのついた車輪止めをもっていた二人が、ヒモを強く引っぱると、そのまま甲板に伏せる。

旗が、サッと前を指す。爆音が一層高くなる。飛行機が動きはじめる。スピードがつき、スピードを増し、ものすごい爆音と風圧を残して、天山は小さくなり、飛行甲板の前端まで駆けていくうちに、ふわりと浮かび上がる。

二番機、三番機――。

暁暗をついて、まっしぐらに機動部隊本隊の前程に飛び出し、敵影を求めて、脚のつづく限り、捜索の眼を広げる。

金子兵曹たちは、これで天山が帰るまで、ひとまず用事が終わったわけである。何か身軽になったような気持ちで、あとからついてくる平べったい「千歳」「千代田」を眺めながら、リフトで、また降りていった。

上部格納庫に降りると、零戦の整備員たちと入れ替わる。次は、待機させておく零戦の準備である。とにかく、あと一時間は余裕がある。顔でも洗おうと、ぞろぞろ居住区に戻りはじめた。

ミッドウェーで、空母四隻が沈んでから、空母の防火対策は、厳重を極めていた。サイパン沖で、金子兵曹たちは、やはりこの「瑞鳳」に乗ったのだが、そのときより、一層厳重になっているように見られた。――歩いているデッキのリノリュームは、すっかりはがしてある。いらない部屋は、リベットや熔接で閉め切る。危ないところには、セメントを流し込む。燃えやすいペンキははがして、鋼鉄の生地ムキ出しだ。ところどころ塗ってあるのは、不燃性ペンキというのだそうだ。第一、居住区のテーブルも、椅子もない。デッキの上で車座にアグラをかいて食事をし、そのままゴロリと横になる。つまり、燃えるものが一切といっていいほど、艦から姿を消していた。まあ一言でいえば、そこに住み、かつそこで戦った軍艦が、そこで戦い、かつ戦う軍艦に一変していた。

(こいつに、長いこと乗せられて作戦したらカナわんだろうナ)

と、彼は憂鬱にもなった。

山地班長は、

「かえってサッパリしてええやないか」

という。

車座の中で、仁王様のような顔でアゴをなでている山地班長を見ていると、まるで山賊の親分である。うれしがってるのは、恐らくわが家に帰ったような気がするからだろう。

そこへ、おあつらえ向きに、食卓番のノロとポケとが、朝食を運んできた。騒々しい音を立てて、飯をよそい、味噌汁を注ぐ。車座の中に、配って回る。山賊の食事である。がやがやと飯をカキ込む。

「なるほど——これもいいナ。まるでピクニックにでもいっとるようじゃないですか……」

金子兵曹も、沢庵を音を立ててかみながらいった。

「ところで……班長。オトリッて、いったいなんですか」

山地班長は、しばらく、いっぱいに頬張った飯をかみしめていたが、

「つまり——なんだな……敵の飛行機をみんなオレたちの方に集めるんだろう」

「だれか、呼びにいくんですか」

ポケが、横から若い声を張り上げた。腰を浮かせているところを見ると、いつもの癖で時と場合によっては、ちょっとひとッ走りッという気構えである。

「バカ。お前じゃないよ」

ブンが、ポケの上衣を引っ張って落ち着かせる。

「村田一整。お前行くか」

ノロに向かって、山地班長が笑いながら呼びかけた。

「お前なら、来ないといってもショッぴいてくるだろう」

「………」

ノロは、間のびのした表情で、ニヤニヤするだけで答えない。

ふと、思いついたように、山地班長がいった。

「遺書は、みんな書いたか」

「ハイッ」

いっせいに答える。さすがに、緊張した声が交錯した。

「――どうも、オレなんか、なんべん書いてもムダにしたが、今度は本ものになるかナ」

「いや班長。人間なかなか死なないんもんですよ」

金子兵曹が、あわてて口を挟んだ。

「………」

答えずに、黙っていたが、

「ずいぶん仲間も、部下も、死んだからナ。こんど死なんと、オレは死にそこなうような気がする――」

「まさか――。ナニも班長は死なんでも、みんなお国のために死んでいったんだから……」

「お前はまだ、部下を死なしとらんだろ。部下を死なしてみい。リクツやないぜ」

「………」

「生きとるのが、なんとも辛うなるもんやぜ」

「………」

「まあええ。みんなの飯がまずうなったろ。それより他のこと考えよう。――遺書はだれへ出したか。世帯持ちに聞いてもはじまらん。村田一整」

ガク然としたノロが、どもりどもり答えた。

「お、おふくろです」

「春日一整」

「両親です」

さすがに、文学青年だけあって、筋が通っていた。

「清水一整」

「お母さんです」

ポケは、相かわらず子供ッぽい。

「ふう……」

山地班長は、何かいおうとする金子兵曹をおさえて、

「お母さんに出して、お前たちは、なんでおやじさんに出さなんだ」

しまッた、というように、ポケとノロが小さくなった。

「どうもあかんなァ。お前たちは少し遠慮がなさすぎるぞ。手紙をもろうたおふくろさんは喜ぶやろうが、おやじの身にもなってみい。——だいたい、正直すぎるぞ」

大袈裟に長嘆息して、

「オレもおやじやが、おやじなんて、えらい損なもんや……」

そろそろ、真情を吐露しはじめると、山地班長は、お国弁が隠せなくなる。

「子供たちからは、お母さんお母さんいわれて、おやじはノケもんやないか。外で働いて、これで相当子供たちのためには苦労しとるつもりやがなあ。生命《いのち》がけで戦争しとるのも、み

んな子供たちのためなんやが、母親さえ生きておりゃア、子供たちは安心して育っていくんやろ。戦死しても、時々、ウチのお父さんは、どこいった、くらいでナ。こんど生まれてくるときは、お前たちも、女に生まれてこいよ。それの方がトクや……」

奇妙な話になったものだ。だが、山地班長の言葉の中には、何か胸を打つ響きがあった。金子兵曹は、その裏に、何か、彼がいおうとして、いえずにいるものがあるナ、と感じた。

日本人――ことに兵隊である人々は、みんな素朴に、家庭を、平和を、愛している、と、彼は確信をもって断言できた。なぜ、その兵隊が、あのように勇敢に戦うのか。――失われた平和な家庭を、少しでも早く取り戻したいためである。平和な家庭を取り戻すには目の前の敵を、どうしても撃たなければならない。敵がいる限りは、平和はない。敵が敵でなくなる「時」を願いながら、兵隊たちは、敵の中に飛び込んでいく。

「野郎。まだ撃つか！」

血を吐くように叫びながら、機銃座で憤死した同年兵の最後の声が、まだ、彼の耳に、パッと散った血の色のように鮮やかに、残っている。

特攻機の連中も、

「ちょっと待て。オレがやってくる――」

と、食べかけの飯を残して飛び出していった。

兵隊の気持ちは、単純である。敵が彼らを、家庭を、村を、威嚇するからハネ返すのである。敵が撃つから、撃つのである。あれが敵だ。敵はあそこにいる。攻撃してこい、といわれるから、ようし、この憎むべき敵が、二度と撃ってこないようにしてやると、自分自身を忘れて突っ込むのだ。少しも早く、敵が、彼らの前から姿を消し、家に、村に、国に、平和が再びやってくることを、そればかりを祈りながら――。

金子兵曹は、話がむずかしいことになったので、わざと、食事を終わるとすぐに立ち上がった。

（山地班長は、死ぬつもりでいる）

そう思うだけで、彼には、じっとしていられない焦りを感じた。死ぬなんて、考えるべきではない。絶対に死なない、と信じなければならない。

（これは、どうしても班長に直言しなければいかん。死んで、どうして部下が養えるか。生きて戦わんといかん。敵は、手強《ごわ》い。ちっとやそっとで、音《ね》をあげやせんのだ）

彼には、班長が急に気が弱くなった、としか思えなかった。なぜ、あの剛毅な班長があんなことをいい出したのだろう。魔がさしたのか。

（くそッ。どうしても班長を死なしちゃいかん。オレの部下なら、なんとでもして心を入れ替えさすんだが、先輩だから、そうもならん。今夜、ようく話してみよう）

固いデッキの上を歩きながら、深く、彼は心に誓った。

（オレも、責任が重くなったぞ……）

しかし、その機会は、なかなか来なかった。

急速に機動部隊本隊は、南下していく。翌朝、三日目の二十二日になると、未明、敵潜水艦の魚雷を見たというので、爆雷投射や、天山を対潜直衛に出すことなどが加わって、整備員は、急に忙しくなった。午後には、軽巡「多摩」と駆逐艦「桐」に、曳航補給をする。

気温は、ぐんぐん上昇する。二十日出港のとき、一九度半だったのが、一時間ごとに少しずつ上がって、二十一日昼は二四度、二十二日昼は二五度八、二十三日昼は二六度、二十四日昼ごろになると、二八度になった。秋から、急に夏に逆戻りしたようで、

「防暑服にしてくれんかなァ」

と、まずノロがボヤキ出した。

「いったい、本艦はどこにいるんです。土佐沖ですか」

「土佐沖なら、日本は秋だろ。こんな暑いはずはないよ」

金子兵曹は、そう答えはしたものの、悲しいかな、ハッキリした答えは、彼にもできない。

二十四日は、朝から、ひどくあたりが緊張していた。

五時すぎると、全力即時待機になり、天山二機を索敵に出した。「大淀」も、六時に水偵を出すし、ただならぬ気配がただよいはじめた。

彼は、ちょっと待ってろ、といい置いて、艦橋にやってきた。同年兵の信号員がいたことを思い出したのである。

だが、来てみると、あまり奇妙な艦橋なので、コンパス（羅針儀）や大小の望遠鏡や、いろんな計器や、通信装置の一そろいがなければ、これは違ったところに来たナ、と引き返す

ところであった。

部屋は、ちょっと六畳敷くらいもあろうか。ツバのある下士官の帽子を深くかぶったときのように、飛行甲板がずうッと艦首の近くまで突き出していて、まるで上が見えないのだ。なるほど、水平線は見える。パノラマ写真のように、横につながった視界であって、上はてんでダメなのだ。こんな先の見えない艦橋ってあるだろうか。

そして、その突き出した飛行甲板を支える巨大な支基が、視野の一番大事なところに、右と左に、斜めに上甲板から伸び上がり、その上端に、ちょうど鳥の巣のような三連装の機銃座が一つずつ。七、八人の機銃員がついて、機銃台から上甲板まで、鉄梯子が支基にそってつづいていた。

(ヘエ。あの機銃台は苦手だろうナ)

船体の前部は、水線のところから上へ朝顔型に、Vの字に広がってはいるが、その上甲板よりも目の上にかぶさってきている飛行甲板の方が、ずっと幅が広い。その両端にある機銃台の上に乗ると、下はモロに海である。昇り降りの梯子を踏み外そうものなら、そのまま、ボシャンだ。サイパン沖のときにはこんな機銃台はなかったから、その後、大改装でもやらかして、ついでに、いたるところ針ネズミのようにくっつけたものらしい。

(こんな上の見えない艦橋で、いったい、空襲のときはどうするつもりなんだろう――)

それにしても、艦橋には、七、八人しかいず、バカに人数が少ないと思った。

同年兵の太田二曹を探し出して、そっと聞いてみると、

「艦長は、戦闘指揮所だよ」

という。飛行甲板にある整備員の入るポケットのずっと前の方に、やはり同じ樋の中にあるのだそうだ。

「操艦は、戦闘指揮所で艦長が号令をかけられる。それを伝声管でここに伝えて、ここからまた下の操舵室に伝えるんだ。ここは、だから航海長だけだ」

「そんなことで間に合うのかい」

「そりゃ大丈夫さ。ウマいんだよ、ウチの航海長は――」

バカに自信ありげに太田二曹はこういったが、何を思い出したのか、急に声を潜めて、

「そうだ。おととい航海長が、こんなことといっとられたよ。艦長とのボソボソ話を、オレが黙って聞いとったんだがな。――つまり、こんどの作戦ナ、こんな作戦は日本人だからできるんだッて。飛行機も持たずに、裸で母艦四隻が敵の機動部隊の前に飛び込んでいく。そうすると、敵は母艦が来たというんで全力をあげて飛びかかってくる。エサだな。敵に食いつかせる。食いついている間は敵は他のことには手は回らん。その留守を狙って、栗田部隊がレイテに突入するんだそうだ。栗田部隊に飛行機のカサがないだろ。だから敵のカサにやられ放題になる。その敵のカサをみんなオレたちが引き受ければ、栗田部隊はカサなしでも歩けるというんだ。――ところが、それからが妙なんだよ。オレたちが成功するというのは、見事に食われるということだって。死ににいくんだそうだよ、オレたちは――」

金子兵曹は、耳を疑った。

「オトリというのは、そのことか」

「うん。――オレにもさっぱりのみこめんのだが、とにかく日本人だからできることだそうだ。こんな任務は海軍はじまって以来だそうだが、妙なことになったもんだ」

ヒソヒソと声を落としていうので、ひどく鬼気を帯びて聞こえる。が、よくよく太田二曹の顔を見ると、相変わらずの薄い唇が、大きな口のまわりにヒクヒクしていて、一応、金子兵曹は、

「ヘエ――」

とはいったものの、この話を一体どこまで信用していいのか、わからないような気さえした。

オトリというのは、山地班長は、敵機を呼び集めることだといった。

しかし「瑞鳳」には飛行機がある。「瑞鶴」にも、「千代田」にも、「千歳」にもある。負けるもんか。敵機にヒト泡もフタ泡もふかせる力がある。少しも「食われにいく」ことにはならんじゃないか。もちろん戦争だから、中には沈む艦も出るかもしれん。しかし、それは、あくまでも敵と刺し違えて沈むんだ。「成功することは食われることだ」と士官がいったそうだが、それはいったい何を指すのか。

金子兵曹は子供のころ、小鳥を捕るためにオトリを使ったことがある。しかし、そのオトリは、籠の中に入れておいた。――食われる？　オレたちが食われにいく？　食われる？……どうも、どこかでツジツマが合わなくなる。考えてみても、実感をもって皮膚に触れ

ない。

——彼は、こいつァ、落ち着いて考えんとわからんわい、と気づいた。

で、とにかく、金子二整曹は、太田二曹に艦位を教えてもらった。——暑くなったわけだ。ルソン北端ちかくの真東にいるという。

彼は、その情報をもって、居住区に引き返した。みんな、呆気《あっけ》にとられた顔をした。

「遥けくも来つるものかな、ですね」

と、ブンが、ガクのあるところを示す。全く、そうであった。もしこのとき、土佐沖だよ、といっても、ニューギニアのそばだよ、といっても、彼らは同じように驚くだけで、朝から晩までの艦内の生活としては、少しも、毛筋ほども、変わらないだろう。

郷里の先輩のある士官が、遠洋航海から帰って、土産話をしてくれたことがあった。

「総員起こし、日課手入れ、食事、課業はじめ、巡検用意——だナ。何の変わりもない。同じ顔で、同じ艦で、同じ日課で。ただ、温度が変わるだけだよ。ゴトンゴトンと同じ速さでスクリューが回っとるうちに、この前、舷梯《げんてい》を下ろしたところは上海で、その次はシンガポールで、その次はポート・サイドで、その次はマルセーユなんだ。舷梯を下りていく顔は同じでも、上がってくる顔は全部違う。——艦《ふね》というものの不思議さ、偉大な意義と、ありがたさを、こんどのように感じたことはなかった。みんな、海に来い。海は男の往くところだ——」

これこそ、金子二曹が、海軍に志願してきた一つの理由なのだが、それはそれとして、今の場合のみんなの驚きは、そのときに感じた彼の驚きと同じであった。ただそのときは平和であり、今は戦争である。平和なときならば、艦を待つのは、美しい人間の交歓であるが、今は、険《けわ》しい人間の争闘である。それだけの違い――であった。

――昼飯少し前になって、突然、「攻撃隊用意」の号令がかかった。

総立ちになって、駆け出す間に、

「敵発見――。攻撃隊用意！」

伝令のたまげるほどの声が、わんわんと部屋を、通路を埋めつくす。

「敵はなんだ。飛行機か」

「機動部隊だ。空母だ――」

「空母？　しめたッ」

スーッと、ノロが金子二曹を追い抜く。

「何くそッ」

負けじと追う。ところが、惰力のついた機関車の馬力はものすごい。みるみる抜かれる。抜かれると、こいつ！　と思う。ふと、この前、靴のカネで、やつをヘコましたことを思い出し、何かないかとあとから素早く眼を走らせる。

「コラッ。お前は上衣をサカサに着とるぞ」

相かわらず、世にも情けなそうな顔をして振り向いたが、何を思ったのか、そのままスーッとスピードを上げた。

「コラッ。待てッ」

待てばこそ。

（テキは見抜きやがった。上衣なら走りながら脱げると思っとるんだろう）

格納庫の広いところに出ると、ノロが、上衣を脱ぎながらはるか先頭を走っているのが見えた。それよりも、驚いたのは、いつの間にかポケが先回りをして、もう飛行機の上に馬乗りになっていることだった。

（あきれた奴だ。どこを駆け登ってきたんだろう）

だが、この二人のせいで、いつも山地班長の班は、どこよりも早く飛行機に取りつく。これがまた、彼の自慢でもあった。いや、取りつくだけでなく、整備も早かった。たちまちに、天山四機、飛行甲板に並べられた。雷装である。

勢ぞろいした飛行機隊は、零戦八機、天山四機、特攻零戦二機。機数には無頓着な整備員たちではあるが、この一四機だけ——攻撃力のあるのは天山四機と特攻機二機だけであるのを見ると、さすがに淋しそうな表情は、おおうことはできなかった。

このころ、栗田部隊の方には、ハルゼイの猛烈な空襲が繰り返されていた。「武蔵」は、瀕死の重傷を受け、「大和」「長門」も、それぞれ手傷を負った。まさに、栗田部隊は、進退両難に陥っていたのだ。

十一時四十六分、「瑞鶴」のマストに、中将旗が掲げられた。五十分、「瑞鳳」の横に倒したマストに、大きな、目も鮮やかな戦闘旗が掲げられる。五十二分、飛行長の旗が、さッと前方に振られ、戦闘艦橋から、ポケットから、いっせいに帽子を振る中を、まず零戦が飛び出した。

快晴である。ただ、ところどころに積乱雲がちらばっている。

金子二曹のグループも、もう半ば夢中で帽子を振った。

胴体の直下に増槽をつけた零戦が、一機、また一機と、飛行甲板を蹴って飛び立つ。

「瑞鶴」からも、「千代田」からも、「千歳」からも、次々と飛行甲板からふわりと飛行機が浮かび上がり、機動部隊の上空を大きく回りはじめる。次々に機数がふえ、隊形が、しだいに整う。整うと、二〇機あまり固まって、南の空に飛び去っていく。

（オカしいぞ！）

金子二曹は、妙な顔をして空を仰ぐ。

「頼むぞ！」

「やっつけてくれ――」

てんでに大声でわめくのが、爆音と一緒になって、ワーンと聞こえる。

（――なぜ、あの連中は、全部そろうまで待たないんだろう）

次の二〇機ばかりが、また南の空に飛び去った。確かに、常識を外れている。あんなことをしていると、各個撃破でやられてしまうんだが――と、彼なりに気をもむ。

飛行甲板では、天山がスタートした。何しろ重いので、滑走路いっぱいに走る。最後の一機など、危ないところだった。車輪が、飛行甲板いっぱいに走っても、浮かないのだ。浮かないまま、ポケットの低い位置から見ていると、すうッと飛行甲板の下へ姿を消した。

「やったッ！」

いっせいに飛行甲板に躍り上がると、前の方に駆け出した。みんな、緊張に、蒼白である。とたんに、ブーッと爆音が聞こえ出し、天山が眼に入ってきた。ぐんぐん高度を取りはじめる。

ヘタヘタとそのままそこに座り込んでしまいたいほどであった。

そのとき、

「『瑞鶴』でやったぞ」と声があがる。

艦攻一機、飛行甲板の終わりまできて、飛び上がろうと機首を上げすぎ、失速を起こして、海中に水煙を上げて落ちたのだ。「瑞鶴」の飛行甲板には、整備兵が全部飛び出しているらしく、大勢の人が、豆を煎《い》っているように、あわただしく右往左往する。

遠くから眺めている分には、まだいいが、さっきの天山がやったら、あれとおんなじ騒ぎをウチがやらなければならなかったのだ。

「下手《へた》ンなったもんやな」

見ていた山地班長が、これほど残念なことがあるだろうか、というような顔をした。全く、「赤城」「加賀」が健在なころは、こんなヘマは、だれもしなかった。

「あいつも、飛び上がるのは上がれても、よう母艦に降りられんやッちゃろ」

気の毒そうな班長の声音《こわね》だった。

「やれば、上手になれるんですがナ。やるヒマがないんだ。油もないし――」

口に出したが、いわでものことだったと、金子二曹は、すぐ気がついた。班長は、突っ込んだ搭乗員の無念さを、自分の心の中にかみしめているようだ。一生懸命努力しても、それだけしか訓練されていない者に、どうして昔の華々しい働きができよう。

（残念だなア――）

唇をかむ思いであった。

――と、みんなが「とんぼ釣り」といっている警戒駆逐艦が、「瑞鶴」の後ろの方で停止した。拾ったらしい。

「ヤレヤレ。第一巻の終わりですナ」

「いや、第二巻のはじまりだ。どんな第二巻になるかが、お楽しみというとこだ……」

二人は、顔見合わせて笑いあった。しかし、その笑い声は、吹きとおる一五メートルあまりの風に、口もとから飛ばされて、ただ、口だけをパクパク開けているようであった。

バラバラになって出ていった飛行機隊からは、ウンともスンともいってこなかった。敵を捕捉したのか、しないのか、帰ってくるのか、真っすぐクラーク基地にいくのか、さっぱりわからなかった。

（もう帰ってきてもいいころだ……）

何か、重苦しい空気が、居住区にゴロゴロしている整備員たちの間に広がった。

金子兵曹は、うずくまって、目を閉じた。

敵との距離一五〇浬ならば、どんなに下手でも、たどりつけるはずである。——敵は周辺二〇浬から五〇浬くらいに、言語に絶する頑丈な戦闘機の壁を立てているというから、その壁が味方の飛行機を全部食ってしまったのではなかろうか。敵のレーダーがものすごく進歩していて、奇襲が全然きかないという。その中に飛び込んだ五六機では、しょせん、どうにもしようがなかったろうが、それにしても、昔の生き残りのヴェテランがいないわけではない。きのうの天山のパイロット長谷川兵曹なども、その一人だ。——全部が全部、墜とされたはずはないのに、どうしたのだろう。

整備員たちは、黙ってはいるけれども、一つのムゴい恐れを持った。山地班長と、金子二曹は、ハッキリ言えた。ノロやポケやブンたちは、言葉には出せないが、何か暗い影を認めてはいた。

(飛行機が帰ってこない。オレたちは、飛行機にまで見捨てられたのではなかろうか——)

帰ってきても、母艦はみんなオトリである。どうせ、ロクなことはあるまいから、フィリピンにいった方がマシだ——というのではなかろうか。

もしそうだとすれば、オレたちは、ほんとのところ、どうなろうとしているのか。オトリとは、いったいなんだ。オトリ任務が終わると、休暇がよけいもらえるのか。

(飛行機が帰ってこない……)

海軍に入って、初めて、金子二曹の心に不安が浮かんだ。

（敵に食いつかせるとは、どういうことだろう）

彼は、急に真面目な顔つきで考え込んだ。

ポケが、私が呼んでこようかといいたげに、あのとき、腰を浮かせた。くるくると目を輝かせて――。しかし、そんな簡単なものだろうか。今――飛行機のほとんど全部を失った今、同じことをポケに聞いたら、同じようにヒョイと腰を浮かすだろうか。

彼は、真剣な表情で、あの太田二曹がいった言葉を思い浮かべた。

（成功するということは、見事に食われることだ……）

彼らは、近代戦で、何がほんとうの戦闘力であるかを、その肌で感じとっていた。

（飛行機が帰らない）

有効な攻撃も防御もできない機動部隊。

彼は、この小沢部隊が、なんだかにわかにやせ細ってきているような錯覚を起こした。小沢部隊は、いったい、どうやって戦おうというのか。

（これで敵を吸収するのか。敵が来たら、どうするのか……）

目の前が、急に真っ暗になったような気がした。

（山地班長は死ぬるナ）

と、不意に、とんでもない予感がした。いや、彼自身、おのれの不死身の確信がグラグラしているのに気づいた。

彼は、狼狽した。思いがけなく――全く思いがけなく――駅頭で、小さく手を振っている母の姿が目に浮かんだ。すると、それからそれへと、母のいろんな姿が、激しい速さで彼の眼前をよぎった。

（人間はめったに死ぬものではない――）

父のその言葉が恐ろしく空虚なものに思われた。圧倒的な飛行機が襲いかかる下で、力を持たない空母がどんなに惨めか――彼は、インド洋作戦で、イギリスの空母ハーミスの最期を聞いて、怖じ気をふるったことを思い出した。圧倒的な飛行機の前に、機銃や高角砲が、なんの役に立とう。彼はあえいだ。

（これがオトリか。オトリとは、そんな絶望的なものか）

小沢司令長官ともあろう人が、そんなムチャクチャな作戦を考え出したのだろうか。

彼は飛び上がった。

「対空戦闘用意。配置につけ――」

拡声器が、けたたましく叫び立てたからだ。

飛び上がった金子兵曹は、走り出した。いつもなら、行くぞッとどなって、若い者たちを振り返るのだが、今は、つかれたように、遮二無二駆けていた。ノロが走り出した。ポケもブンもつづいた。山地班長がガランとなった居住区を見回した。そして、急いで自分の衣嚢を開け、写真を出し、忙しく、しかし灼くような眼で見つめると、すぐそれを内ポケットに収めて、駆け出した。

居住区の通路は、水浸しだった。どんどん水が入ってくる。

「気の早い奴だなあ」

山地班長は、しかし、そんなことをいう余裕があった。防火対策の一環として居住区に水を張る。これじゃ、どう逆立ちしても火災は起こらないだろうと思いながら、水しぶきを上げて、彼は駆けた。ノロが機関車ならば、山地班長はタンクであった。

「ナニクソッ！」

上衣にまでしぶきをハネ上げながら、彼は駆けた。

——ポケットの、受け持ちの機銃台に、金子兵曹の引きつった顔が現われた。

「敵機は？」

「あれだ」

二五ミリ機銃に腰掛けていた射手が空の一隅を指した。雲に見え隠れしている、一機——ゴミみたいなのが、金子二曹の目に入った。

「あれ一つか——」

「あれ一つだ」

そこへ、高角砲が、二、三発、バカバカしい大きな音をたてて、撃ち込んだ。向こう側の「瑞鶴」から、零戦が二機、ブーッと飛び出し、みるみるその敵機の方向に小さくなっていった。

（なあんだ。飛行機がいるのか——）

金子二曹は、丸い顔を、妙にゆがめた。笑いをこらえている顔は、くしゃみをこらえる顔によく似ている。

（オレはどうしてこう、オッチョコチョイなんだろ。ウチには飛行機がなくても、他《よそ》にはいたんだ）

どうにも引っ込みのつかない気持ちである。人にはゴマカせても、自分だけはゴマカせない。

ノロが駆け込んできた。緊張している。

「一機だよ。『瑞鶴』の零戦で追っかけとる」

「なァんだ。オドかしゃァがる……」

「おうい。一機だ、一機だ。もう逃げたぞ」

金子二曹の弾んだ声で、飛行甲板を必死に駆けてくる連中が、みんな酔っ払いみたいにフラフラになった。

だが、笑いとばしたこの敵機が、実は、敵空母群に対して、小沢部隊の全貌を無線電信で速報していた索敵機であったことには、彼らは気づかなかった。

3

午後五時ちかくであった。時間を、中央標準時に合わせてあるので、五時といえば、もう夕方である。

夕食があり、名ばかりの「総員釣床下ろせ」の号令がある。しかし、それに相前後して、「天佑を確信し、全軍突撃せよ」という、日吉の防空壕（連合艦隊司令長官）からの電報が入り、それが拡声器で艦内すみずみにまで伝えられた。

「テンユウをカクシンしッてなんのことだ」

車座の食事の間で、ノロが聞いている。

居住区が水浸しなので、整備員たちは、ガランとなった格納庫に陣取った。飛行機がいなくなったのを幸い、その留守に住居侵入をしている格好である。

「瑞鳳」固有の兵隊たちは、昼も夜も、休みなしに射撃訓練をやっている。飛行機のない整備員は——、格納庫でトグロを巻くより、しょうがないのだ。オレたちに飛行機を与えろ。——そんなことをいってもなんにもならぬとは知りつつも、ポカンと機銃員や高角砲員たちをうらやましがらざるを得なくなる。飛行機がダメなら、機銃を与えろ。——予備員というだけじゃ、どうしても満足できない気持ちであった。

「テンユウをカクシンしッてのはナ。神風が吹くッてえことだ」

ポケが、いっている。

「神風が、ほんとに吹くんか」

「吹くんだろう」

「お前が吹くと思うンか」

「オレじゃない。連合艦隊長官が思うんだろ」

「ホントか」

「エラい人が思うんだから、ホントだろ……」

しばらくノロは黙っていたが、

「ンなら、神風ッてなんだ」

「……昔、吹いたろ。源ノ為朝かナンかのときに」

「台風のようなものか」

ノロにとっては、源ノ為朝でも、北条時宗でも、少しも変わりはないらしい。

「まあ、そうだ」

ポケは、少々持てあまし気味である。

「そうすると、二百十日はもう過ぎているから、神風は吹かんじゃないか」

「それが、吹くんだ。吹くから神風じゃないか」

「ホントかね」

「疑り深いナ、お前は。エラい人がそう思うんだから、ホントだといっとるじゃないか」

結局、だれも、わかっていないらしいことは、ふだんあれほどおシャベリなみんなが、一言も口を挟まないのでも想像できた。あるいは、兵隊たちは、「天佑を確信」することには無縁の存在であったかもしれない。

彼らは、スパナを握り、銃把を握り、機械の操縦弁を握り、手の感触を通じて、物の実体をとらえている。それだけに、具体的なものでなければ、理解がむずかしい。

栗田部隊は、この間にも、ハルゼイの猛烈な攻撃を受け、シブヤン海で反転、いったん避退をはじめたが、さすがに、日本人である。ひそかにふたたび反転すると、レイテに向けて前進を開始していた。

一方、米第三艦隊長官ハルゼイ大将は、新しい有力な日本機動部隊出現の報告を受けて、しめた、と思った。もう、大打撃を与えた栗田部隊は避退した。あいつらは、よもや引き返しては来られないだろう。万が一、来たとしても、ヨタヨタの部隊だから、キンケイドのフィリピン上陸部隊で十分料理できる。

さあ、敵の空母だ。ハルゼイは、二十四日の夕刻から、全速力で北上をはじめた。彼我の距離は、ぐんぐん縮まる。

米空母部隊からの夜間偵察機一機が、真夜中に、小沢部隊をレーダーで発見した。驚いたことに、米空母部隊から八〇浬しか離れていない。もし、このまま両軍が進んだならば、夜の明けないうちに水上砲撃戦がはじまる距離にまで接近しそうだ。

事態は、極端にまで切迫していた。

ハルゼイは、とりあえず、米空母部隊の前方に、新鋭戦艦ワシントン、アラバマ、マサチューセッツ、サウスダコタ、アイオワ、ニュージャージーの六隻を中心とする戦艦部隊を出し、どんな日本軍が現われても、一挙にたたきつぶすことのできる威力を誇示しながら進撃をつづけた。

危険は、刻々に小沢部隊の上に迫りつつあった。

もし、このバカ力のある部隊とぶつかろうものなら、「大和」の巨砲が唸ったサマール島沖の大砲撃殲滅戦と同じものが、全く彼我ところを変えた形で、小沢部隊と米戦艦群との間にも起こるはずであった。そして、小沢部隊の悲願である「敵母艦航空兵力を吸収してオトリになる」ことは、一挙に水泡に帰するはずであった。

ところが、小沢長官は、反転した。敵と適当な「間《ま》」をとらなければ、有効に敵飛行機を吸収することはできない。できるだけ、戦闘を引き延ばすためには、それから、栗田部隊の反転によって遅れた時間とマッチさせるためには、このまま南進していると、本隊が出すぎる、と判断した。前方に進出させた「日向」「伊勢」の前進部隊を呼び戻して、ガッチリと固まり、黙々として北に向かった。

新鋭戦艦をカブった米空母部隊は、

（大物をやッつけろ。空母を沈めろ）

を合言葉にして、追ってきた。

その間に、昼間、再起できないほどたたきつけたと思いこんでいた栗田部隊の「大和」以下は、だれにも見つけられずに、サンベルナルディノ海峡を抜け、サマール島沿いに、ひそかに南下していた。

小沢部隊司令部では、いっそここまで裸になった以上、ついでに残った飛行機全部を、朝になったらルソンに送ってしまおう、と相談していた。

米空母部隊の司令部では、指揮官のミッチャー中将が、神経をとがらせて、一睡もしなかった。彼は、小沢部隊が、裸であることを知らなかった。小沢部隊をつけていたレーダー装備の夜間偵察機が、真夜中に発動機故障で引き返してからというもの、いつも手の早い日本機の大群が、彼より先に飛びこんでくるのではないかと、戦々恐々としていたのだ——。

これだけのことが、「テンユウをカクシンすることについて」の「論争」で行き詰まったノロとポケとが、飛行機のいないガランとした格納庫で、くたびれてイビキをかきながら眠っていた間に起こっていた。

そして、この小沢長官の決心が、小沢部隊の上に、また栗田部隊の大砲撃戦に、どんな大きな結実を示すかは、当然ではあるが、まだだれも知らず、イビキをかいているポケやノロたちも、この夢の中でさえ見ることができないでいた。

二十五日が明けた。

幾重にも幾重にも重なった暗雲の中から、探照灯のような細い、黄色い光線が、一すじさッと躍り出た。

その光線は、しばらく、せきれいの尾のように、微妙に空の一角でふるえていたが、やがて、五、六条の光線が、そのまわりに現われ、刻々に、紫から青、青から緑、緑から黄、黄からオレンジ色に移り変わり、ふるえ、動き回り、そのうちに、どッとその中心に金色の火柱が立つと、その火柱は、雲を貫いて、上へ上へと昇っていった。

——太陽だ。

水平線に、ほんのわずか、太陽がその背中をのぞかせると、あたりの夜は、一瞬に覆り、顔色を変えて引き下がり、目もくらむような緋の色が、天地に君臨した。その鮮やかな緋の色は、陽が昇るとともに、ひたひたと平和な静かな夜を追い立て、白光が西の水平線の向こう側まで駆け去ったと思うと、巨大な燃える円盤は、一躍、水平線を飛び立って、青さの見える空の中へと泳ぎ出した——。

真っ赤な朝。すべての人に訪れる朝。

瞬時の間、そこが戦場であることを忘れさせるような、南の海の特徴ある壮麗な朝であった。

しかし、米空母部隊では、寝不足の眼をこすりながら、この朝の光の下で、ミッチャー中将が命令を出していた。

——索敵機を、全力をあげて出せ。

攻撃隊一八〇機——戦闘機六〇機、急降下爆撃機六五機、雷撃機五五機あまりは、索敵機の報告を待たず、即刻発艦、空中において待機せよ。

彼らは、攻撃隊発進前に、奇襲を受けることを怖れた。ミッドウェーの二の舞を、アメリカがやることを怖れたのだ。

午前五時、「瑞鶴」から索敵機が飛び出した。

日の出四分前の六時十分。母艦群に残っていた、天山四、彗星一、特攻零戦五が、ルソンに向かって母艦を飛び立った。残るのは、零戦一九。

金子二曹と、三人の一等整備兵は、「瑞鳳」の飛行甲板に立って、このあわただしい味方機の発進と、それからこの壮大な日の出を、呆然と見つめていた。

海には、波一つなく、磨き上げたガラス板のように、金色の陽光に輝き、遠く、水平線にまで連なっていた。

（ほんとに飛行機がなくなった――）

それは、たとえ少しばかりの零戦がいたにしても、天山班の彼らにとって、消すことのできない痛烈な実感であった。思っただけで、肌がピリピリした。

――「瑞鶴」が、「瑞鳳」の右二キロに、並行に駛《はし》っていた。この二隻の真ん中、前方二キロに軽巡「大淀」、後ろ二キロに戦艦「伊勢」。「瑞鶴」の右前一・五キロに駆逐艦「初月」、右後ろ一・五キロに「若月」。「瑞鳳」の左前一・五キロに「秋月」、左後ろ一・五キロに「桑」。さらにはるか後方に、「千歳」「千代田」の第二群がつづいた。

「瑞鳳」の乗員――兵科四五六名、飛行科なし、整備科一八八名、機関科一八九名、工作科三四名、看護科七名、主計科三五名、その他三名、計九一二名。准士官以上、艦長杉浦矩郎大佐、副長江口穂積中佐、機関長浦田喜富中佐、航海長山川良彦少佐、砲術長小林敬四郎少

佐、通信長小屋守象少佐、軍医長春日正信軍医少佐、以下大尉一〇名、中尉九名、少尉一八名、見習一名、学生一名、生徒一名。それぞれの持ち場で静かに時のくるのを待っていた。

オトリの任務は、すでに、半ば成功していた。ハルゼイの強力な空母機動部隊は、全力をあげて、小沢部隊を追っていたのだ。そして、栗田部隊は、サマール島沖で、南東の水平線上に、キンケイドの特空母群のマストを発見し、いっせいに速力を上げると、六時四十九分、「大和」の主砲四六センチ砲は、轟然、その敵に向かって火ぶたを切った。

小沢部隊は、このころまでに、五時に発進した索敵機から、「敵機動部隊見ゆ」との緊急信を受け取っていた。そしてその後、その索敵機が消息を絶ったことから、敵空母部隊近しと判断した。

七時八分、「伊勢」が、電探で敵飛行機群を南西に探知した。

七時十三分、「瑞鶴」が敵索敵機の近接を認めた。

七時三十九分、「瑞鳳」が、電探で敵飛行機群を南西に探知した。

七時四十分、「瑞鶴」が電探で、敵飛行機群を南西二〇〇キロに探知した。

七時四十分、「瑞鳳」が対空戦闘用意を発令した。

七時五十七分、「伊勢」が電探で、敵飛行機群を南西一四〇キロに探知した。

八時、「瑞鶴」は戦闘機を発進した。

突然、「瑞鳳」のスピーカーから、「発着機配置につけ」との号令が流れた。

飛行甲板で、魂が抜けたようにたたずんでいた金子兵曹たちは、ギョッとして艦尾方向をかえりみた。

「天山だ！」

天山が一機、艦尾の上空で、さかんにバンクしながら、着艦を求めていた。

人影がバラバラと走り回る。金子兵曹も、三人の一整も、いっせいに駆け出した。

「天山だぞ！」

急に目を輝かした金子兵曹は、もう、ワクワクしていた。諦めていた天山が帰って来たのだ。「瑞鳳」のでないことは、一目でわかったが、それがなんだというのだ。

制動索が、手早く張られた。

着艦の合図が出される。

すうっと高度を下げてきた天山は、フックを制動索に引ッかけて、止まった。

金子兵曹と山地班長が、まっしぐらに駆け出して、天山の翼に飛び乗る。ポケもノロもブンも、遅れじとついてくる。

風房を開いて顔を見せたパイロットが、手短に説明する。

「『瑞鶴』所属の天山艦攻。発動機故障のため、応急着艦」

飛行長に届けて、すぐ発動機カバーを開ける。熟練した目と手が、複雑な発動機をくまなく調べる。

点火栓の故障個所を見つけ出した。

「点火栓だ。飛行長に届けろ。飛行機を繋止しろ……」

山地班長は、怪我をして帰ってきたわが子をみとるような気の配り方で、翼の上から流れるように指図する。

ノロが、修理要具を担いで走ってきて、飛行甲板の上に店開きする。

「飛行長より。至急整備の上、直ちに発艦――」

ブンが、息を切らせる。

「よっしゃ。みんな急げ」

俄然、ハリ切った班員たちは、もう、朝も、海も、何一つ念頭にない。艦の速力と風とが一緒になって、一五メートルくらいも吹き、ぼんやりしていると、足をすくわれそうになる。これだけが、彼らを悩ます。が、そんなことは、すぐに忘れる。何しろ、天山が来たのだ。天山の怪我の手当てをしているのだ。そして、昨日からの憂鬱はいっぺんで吹き飛んだのだ。もう、彼らも、安心して死ねるというものだ。

と――。夢中で作業をしている彼らの頭上に、けたたましいラッパが響き渡った。

「対空戦闘――」

「対空戦闘。総員配置につけ――」

「配置につけ――」

しゃがみこんでいた山地班長が、すっくと立った。

「作業中止！」

金子兵曹も、ポケもノロもブンも、うらめしそうに立ち上がる。

「作業やめて配置につく。飛行機はしっかり固縛」

やむを得ない。

「覚えてろ。アメリカ野郎！」

憎々しげにポケが吐きすてる。なんとかいわないと、気がすまないのだ。

ノロも、ブンも、他の班員たちも、急いで固縛にかかる。

キョロキョロ空を見回していたポケが、

「敵機なんか、いないじゃないですか」

まだ不服そうだ。

「いるんだろう。お前に見えんだけだ」

「チェッ。お前見えるのか」

「見えない」

「も少しで、でき上がるんじゃないか。見えないのに、作業やめんでもいいじゃないか」

と、迷惑そうなブンに向かって、ポケは一途に食ってかかる。

「コラ、二人ともやめろ。早く配置につかんか」

プリプリしながら、ポケは、それでも名残惜しそうに配置につく。

するとし、艦尾のリフトの方から、ノロや応召の老兵たちが、オミコシみたいに怪しげなものを、ズルズルと引っ張ってきた。機関車のノロがニヤニヤしている。

三尺四方くらいの鉄板の上に、二五ミリの単装機銃をしばりつけたものである。それを、だだっ広い飛行甲板の真ん中に、二ヵ所において、飛行機を繋止する眼鐶《がんかん》で固定した。

「うまいもの作りやがったナ。お前の手製か、それ……」

ポケが、早口で聞く。ケロリと飛行機のことは忘れたようだ。

しかしノロはニヤニヤするだけで、答えない。そして、ゆうゆうとノロは、その機銃の一つを占領した。

「あれッ。こん畜生!」

ポケがわめくのも無理はない。整備員は、機銃の補助員であり、自分では、兵科の兵隊が事故でもない限り撃てない。補助員というと聞こえはいいが、簡単にいえば、タマ運びである。タマ運びでは、彼らの自負心を納得させることは、容易でない。オレたちにも、機銃を与えろ!

昨夜、同じ文句をいっていたノロが、兵科の機銃員と共謀して、何かゴソゴソやっていた。それがコレなのだ。

ノロは、得意満面。さかんに機銃を、これみよがしに振り回す。

ポケは納まらない。遠い方の一つには、兵科の機銃員がついているので、手が出ない。なんとかノロを追い出して、自分があと釜になりたいと、深刻な顔で苦吟している。

八時十五分、横倒しにしたマストに、スルスルと、真新しい巨大な軍艦旗が掲げられた。

みんな、上を見ている。

——再び戦闘機である。

だれも、一言もいわない。

飛行甲板のあたりは、ポケットと、機銃台と、高角砲台を含めて、シーンとした空気に包まれる。

林立する機銃と、高角砲と、ロケット砲。

「右九〇度。大編隊。向かってくる！」

見張員の声だけが、その静けさの中に突きとおる。

敵機は、約一五〇機。二群に分かれていた。

悠然と、いかにも悠然と、彼らは、遠巻きに、小沢部隊の周囲を回りはじめた。

恐らく、敵のパイロットたちは、みんな、小沢部隊を見つめながら、間合《まあ》いをはかっているのであろう。

時々、銀色の胴体が陽光に輝き、ちょうど、星がまたたくように見える。

その編隊を狙って、機銃も、高角砲も、いっせいに、ジリッ、ジリッと向きを変える。

「瑞鳳」の砲口だけではない。「瑞鶴」も、「伊勢」の三六センチ主砲も、「大淀」も、駆逐艦も、みなこの息詰まるようなにらみ合いに加わって、どんな敵の動きをも見のがすまいと、目を皿のようにしていた。

艦隊の基準針路一四〇度、速力二四ノット。

ごうごうと機関は唸り、目もくらむような白波が、急流のように舷側を滑って艦尾に飛ぶ。

八時二十四分、「千代田」発砲。

八時二十五分、撃ち方はじめの号音が、高らかに鳴る。

轟然、「瑞鳳」初弾発砲。

「伊勢」主砲発砲。

「瑞鶴」「大淀」、駆逐艦、発砲――。

一瞬間に、今までの静寂は、百千の雷が一時に落ちるような轟音にとって代わる。

機銃の、息もつがせぬ音。高角砲の鉄板を絶え間なくなぐりつけるような音。硝煙。炸裂音。――たちまち、紺碧に澄んだ空は不吉な薄暗さに一変し、無数の黒褐色の斑点が空いっぱいに現われる。高角砲の炸裂だ。まるで豹の毛皮を空いっぱいに広げたよう。

ノロは、機銃の銃把を握ったまま、のまれたように、ポカンと空を見回す。そのとき、太陽の方向から、編隊を解いた敵機が、三機ずつとひとかたまりになって、二隻の空母、いや、第二群を含めて四隻の空母を目がけて、いっせいに突撃してきた。

真ん中に戦闘機、左右の後ろに急降下爆撃機。三機一組――。

と、ノロの脳天で、異様な金属性の音が聞こえた。ノロばかりではない。山地班長も、金子二曹も、ポケもブンも、ギョッとして空を仰いだ。

三機――。

黒いゴミみたいな敵機が、明らかに「瑞鳳」を狙って、逆落としに入っている。

「来るぞ、来るぞ！」

「ノロ！　撃て撃て！」

ポケットから、山地班長が必死に叫ぶが、周囲を埋めた音の渦だ。ノロに聞こえるはずはない。

ノロは、しかし、すこぶる落ち着いていた。いや、決して落ち着いているのではない。腰を抜かさんばかりにあわてている様子だが、敵機のスピード、対空砲火の射撃速度、どちらもあまりにすさまじい速さなので、まるでスローモーションとしか見えないのだ。

彼は、とにかく、狙って、引き金を引いた。

が、弾丸が出たときには、すでにその敵機は頭上を飛び越え、爆弾は危うく右舷至近に落ち、飛行甲板や、山地班長たちのいるポケットに、滝のような海水を浴びせていた。

「危ないッ――」

身を伏せたくなるほどすごい機銃掃射だった。飛行甲板にはミシンを入れたように、弾痕が一直線に縫って、木甲板の表面が、そのところだけ鋭くササくれて、ポケットからもよく見えた。

瞬間、山地班長が、ポケットから飛び出してノロに躍りかかった。

「バカッ。帰れッ」

猛烈な権幕でノロをブンなぐると、呆気にとられているノロを力いっぱい突き飛ばした。

「帰れ。ポケットに入れッ」

ノロはもちろん、みんなの初めて見る山地班長であった。仁王のような班長の顔は、いままで一度も怒りに包まれたことはなかった。山地班長の背中に火が噴いているようだった。

すごすごと、ノロは、ポケットに戻ってきた。

ノロが、有効な射撃を送らずに、マゴマゴしているのを見て、山地班長は、ノロと「瑞鳳」の上に迫る恐ろしい危険を直感したのだ。

撃てば、敵機は逃げる。

撃たなきゃならない。

ノロには荷が重すぎる――。

この山地班長のトッサの判断は、正しかった。

彼が飛び込んできたのを見て、蒼白になっていたその二、三人の機銃員が、急に活気づいた。

彼は、太陽の方向から突っ込んでくる二番目の敵機のグループに狙いをつけると、胸のすくような射撃ぶりで、ツーッと空高く伸びていく曳痕弾を敵機の鼻面にピタリと当てた。

仁王が、その真価を発揮した――。

キーンと音を立てて突入してくる三機の、真ん中の戦闘機が、グラリと傾いた。

「やったぞッ」

ポケが躍り上がった。

「うわッ」

というような、わけのわからぬ叫びをあげて、ノロがブンの背中をなぐりつけた。

戦闘機の翼の根元から、ふッと黒い条《すじ》が現われ、みるみる太くなり、空いっぱいと思われる黒煙のかたまりになると、果然、ギラギラする閃光に包まれて爆発した。

急降下爆撃機も、どこかを撃たれて、横滑りにそれていき、残りの一機は、狼狽してはるかに遠くに爆弾を投げると、傷ついた一機を追って海面をはうように逃れていった。

「班長――ッ」

整備兵たちの絶叫が聞こえたのか、彼は、ちょっとポケットの方を向いて、ニヤリとしてみせた。

また、敵機である。

山地班長は、銃把を握り直した。撃ち出した。

敵戦闘機対山地班長。タタタタと飛行甲板を縫っていく機銃掃射の弾痕が、山地班長のそばを抜けたのが、ハッキリ見えた。ハッとして、金子二曹はポケットを飛び出そうとしたが、山地班長は、依然として銃把について撃ちつづけていた。

その戦闘機は、しかし、突っ込んだ姿勢のまま、機首を起こさなかった。艦首の右前方に黒煙と水柱とをいっしょくたに上げて、突入した。

つづく爆撃機は、明らかにたじろいだ。

遠弾二発。むなしく水柱を上げただけだった。

わあッとポケットから喚声が上がったが、こんどは、山地班長は振り向かなかった。すぐ撃ち出した。

「来たぞ。あれだッ」

ポケットの中にある機銃台が、急に向きを変えて撃ち出した。

「整備員。タマ、弾丸《たま》ッ」

呼ぶ声に、ポケとノロが、足許の弾倉箱をあわてて運びつける。

キーンという音が、上空からかぶさってきた。

無意識に、金子二曹は空を仰いだ。豹の毛皮の中に、黒点が三つ。キラリと身をひるがえすと、左艦首の方から落ちてくる。

ピューッとその三機に向かって、山地班長の曳痕弾が伸びる。

みるみる、黒点が、ふくらむ。

真っすぐ、「瑞鳳」に向かってくる。

戦闘機の機銃が、飛行甲板を縫いはじめる。

「も一ついるぞ。あれだ、あれだ!」

ポケットの機銃指揮官が、機銃員の肩を叩いて空を指す。

機銃台が回る。撃ちはじめる。

耳がガーンとしたと思うと、何も聞こえなくなる。

兵科の機銃員の一人が飛んできて、金子兵曹とノロの襟首を力いっぱい引っ張る。

口をパクパクあけているが、まるで何をいっているのかわからない。

「しゃがめ。バカ野郎――」

ようやくのみこんで首を引っ込めたとたん、

「危ないッ」

ブンだ。

思わず、金子二曹が身を伏せようとしたとき、ガン！　猛烈な炸裂と一緒に、足をすくわれ、彼はしたたかにポケットに打ち倒された。

「後部リフト敵弾命中――」

地獄の底から聞こえる声。

起き上がった金子二曹が見たものは、平らであった飛行甲板の真ん中あたり、甲板全部がぐッと持ち上がったとんでもない屋根であった。しかもその屋根と平らな部分との間が、艦首に向かって飛行甲板の幅いっぱいに口を開け、その口から、もうもうと黒煙が噴き出していたのだ。

ポケも、ノロも、ブンも、蒼い顔をひっつらせて、悪魔が薄笑いを浮かべたようなその巨大な口を見詰める。

(飛行機が飛べなくなった！)

たった一発の爆弾が引き起こしたこの破壊の恐ろしさ。厚い巨大な鉄鈑と鉄鈑との間に手を入れて、ぐいッと一間あまりもこじ開けたエネルギーのすさまじさ。――見ていると、見ているだけで、自分の体がみるみるシナびて、小さくなって、塵になって、いまにも木ッ端微塵に吹き飛ばされそうな気がした。何か大きなものにつかまっていなければ、海か空かに、ケシ飛んでしまいそうだった。

しかし、人間は、決してこれに屈しなかった。消火ホースが何本も、飛行甲板に引き上げられ、引きずられ、人間の意志を現わすような真っ白な水が、清冽な弧を描き、その悪魔の息吹きとしか思えない、猛りたつ黒煙と、その中に見え隠れする真紅の焔の舌に向かって、無二無三に突きささっていった。

「あッ、班長が！」

ポケの絶叫するような叫びに、そこにいた整備員が愕然とした。その叫びだけで、ブンがよろめいた。

無言で、金子二曹が飛行甲板に飛び上がった。脱兎のように駆け出した。

ついさっきまで、艦首の方に向かって火を噴いていた二五ミリ単装機銃は、銃身がダラリと下がったまま、無心に左右に振れていた。その根元に、山地班長が、二、三人の機銃員と一緒に、折り重なって倒れていた。

目も飛び出しそうになったノロが、金子二曹のすぐあとから、泳ぐように駆けて来た。

「班長！」

左右から、抱きかかえる。血だ。胸いっぱいの鮮血だ。

唇が、かすかに動いた。金子二曹には、班長が「頼む」といったように思われた。

（くそッ！）

金子二曹も、ノロも地団駄をふんだ。血が、体のあらゆる毛穴から噴き出し、あふれ、流れ、けさの日の出のときのように、飛行甲板も、空も、海も、真っ赤になった。その赤い空から、また敵機が、突っ込んできた。黒い点が飛行機から離れ、ぐんぐんと大きくなった。

彼は、山地班長を抱えたまま、燃え上がる眼で、その黒いものをにらみつけた。さっと目の前をかすめて、その爆弾は、すれすれに海に落ちた。

一三ミリの機銃弾が、金子二曹の左肩を危うく外れて飛んだが、彼は気づかなかった。

無言で、ノロは山地班長を担ぐと、よろめきながらポケットに戻り、通路を治療室に降りていった。無言で、金子二曹は見送った。担がれた山地班長の左足から、血がポタポタと流れつづけ、点々とつながっていた。

第一波の攻撃は、文字どおり、惨烈を極めた。

4

小沢部隊の持っていた零戦一九機は、とにかく飛び上がった。総勢一五〇機に近い敵機に挑みかかりはしたものの、衆寡敵するはずはない。燃料も使い果たし、全機海上に不時着――日の丸のマークが全く空から消え去った。九時ごろまでには、着艦できる空母は一隻もなくなっていたのだ。

敵機来襲と同時に、各空母は列を解いて単独回避を開始した。

無数の対空砲火の炸裂と猛烈な大角度変針の連続。あれほど静かであった海が、煮て立つような相貌に一変するうちに、「瑞鶴」は、まず後部に魚雷命中、操舵装置破壊、人力操舵に切り換える。「千歳」は、雨下する爆弾の中で、命中弾を受けて傾斜、沈没にひんする。第二群の軽巡「多摩」は、命中魚雷で速力一二ノットに低下。「千代田」も命中弾を受けて、後ろへ後ろへと取り残される。

その惨劇の真っ最中に、米潜水艦が戦場に忍び込み、ひそかに魚雷を撃ち込んできた。空ばかりを精いっぱいで警戒していた小沢部隊が、どうして水中の敵に気がつこう。機銃の撃ち殻を、獅子奮迅の勢いで片づけていた金子兵曹は、両手に撃ち殻を持ったまま、棒をのんだように立ちすくんだ。

恐ろしいものが眼に映ったのだ。

ドキッとするほど真っ青な航跡が、右前方から、「瑞鳳」に向かって突進してくる。

「魚雷だッ」

(これは、やられるッ!)と金子兵曹は直感して、思わず息をのんだ。

だが——意外なことが、そこに起こった。その、するすると伸びてくる雷跡の前程に、いきなり、横合いから、一隻の駆逐艦が、猛烈な勢いで驀進していった。あッ! と思った。その瞬間、轟然、一大水柱が天に沖した。そして、その巨大な水柱が崩れ落ちたときには、——もう、水面には何もなかった。全くの轟沈である。

（『秋月』だ。――体当たりしたんだ。『秋月』が、『瑞鳳』を救うために、魚雷に体当たりしたんだ……）

金子兵曹は、そう思った。いやそう見たのだ。その眼で見たのだ。

ぽかッとあいたその空間を見つめて、金子兵曹は、身動きもしなかった。歯がガチガチ鳴った。

茫然とつっ立った金子兵曹の脳裏に、鮮烈によみがえってくるものがあった。

――サイパン沖で、全軍避退の途中、夜に入って、味方機が空母に追いすがって着艦を求めてきた。空母は、攻撃を受けることを恐れて灯を出さない。ついに飛行機は、海中に不時着した。「秋月」は、敢然――あの状況ではよほどの勇気がなければできなかった探照灯をつけて、ボートを下ろした。強力な、青白い灯が、海面を昼のように照らす。搭乗員は救われた。

このときの感銘が、いま金子二曹の心にまざまざと浮かびでた。

（あの「秋月」だ――体当たりしたんだ）

そして、その「秋月」の乗組員二五〇名の生命が、彼の眼の前で一瞬に消えた。

彼は、すごい眼をしてあたりをねめまわした。

ガラガラと、頭の中をカキ回されるような音を立てて、金子二曹の足許に積み上げた撃ち殻の山が崩れ落ちた。崩れ落ちて、水がたまるように、機銃座の手すりの隅に転がり寄った。

ポケとブンがあわてて、それを海に投げ捨てる。

金子二曹は、初めて気づいた。

(艦が、右舷に傾いている——)

飛行甲板に上がってみた。

(たしかに傾いている！)

空は、ドンヨリと曇っていたが、もう、豹の斑点はなかった。

(そうか。機銃は撃ち方をやめていたのか)

頭が、ぼうっとしていた。耳ばかり、ガンガン鳴る。

彼は、飛行甲板を歩き回った。相当傾いているとみえて、ひどく歩きにくい。

歩いているうちに、少しずつ、頭がハッキリしてきた。

なるほど、艦が右に、五度くらい傾いていた。だが、それよりも目を疑ったのは、艦尾に取り残された天山が、あの激しかった空襲にもめげず、悠然と完全な姿を見せて頑張っていたことだった。

(しめた。こいつァ、すごいぞ)

彼は、とたんに息を吹き返した。ワクワクしながら周囲を見回した。

例の、山型になった飛行甲板からは、もう薄い煙だけしか出ていなかった。にもかかわらず、応急員たちは、まだホースの手を緩めない。

「それ。あの火にかけろ」

「あれだ、あれだ――」

昔ならば、特務大尉といった、一兵卒から叩き上げの老大尉の内務長が、三種軍装に手拭を巻き、ガスマスク、ゲートルといった弁慶みたいな服装で、声をからして応急員を叱咤する。

「お前ら。これしきの火に負けて、どうするか――」

そのパックリ開いた飛行甲板の破口を、右に走り、左に駆け、阿修羅のような奮闘ぶりだ。

「水で突き伏せるんだ。負けるな。オ、消えたぞ、オイ、だれか下にいけ。待て、オレがいく――」

そう叫ぶと、やにわに飛行甲板を駆け去った。

金子二曹は、見ているうちに、彼自身、ぐいぐい自信を取り戻すのを感じた。

そうだ。恐れるな。何のこれしき！

勇気を取り戻して、ポケットに駆け戻ったところへ、

「整備員、天山捨て方――」

という、号令ともなんともつかぬ号令を、伝令が伝えてきた。

「ナニ？　なんで捨てるんだ」

一機でも飛行機が残っているから、戦力になるのではないか。あの完全な天山は点火栓を換えさえすれば飛べるのだ。そいつを今、この危急のときに、ムザムザ捨てるバカがどこにある。

びっくりして、あとずさりする伝令に向かい、金子二曹がえらい権幕で食ってかかる。もう相手の見さかいもない。そこへ、飛行長が心配顔で飛んできた。

「飛行長！　どうして……」

「まあまあ。まあ、聞け――」

両手を気ぜわしく振りながら、

「いいか。本艦の目的はオトリにある。オトリの任務を完全に果たすためには、少しでも長く浮いて、駛《はし》って敵を吊り上げねばならん。飛行機があると、敵の攻撃を誘うだけだ。だいいち、あの天山をどうして発艦させるか。発着甲板はどうなっとるか。文句をいわずに、早く捨てろ。第二波が来るまで、時間がないぞ――」

「…………」

金子二曹は唸った。オトリ――。オトリでさえなければ、あの天山は当然全能力を発揮することができただろうに。

（オトリ？　くそッ食らえだ――）

哀れな天山のために、胸いっぱいの呪《のろ》いの言葉を吐き捨てると、

「オイ。いくぞ」

手をあげるやいなや、駆け出した。

バラバラと、ポケとブンがつづいた。老兵たちもあとを追った。

飛行甲板の傷口をヨジのぼり、天山のそばに来て、手早く繋止索を解いた。

「残念だなァ」

ポケは、思ったとおりをいう。

「オトリだ。あきらめるんだ」

「なんですか」

「オトリのために、やむを得んというんだ」

「クソ野郎。せっかく大事にしとったのに……」

「ナムアミダブツ――」

力を合わせて、強く後部に向かって押していき、ヤッ！　いっせいに手を放した。

天山は、下向けに弧状になった艦尾の張り出しから、全速力で走るウェーキの白波の中へ、ノケぞりながら落ちていった。

すぐ下のロケット砲台から、大声でどなり上げる。

「オトリだよッ」

「もったいないことをするなッ」

憤懣のもっていき場のないポケが、甲高い声を張り上げた。

たちまち小さくなった天山をかえりみ、さて引き上げようとして振り返ると、「瑞鶴」の、さっきの天山のパイロットが幽霊のように立っていた。

「惜しかったなあ――」

その耳のあたりに口を寄せて、そういうと、パイロットは、無言のまま、うなずいた。

「仕方ないよ。お前もオレたちと一緒に、ひといくさやれよ」

しかし、彼は、聞こえないのか、聞こえたのか、呆然として、どこまでも帯のようにつづく長大な艦尾波の中に、流れ去る天山の姿を追って、目を離さなかった。

飛行長に報告を急ぐために、そのまま彼を残して引き上げたが、金子二曹は、その後、二度とこのパイロットの消息を聞かなかった。

飛行長は、右舷前方のポケットにある戦闘指揮所から、駆けてくる金子二曹の姿を見つけて、大きく手を上げた。彼も、つられて右手を上げた。便利な合図である。

(整備――)

遠くから合図をしただけで、了解してくれた飛行長を、金子二曹は、飛行長は話せると思ったが、ほんとにそうだったろうか。案外これは飛行長の思う壺だったのではなかろうか。どうせ、金子二曹がそばまでいくと、またそろ恨みツラミをいっただろうからである。

その金子二曹のあとを追うように、若い士官が前部から走ってきた。

「おうい。みんな喜べ。いま電報が入った。われわれのオトリ作戦が見事図に当たったぞ。『大和』以下の主砲で、敵空母三隻撃沈、巡洋艦一隻撃沈、今なお攻撃続行中だぞおうッ。みんなガンバレ――ッ」

うわあッ、とみんな総立ちになった。

万歳、万歳と歓呼の声が上がった。老兵、若年兵の区別はなかった。ウッ積されていたものの爆発。何か溜飲を下げた思いでいっぱいである。

「天皇陛下、万歳――」

ポケが大きな声で叫んだ。

「ポケ。まだ早いッ」

ブンが、あわててかれの上衣を引っ張った。

しかし、金子二曹は、ただもう相好を崩しながら、アメリカがこのわれわれの意気を見たら、恐らく腰を抜かすだろう、と想像した。


九時三十七分、「千歳」沈没――。

水平線上に、第一波の攻撃をうけたあと、大きく傾斜したまま浮いていたが、傾斜がだんだんひどくなり、ついに沈んだ。「千代田」も黒煙をあげて、どんどん遠く小さくなる。すでに、小沢部隊は、空母三隻。

そして、刻々に迫る第二波の攻撃を受けようとしていた。


第二波の約三〇機を見たのは、十時十分ころだった。

「瑞鶴」と「瑞鳳」は、全速で、互いに横に並びながら、北に向かって突進した。

敵は、明らかに空母ばかりを狙っていた。

「瑞鶴」は、八四機を積める本格的空母である。彼らは、大物ばかりに集まるらしく、軽空母「瑞鳳」への配給は、非常に少なかった。

しかし、二キロくらいしか離れていない「瑞鶴」に、次から次へと殺到していく敵機の、いかにも余裕あり気な憎々しさは、八ツ裂きにしてもなお足りないような敵愾心を起こさせた。

機銃員たちは、取りつかれたように弾丸を撃った。轟音の渦の中では、命令も号令も聞こえればこそ。機銃射撃指揮官は、どこから持ってきたのか、昔の采配のような奇妙な棒切れを握って、左手で射手の背をたたき、右手で采配を振って、敵機を指した。

「おい。アレ！」

「瑞鶴」は、だが、五、六発の命中弾を受けたらしい。アンテナは吹ッ飛び、激しく傾いて、次第次第に遅れはじめる。

傾いて、「瑞鳳」から、ちょうど矩形の飛行甲板が、そっくり見える。

「大きいなァ――」

ポケの饒舌《じようぜつ》にまつまでもなく、実に大きい。さっきのオトリ事件以来、もう残念だとはいわないことにした様子だったが、金子二曹には、インド洋作戦以来、いつも「瑞鶴」と行動を共にしてきた特別の感銘がある。残念というには、あまりにも悲痛な「瑞鶴」の苦戦。飛行機も乗せず、こんなにまでして「瑞鶴」をオトリにせねばならぬ日本の命運が、金子二曹には、どうしてものみ込めないのである。

オレたちは、決して負けないつもりで、一心に戦っている。しかし、「大和」「武蔵」がレイテに突入し、神機を得て大勝利を収めたとき、この立派な空母四隻が沈んでしまっていて、それでいいのだろうか。——「千歳」は沈んだ。「千代田」また危うい。「瑞鶴」は今眼前で大傾斜している。

おや？「大淀」が近づいた。「瑞鶴」の中将旗が下ろされた。カッターが「瑞鶴」を離れて「大淀」に向かった。あッ。「大淀」に中将旗が上がった。——とうとう「瑞鶴」が見捨てられた……。

金子二曹は、凝然と、すぐ目の下で行なわれているこの非情に、魂を冷やした。もちろん長官の意図がわからないのではない。また、戦争というものは、いや、軍隊というものは、ただ戦うことが目的である以上、指揮官が、使える艦、指揮できる艦に乗らねばならぬこともわかる。

しかし、見捨てられた「瑞鶴」はいったいどうなる。司令部の退艦は、彼らにとって、「予約された死」を宣告されたも同然である。「瑞鶴」の乗員はそれでいいのか。

彼は、わからなくなった。軍隊というものの本質などに、金子二曹が、この戦場で、思い当たるわけはなかった。ただ、そんな、いま直接関係のないことを考えているよりも、ナニクソ！「瑞鳳」こそは、めったに敵なんかに沈めさせないぞと、いよいよ決意を固くする方が、なんだか身近で、わかりがいいと考えるのであった。

しかし、「瑞鳳」は、決して彼の決意どおりに動いてくれてはいなかった。

第二波で、やはり至近弾を食った。至近弾だと思って、ノンキに構えていたら、下の方では予想外のことが起こっていた。

問題は、「瑞鳳」が潜水母艦「高崎」の改造艦であることにあったようだ。本来の空母でないために、装甲が弱い。その弱い外鈑に、至近弾のスプリンター（弾片）が、遠慮会釈なしに貫通した。もちろん、弾片であるから、そこで改めて爆発するわけはないのだが、たとえば舵機室は、万一を考えて、木栓二〇〇本を用意しておいたのが、至近弾を受けて、二〇〇本を一つ一つザアザアと水が洩る小破口にうめていたところ、とうとう足りなくなり、それ以後は、もう手がつけられなくなっていた。

第一波の攻撃で、こうして右舷に傾いていた「瑞鳳」は、第二波では、いつの間にか左に傾いた。内務長の老大尉が、息を切らせて駆け回っても、ある程度以上は、どうにもならない。

ただ、「瑞鳳」は、第一波のとき、燃えるべきガソリンなどは全部燃え切ってしまったので、防火対策と相まって、もはや、どんなことがあっても燃えない石船になっていた。

この左に傾いた石船が、まだ人員にはあまり損害を受けていない状態で、いよいよ第三次の攻撃に相対しようとしていた。

すでに、「千歳」なく、「瑞鶴」また沈没にひんしている。「千代田」は沈みそうになったまま、今は「瑞鳳」の視界内にはない。つまり、空母四隻のうち、全速力で駛れる艦は、「瑞鳳」一隻となっていたのである。

5

第三波は、午後一時一分の雷撃機来襲で火ぶたが切られた。

こうなれば、当然「瑞鳳」に攻撃が集中されることを予想して、乗員は必死であった。雷撃機ばかりか、相変わらず戦闘機がついてきて、縦横無尽の機銃掃射だ。

「なにくそ、負けるか！」

みんなもう、相対《あいたい》づくの一騎討ちだ。

撃つ、撃つ、猛烈に撃つ。射手、旋回手、照準手、装弾員、運弾員は、すべてを忘れた。射手と旋回手は敵機を、装弾員は弾倉を、運弾員は格納筐を、ただそれだけを見つめて、わき目もふらぬ。

弾丸は、曳痕弾の薄い煙を曳いて、敵機の前に立ちふさがる。

突然現われた急降下爆撃機に、その煙の先端が吸い込まれた、と思うと、ぐッと引き起こしたその敵機は、忽然焰を噴き、投げ出すように黒煙を虚空に残すと、水煙を上げて海面に突入した。

逃げるあとから追った曳痕弾の煙が、敵機の胴体に消えた、と見ると、よろよろとよろめき、もんどり打って海に落ちた。

「当たった、当たった！」

金子二曹は、飛行甲板の端に腰掛け、機銃員たちを見下ろしながら、ちようど塀の上に乗って下で働いている人を見下ろすような格好で、夢中で格闘している彼らに、戦果を知らせる役を買って出た。

これは、痛快な役割だった。

「当たったぞ!」

とどなると、

「それ。もいっちょ行け!」

などと、下ではガ然ハリキるのである。

「惜しい。逃げた!」

と叫ぶと、

「くそッ。これでもかッ」

とわめいては、激しい斉射を浴びせるのである。

彼らは、すでに汗みどろ。軍装も汗が抜けて、水をかぶったよう。機敏に身体を動かし、弾倉を入れ換え、「よし」と報ずる。

金子二曹は、たちまち声がガラガラになる。そのガラガラ声をふり絞って、

「命中」

「惜しい」

と叫びつづける。

キリッと白鉢巻きを締め上げた機銃員たちは、まるで疲れを知らないようだ。

彼らは奮戦する。そして、敵を消滅させるために、「瑞鳳」を守るために、自分自身の一切を忘れ去る。

突然、敵戦闘機が直上から襲いかかった。彼らは、正面から来る敵と取っ組んでいる。金子二曹は、その正面の敵機をにらみつける。だれも気づかぬ。身も伏せない。鋼鉄で縫うミシンの縫い目が、そのスキに、まともに機銃台を縫っていった。金子二曹の眼の前がカッと光った。

——射撃が止まった。目の下の三連装の二五ミリが静止した。

半ばあお向けになって照準器を狙っていた後ろ向きの射手の靴紐の間から、真っ赤なものがぶくぶくと、泡立ちながらあふれ出した。

その射手が、腰掛けから、ゆっくり、ズル……ズル……と滑りはじめ、上体を腰掛けにもたせて、ぐったりとなった。

ぐったりとなった瞬間、ウッ！　というような声が、金子二曹の腰掛けている飛行甲板の下から聞こえ、いままで弾倉をつめていた兵が、弾かれたように射手を抱き下ろすと、驚くべき速さで射手の腰掛けに飛び乗り、またも次々と来襲する敵機に向かって、力いっぱい引き金を引いた。

二五ミリが生き返った——。

ものすごい勢いで、撃ちはじめた。明らかに、機銃員たちは怒った。さっきまでの、景気のいい掛け声が、全く聞こえなくなった。一言もいわない。無言で撃つ。無言で装塡する。無言で弾丸を運ぶ。ポケもブンも、蒼白。彼らも怒りにふるえていた。だれも、瀕死の射手をみとる余裕がなかった。それほど、敵機は、「瑞鳳」一隻に向かって、雪崩《なだれ》込んだ。

瀕死の射手は、みるみる腹のところが、真っ赤になった。口を開けている。目も見開いている。しかし、その目は、刻々に虚《うつ》ろになっていく。

「砂！」

機銃員の一人が、ひっつれた顔で、予備員をにらみつける。血で、足が滑るのだ。箱いっぱいの砂が、まかれた。乾いた白い砂に、赤黒い縞ができ、その縞が、しだいに面積と濃さを増す。

ポケが、弾倉を抱えたまま、思い切ったように、その砂の上を踏んでいく。砂が、いや、血が、その射手の血が、ポケの靴で踏みつけられる。

金子二曹は、思わず顔をそむけた。そのそむけた目に、異様な光景が映し出された。前部の機銃座から、ふらふらと、一人の兵隊が、歩いてくる。奇怪な足どり。ひどく遅い足どり。一歩、また一歩と、足を飛行甲板の上でのろのろと出し、のろのろと進め、のろのろと動いてくる。敵機の機銃掃射も、急降下も、一切眼中にないように、いや、そのものすごい音も、速さも、一切から絶縁したように、その兵隊は、のろのろと歩いてくる。

金子兵曹は、見た。血が凍った。

その兵隊は、左手で弾倉を一つ、肩の上に乗せて、しっかりと持っている。右手は、腕から先がなくなっている。そこから、鮮血が、息をついてほとばしっている。血の気の全くない、真っ蒼な顔。しかし、その目は、何かを必死で見つめている。つかれたように見つめている。視線をたどった。金子兵曹のすぐ下の機銃座だ。

思わず、金子兵曹は、立ち上がった。

隣の、向こう側の機銃座は、沈黙していた。機銃員は、折り重なって倒れていた。機銃は、みるも無惨に曲がりくねっていた。

瞬間に、彼は了解した。

この機銃員——たった一人の生き残りは、弾倉を一つ持って、隣の機銃で撃とうとしているのだ！

彼はその幽霊のような機銃員に向かって、しびれたように、何かに手繰られるように近寄っていった。何かをしてやらねばならない、何かを——。何か……を——。が、その機銃員の、半分になった右手がすっと動いた。いかにも、どけ、邪魔するな！　というように。

立ちすくんで、彼は、その機銃員が、のろのろと歩くそのすさまじい姿を凝視した。人間の気力、人間の意志は、ここまで肉体を支配するのか！

のろのろと、鮮血を流れ落ちるにまかせて、その機銃員は、勢いよく弾丸の奔流を敵機に向かってぶつけている隣の機銃台に近づいた。かれの機銃台から金子兵曹の機銃台へ、飛行

た。甲板には、ハンドバッグの口金のように、鮮血が連なって、いま、その終わりに近づいてい

とつぜん、「ウオーッ」というような叫びが、その機銃員の口からあがり、同時に右手からどっと鮮血がほとばしった。と、ちょうどいままで金子兵曹が腰掛けていたあたりに、木を倒すように、うつぶせに倒れ込んだ。

金子兵曹は、夢中でとんだ。

その機銃員は、左手をいっぱい伸ばして弾倉を差し出したが、どうして瀕死の重傷者が重い弾倉を持ちつづけられよう。たちまちバッタリと下の機銃台に取り落とした。

その耳に口を寄せて金子兵曹は絶叫した。

「お前の弾丸《たま》を撃つぞ。見ておれ！　敵機を墜とすぞ！」

聞こえたのか、その兵隊は、頭を持ち上げようと最後の努力をしたが、そのまま、ガックリと頭を垂れた――。

「うう……」

金子兵曹は、うめいた。身体中の血が逆流した。何かを大声で叫ばずにはいられなかったが、その叫びは言葉にならなかった。敵機は、依然として傍若無人に乱舞している。凄まじい音と、閃光と、人間の意志のたたかいは、ますます激しくなっていく。

指揮官が、顔いっぱいに口を開けて、飛んできた。もどかしげに水面を指し、

「撃て、撃て、撃てッ」

と立てつづけに叫んだ。

水面——。

水面をはうように、胴体の異様に太い雷撃機アヴェンジャーが、二機、横に並び、「瑞鳳」めがけて、上目づかいに突っ込んでくる。

「あ。あッ——」

金子二曹は、機銃員の死体のそばで飛び上がった。右手で指しながら、わけのわからぬ叫びを上げる。魚雷——艦にとってこのくらい恐ろしいものはない魚雷が、アヴェンジャーの胴体からポトリと落とされ、小さな水柱が上がり、浅くもぐり、気味悪いほど青く見える航跡になって、電《いなずま》のような速さで、一直線に伸びてくる。

大角度の取舵、転舵。

艦が、急に右に傾く。艦尾が、昂然と魚雷に身体を押しつけていくような錯覚にとらわれて、ギョッとなる。

不気味に青い雷跡が、みるみる斜めになり、横になって、艦尾に落ちる。

「当たらん。当たらん……」

呪文のように、金子二曹は繰り返す。一本は確かにそれた。

「それ……」

といいかけたとたん、轟然——、三尺くらい艦が飛び上がり、金子二曹はポケットに転がり落ちた。すぐハネ起きた。振り返ると、言語に絶する巨大な白銀色の水柱が、空に向かってすっくと立ち、その伸びきったところで、ピタリと止まった。その間にも、艦は、ちょうど水泳のスプリングボードに乗ったように、間断なく上下動を繰り返す。みんな、伏せた。立ってでもいようものなら、容赦なく海に弾《はじ》き出されてしまいそうだ。

彼は、唸った。歯がみをした。

「――畜生！」

ジワジワと――いままで左舷に傾いていた艦が、反対に、右に傾きはじめた。傾きながら、「瑞鳳」は駛りつづける。ポケとブンが、色を失う。金子二曹は、下腹に力を入れた。

（くそッ！）

砲声が、少し衰えた。右舷はマバラだ。だが、左舷はなおもガンガン撃つ。右に傾いたので、こんどは左舷が撃ちやすくなったのだ。艦の傾斜に無関係な艦尾のロケットは、相変わらずおびただしい硝煙の尾を飛ばして、奮闘している。

このとき、指揮官がどなった。

「整備員。弾運べ」

金子二曹は狼狽した。弾薬庫は一体どこだ。

だが、兵科の一人が、先に立った。道案内である。通路から艦内に入った。うまく走れない。傾いている艦の中を走るのは、危険この上ない。

ふと、こんなときに機関車が――と考えて、ノロのいないのに気がついた。うかつといえばうかつだが、一体ノロはどうしたんだ。

通路を一列になって走りながら、彼は思い出そうと努力した。

——そうだ。山地班長を担いでいった。それっきりだ。山地班長は、どうなったろう……。

だが、こんなことをいろいろ考えながら、艦内を走れるものではない。

走るのをやめるか——。

考えるのをやめるか——。

彼は、考えるのをやめた。そして全神経を足に集めて、まっしぐらに駆けた。

飛行甲板から、艦底にちかい弾薬庫まで降りるのである。目が回りそうに、ラッタルを降りつづけ、水浸しにした通路を走りつづけて、ようやく薄暗い弾薬庫に入り、二五ミリ弾倉箱を引きずり出して、引きずりながら駆け戻る。ラッタルでは、一五、六人が数珠つなぎになって手渡しである。重い。慣れない。駆ける。手渡す。駆ける。手渡す……。

その間に、何度か艦が揺られ、重い弾倉箱を持ったまま、引っくり返る。とても、ふだんできることではない。——早く持って上がらなければ、機銃が撃てない。撃つのをやめれば、敵機の傍若無人な跳梁を許すだけだ——。しかも、早く上に上がっておかなければもし転覆でもしたら、とても、助からない。危急の場合、人は意外に重いものを持てる。彼らも持てた。大それた難事業はやりとげられた。

ようやく飛行甲板まで担ぎ上げた弾倉箱は、次には、それぞれの銃座まで運ばれなければならない。

「もういっちょ頑張れ！」

機銃台に割りふって、ソレ！ とスタートさせる。飛行甲板を引きずりながら、腰を低くして走るのだが、まるで陸戦の跳躍前進だ。

空には、数機の戦闘機がゆうゆうと飛んでいる。

「くそ！」

蒼白な顔を上げて、そいつを見て、パッと駆け出す。

その駆けるのを狙って、敵が舞い下りる。物すごい機銃掃射。

あッ——。

一人が、つんのめった。バッタリ倒れた。

「負けるか！」

金子二曹が脱兎のように駆け出す。機銃が追う。成功！ つづいてポケが走る。恐るべき機敏さだ。全く、ポケの独壇場だ。あんな小さな男に、よくもあんなエネルギーがあるものと驚くほどの敏捷さで、ポケはリスのように駆け回り、配って回る。

「よし。終わったらポケット——」

ポケットにいくのも、生命がけだ。みんな、転がるように飛び込んだ。

「御苦労——」

といいかけて。金子二曹は言葉をのんだ。

そこに、ノロが、しょんぼりとしゃがんでいたのだ。

「班長！」

うるんだ目を上げて、彼は黙って首を振った。

「──そうか！」

胸を、鉄の輪で絞め上げられたように感じた。

やがてノロは、ポケットから一枚の紙片を差し出した。

「なに？」

山地班長と、奥さんが、ブカブカの帽子をかぶり、新しいランドセルを背負い、気をつけをした子供を中心に──入学記念に撮ったらしい写真であった。

「……一人っ子だったのか。──そうだったのか！」

6

「瑞鳳」は、いまはただ一隻、駆け回る悪戦苦闘の鬼であった。「千歳」なく、「千代田」はすでに視界外に去り、「瑞鶴」また停止し、左に傾き、艦尾からまさに沈もうとしていた。

敵機は、ほとんどひっきりなしに来襲した。射手たちは、入れ替わり、立ち替わり、勇敢に撃ちつづけた。しかし、左舷の高角砲は、もう二基とも故障続出。応急処理を、頻繁にしなければならなかった。機銃の銃身は、もはや火のように灼けただれている。甲板掃除に使う雑巾をドップリ濡らして、銃身の上に並べて撃たざるを得なくなった。

「撃て撃て。撃つのをやめるな。やめるとなぶり殺しにあうぞ！」

指揮官は絶叫する。

「沈むまで撃て。沈むまで撃つんだ！」

「瑞鳳」は、第三波の初めの魚雷を受けて、速力二二ノットに落ち、金子二曹たちが弾薬を取りに、下に入っている間に、至近弾七発を一度に受けて、艦体に大波動が生じた。各部に浸水しはじめ――左に大傾斜のまま艦尾は沈下しつつある。舵機室が危険になってこれを放棄したため、今は人力操舵で辛うじて舵を取っているにすぎなかった。

しかし、幸い、浸水は、魚雷一発のほかは、至近弾によるものばかりであった。これが乗員に時間の余裕を与えた。危うくなったところから少しずつ上に上がってきて、午後二時五分、第二缶室浸水でとうとう航行不能になるころには、大部分の乗員が、三々五々、飛行甲板に顔を出していた。


戦闘艦橋の艦長と、航海艦橋の航海長とが、そのころ、こんな話を伝声管でした。

「面かあじ――」

「艦長。舷側で水がチャポン、チャポンいってますよ。舵ダメですよ」

「え？……あ、そうだ。これはもういかんナ」

「そろそろ総員を出しますか」

「ああ。出そう……」

「総員上へ」の号令がかけられた。が、号令をかける必要は、別になかった。たいていの者が、飛行甲板に上がってきていたからである。

重傷者が、ボートに移された。

飛行甲板では、嚠喨《りゅうりょう》たる君が代のラッパが、人の心をえぐって響き渡った。

倒されたマストから、軍艦旗が手繰り寄せられ、艦長の発声で万歳が三唱された。

「天皇陛下、万歳！」

無限の感慨を込めて、人々は、腹の底からの声をふりしぼった。雲一つ遮るもののないルソン沖から、この声は、恐らく日本の空にまで届くのではないか、とさえ思われた。

飛行甲板には、しかし、去りがたい気持ちの兵たちが、大勢しゃがみ込んでいた。金子兵曹も、三人の整備兵も、しゃがみ込んだ。金子兵曹は、目をつぶっていた。ポケとブンとノロは、波一つない静かな海、底までも見えそうに澄んだ碧い海を、呆然と見つめていた。

しかし、敵は、まだ攻撃の手をゆるめなかった。

この傷心の「瑞鳳」に、彼らも気づかぬうちに、こっそりと雷撃機が忍び寄った。

青い航跡が、じっと停止している「瑞鳳」の艦橋めがけて、刻々に近づいた。

轟然、ふたたび天に沖する水柱が上がった。その水柱が、ドッと飛行甲板に雪崩れ落ちて間もなく、ちょうど艦橋のすぐ後ろ、救助艇が吊ってあるあたりに、水面から上へ、電光のような速さで、キキキキッと鉄の割れ目がのぼってきた。

艦が割れた――。

後部に浸水して、重味が後ろにかかっていた。さらに前部に魚雷が命中して、一挙に多量の水が奔入した。「瑞鳳」の船体は、必死に耐えた。しかしそれは限度にきた。ボルトが次次に折れた。外鈑が引き千切られた。ちょうど艦橋のあたりで、棒を折ったように割れてしまったのである。

「艦が沈むぞう——」

遠いところから、だれかの声が流れていった。それを合図のようにして、「瑞鳳」は、静かに、静かに——、あたかもかれが生まれ出でた進水式のような荘厳さと、華麗さを見せながら、静かに——静かに——鏡のような紺碧の海に、底知れぬフィリピン海溝に、滑り滑り——鮮やかな朱の船底塗料と明るいネズミ色の巨体を午後の陽光に輝かせつつ、滑り——、山地班長たち祖国に生命を捧げた人々の亡骸を深く抱いて、滑り——、大勢の生存者たちが、波の上で、木片につかまりながら別れを惜しむうちに、その栄光に映える巨大な姿を、ついに黒潮のかげに没していった。艦が沈むとき、決まって巻き起こす貪婪《どんらん》な渦も起こさず、いや、かえって、あの進水式のときと同じように、外に向かう波をざあッと艦首に向かって打ち寄せさせ、「瑞鳳」を愛すればこそ、艦を捨てかね、艦のすぐ近くで泳いでいた金子二曹や、そのまわりにひなどりのようにまつわって泳いでいた三人の整備兵たちを、そッと——いかにもいたわりなでるかのように、そッと、艦から外の方へ押しやりながら……。

「瑞鳳」に関するメモ

「第三十四機動部隊（ハルゼイ部隊）の主力はどこにいるのか、全世界が知りたがっている」

この電報をニミッツ米太平洋艦隊司令長官から受け取って、ハルゼイ大将が、自分の帽子をデッキにたたきつけてカンカンに怒ったということは、この小沢部隊にからむ有名な話である。

ハルゼイ大将は、確かに、完全に小沢部隊の術中に陥った。全力をあげて小沢部隊にぶつかっている間に、栗田部隊は、キンケイド中将の護衛空母群と、いかにも大艦巨砲主義の権化みたいな「大和」「長門」などの戦艦群とが、日本海軍最後の決戦——ほんとうに夢にまで見た「艦隊決戦」にふさわしい豪壮な砲声と、果敢極まる突撃のうちに、永遠の挽歌を奏でることになったのである。

「敵戦艦、巡洋艦、わが護衛空母群を攻撃中」というキンケイドの電報が、初めてハルゼイ大将の手許に届いて、彼がビックリしたのは、第一波の攻撃に、「瑞鳳」が初めて射撃の第一弾を撃ち出したときであった。「瑞鳳」の飛行甲板が無惨に盛り上がったころには、ハルゼイは、「高速戦艦を至急レイテ湾に送られたし」という第二電を受け取った。「瑞鳳」の火災が鎮火したころには、「第三十四機動部隊は全力をもってレイテ湾を警戒、直ちに攻撃されたし」との緊急電が入る。第二波が来る少し前には、「米戦艦弾薬不足」と訴えてきた。このとき、ハルゼイの乗った戦艦ニュージャージーは、小沢部隊との距離僅かに四〇浬のところに迫っていた。ハルゼイは、遮二無二、日本海軍を再び起つことのできないまでにたたきつぶそうとして、猛進する。

グアムにいたニミッツから「全世界は……云々」（ホエア・イズ・タスクフォース・三四?）といってきたのが、ちょうど第二波を「瑞鳳」が食う前。それで、戦艦部隊と空母の一部（三隻）をレイテ方面に引き返させ、小沢部隊はワスプ、ホーネット、ハンコック、モンテレー、カウペンズの一部隊と、イントレピッド、キャボット、インデペンデンスの一部隊、空母計八隻で攻撃することとし、ハルゼイ自身は、第二波の攻撃がたけなわのころ、レイテに向かった。

最後に残った「瑞鳳」も沈みかけたので、米母艦機は、「伊勢」と「日向」に向かい、さらに「大淀」を攻撃したが、大したことはできなかった。

「千代田」は、一隻だけで遅れていったが、これは残敵掃蕩に出された米巡洋艦四隻（ウイチタ、ニューオーリンズ、サンタフェ、モビール）と駆逐艦群のために攻撃され、午後四時四十七分、ついに転覆沈没した。

この巡洋艦部隊は、さらに北上して、傷ついた「初月」を発見、砲撃によって、「初月」は、午後九時、孤軍奮闘も空しく、沈没した。

「瑞鳳」は、潜水母艦「高崎」（未成）の改造であることは、すでに述べたが、昭和十七年五月七日、珊瑚海海戦で沈んだ「祥鳳」（潜水母艦「剣埼」の改造）の姉妹艦で、基準排水量一万一二〇〇トン、長さ二〇一メートル、幅一八メートル、五万二〇〇〇馬力、速力二八ノット、一二・七センチ高角砲八門、飛行機搭載数三〇機の、いわゆる小型空母である。完成が昭和十五年十二月二十七日だから、開戦約一年前にできた新しい艦で、ことに、このレイテ海戦では、その直前ドックに入り、艦底の付着物をすっかり落として、船底塗料を塗りかえたばかり、いわばペンキの色も鮮やかな艦であった。

話の都合で省略したもののうち、いくつかをここに述べておこう。

一、金子兵曹と三人の整備員は、一応みんな甲板から押し流されて海中に入ったが、金子兵曹が夜に入って駆逐艦「桑」に助けられるまでに、ポケの清水一整だけがついてきて、あとの二人――ブンとノロは、途中で見失った。とうとう助からなかったかと思ってたら、結局みんな救い上げられたことがあとでわかった。

二、内務長の老大尉も、木片につかまって泳いでいたが、いい気持ちそうに眠りこけそうになるので、何度も大声をあげて注意しているうち、いつの間にか、水中に引き込まれて見えなくなった。

三、海水は、プールの水のようにナマぬるいくらいで、入ると、ほッとするほど気持ちがよかった。朝からぶッつづけの空襲で、みんなクタクタになっていたので、水風呂に入

ったようにハシャギだし、兵隊たちは、歌を歌ったり、笑い合ったり、意気軒昂であった。航海長は、

「大声で歌うと疲れるからやめろ。みんな鼻歌をヤレ」

といったので、そばにいた連中、頭をかいたという。

四、二十四日の晩、盲腸を起こした兵隊が、手術し、そいつが化膿するか何かで、ゴム管を腹中から外に通してあったのが、二十五日沈没と一緒に元気に泳ぎ出し、無事に駆逐艦に拾われた。軍医長は驚いていた。当然悪化するだろうし、海水がゴム管からハラの中に入ったのだから、細菌がゴマンと侵入して、助からないはずなのに、平気でよくなってしまった。「どうもあのあたりの海水はキレイなんですナ。細菌なんかいないらしい」と笑っていた。

五、「秋月」の体当たりの件であるが、これは、金子兵曹の目撃したのが正しいかどうか――つまり「秋月」が「瑞鳳」を救うために自ら体当たりしたというのが事実であるかどうかは、艦と共に沈んだ「秋月」艦長以外には何人も真実を知り得ないであろう。「秋月」が潜水艦の撃った魚雷のために轟沈したことは記録があるが、それ以上のことは、何も記されていない。「秋月」は防空駆逐艦なので、高速で突進しながら、上ばかりに気をとられていたので、不意に雷跡を発見しても、回避も間に合わずやられてしまったのではないかと考えた方が、常識的のような気がするが、金子兵曹は、「絶対にそうではない。あれは『瑞鳳』を救うために体当たりしたのだ。オレはこの眼で見たんだ

から」との確信を今も曲げていない。あの艦長（有名な緒方友兄中佐）にしてこの義挙ありと彼はいうのである。事の当否はともかく、筆者の目的は、形の上の戦史研究にあるのではないから、ただ、このような自己犠牲を「秋月」がやったと、確信し、感激している人があることを紹介して、当時の将兵たちの奮戦と心情をしのびたいと思うのである。

六、金子兵曹は、健在である。今、会津若松で納豆の生産販売に精を出し、東京のデパートにまで進出し、着々成功していることを申し添えて、祝意を表したいと思う。ポケ、ブン、ノロたちも、それぞれ故郷で、庶民としての平和な生活に生きているとのことである。

あとがき

大東亜戦争の記録を、手当たり次第に読みはじめ、集めはじめたのは、戦後三年目ころからであった。その後も、戦争当時の責任者や研究者たちが、それぞれの「戦記」や「戦史」を活字にした。連合国側でも、いわゆる権威ある戦史が刊行され、彼我の主張の間に、真実がようやくうかがい知られるまでになってきた。

しかし、私には、それらのものを読むたびに、どうしても満足できないものが、しこりのように残った。――これが、私たち日本人がすべてをあげて戦った大東亜戦争の、ほんとうの姿なのだろうか。

――「大和」「武蔵」以下、一三〇四隻にのぼる艦艇、零戦、天山のほか三万四四〇〇機に達した飛行機、とか、艦艇喪失六二〇隻、飛行機消耗二万七一〇〇機などという数字……。

――ハワイ、マレー沖作戦を皮切りにした一連の作戦と作戦計画。指揮官や司令部や大本営の情況判断と作戦指導。索敵と展開と会敵と決戦。孫子とマハンとクラウゼヴィッツ……。

私には、いまだに親交を重ねている、当時下士官兵であった人々、あるいは当時大尉、中尉くらいであった友人たちがある。少しも際立たない、生活の間に埋もれている、ごく当たりまえの人たちであるが、そういう人たちの話は、経験は、高級指揮官や参謀たちの手で書かれたいわゆる戦記の肌あいと、著しく違っている。

駆逐艦一隻喪失、という冷たい文字のかげには、乗員二五〇人の真剣な、真面目な努力と魂の燃焼があり、飛行機消耗五機という裏には、五人ないし三五人の若い生命の奔騰とお守り札や千人針を持たせてくれた家族の祈りと、——その祈りも及ばぬところでの、彼らの死がある。

勇敢で、崇高で、献身的な戦いが、その人たちが無名の人であるばかりに、あらゆる記録から追い落とされ、たんに兵籍名簿のカードに、何月何日戦死と、赤インキで書いてあるだけである。

これでいいのか。

——作戦計画を実施するために、あらゆる苦悩や悲惨とたたかったのは、彼らである。艦や飛行機や兵器を動かし、それに燃え上がる生命力を吹き込んだのは、彼らである。他の人たちを救うために、他の人たちの失敗をつぐなうために、他の人たちの名誉が傷つけられるのを防ぐために、恐るべき苦難の道を突き進んだのは、彼らである。

その彼ら——人間的なつながりを一人一人大切にしながら、人の子の喜びと悲しみをつつましく、しかも無邪気に現わして、恩賞や名称や世間体には目もくれず、敵撃滅の悲願を胸におさめて黙々と死地に臨んだこれらの人々こそ、この大東亜戦争をほんとうに戦った人たちであり、戦争を語る資格がもっとも大きい人たちであり、「戦争」それ自身についても、もっとも切実に、もっとも力強く語り得る人たちであるはずである。

この本に盛られたものは、そういう人たちの口から直接に語られ、また、何事かを語ろうとしながら、その機を得ずに死んでいった人たちが、その心を知る戦友たちの口を借りて語った話を、その史実を、異常な環境の中において、素直に、歪めずに、いろいろな角度から現わそうとした、私のささやかな努力の結実である。しかしその私は、残念ではあるが、最後の筆を置いた瞬間、もうそれが、彼らの真情を現わすにははなはだしく足りなかったこと、私の心の沈めかたの至らなかったことを、自ら激しく責めなければならなかった。述べるべくして述べ得なかったことが、山ほど残されてしまったのである。

私の願いは、こういう埋もれた人たち、たとえば戦後の電車の混雑の中で、つい右隣のツリ革につかまっているような人たちが、いかに勇敢に、自己を捨てて祖国の急に赴いたか、いかに崇高な魂を打ち込んで、人を、家を、村を、街を、日本を、愛するがゆえに奮戦したかを、日本の栄えゆく限り、私たちの記憶から消滅させたくない、ということにある。しかも、彼らのその尊い献身が、すべて素朴に祖国の安泰を求めつつなされたものであるからには、彼らの奮戦を私たちの記憶から消滅させないようにすることによって、私たちの希望と矜持と実力を養うばかりでなく、その上にさらに一歩をすすめて、彼らの願いを生かし、その献身に栄光あらしめるために、ふたたび戦争の惨禍が、国土の上に、国民の上に、国民の知らぬ間に襲いかかるようなことがないよう、積極的に努力したいのである。

最後に、いろいろと私に支持を与えて下さった先輩、友人、知己の方々、とくに常々私の研究に対し、指導と激励をいただいている左近司政三氏、富岡定俊氏、栗原悦蔵氏、大井篤氏、実松譲氏、亀田正氏、高橋義雄氏、富田敏彦氏、安西恆男氏の御厚意を深謝し、ことにこの「比叡」「二水戦」「瑞鳳」の内容について直接助言や協力をいただいた田中頼三氏、原為一氏、永石正孝氏、遠山安巳氏、冨永謙吾氏、関野英夫氏、千早正隆氏、山川良彦氏、池田鶴喜氏、福井静夫氏、高野庄平氏、井星英氏、芝山末男氏、清水徳蔵氏、古谷桂三氏、安部井稠也氏、白石恒夫氏、ならびに出版にあたって大きな犠牲と努力を傾けられた福林正之社長はじめ出版協同社の皆さんに厚く御礼を申し上げる。

昭和三十一年九月

吉田俊雄

単行本　昭和六十年六月　朝日ソノラマ刊

NF文庫

波濤を越えて

二〇一六年五月十四日　印刷
二〇一六年五月二十日　発行

著　者　吉田俊雄
発行者　高城直一

発行所　株式会社　潮書房光人社
〒102-0073　東京都千代田区九段北一-九-十一
振替／〇〇一七〇-六-五四六九三
電話／〇三-三二六五-一八六四㈹
印刷所　モリモト印刷株式会社
製本所　東　京　美　術　紙　工
定価はカバーに表示してあります
乱丁・落丁のものはお取りかえ
致します。本文は中性紙を使用

ISBN978-4-7698-2946-1　C0195
http://www.kojinsha.co.jp

NF文庫

刊行のことば

第二次世界大戦の戦火が熄《や》んで五〇年——その間、小社は夥しい数の戦争の記録を渉猟し、発掘し、常に公正なる立場を貫いて書誌とし、大方の絶讃を博して今日に及ぶが、その源は、散華された世代への熱き思い入れであり、同時に、その記録を誌して平和の礎とし、後世に伝えんとするにある。

小社の出版物は、戦記、伝記、文学、エッセイ、写真集、その他、すでに一、〇〇〇点を越え、加えて戦後五〇年になんなんとするを契機として、「光人社NF(ノンフィクション)文庫」を創刊して、読者諸賢の熱烈要望におこたえする次第である。人生のバイブルとして、心弱きときの活性の糧《かて》として、散華の世代からの感動の肉声に、あなたもぜひ、耳を傾けて下さい。